अल्बैर कामू

अल्बैर कामू का जन्म 7 नवम्बर, 1913 को फ्रांस के तत्कालीन उपनिवेश अल्जीरिया (अफ्रीका) के मोन्दोवी शहर में हुआ था। बचपन गरीबी में बीता। दर्शनशास्त्र में उच्च शिक्षा हासिल की। कुछ समय के लिए अल्जीरिया की कम्युनिस्ट पार्टी से जुड़े। किशोरावस्था से ही तपेदिक की चपेट में रहे। आजीविका के लिए तरह-तरह का काम किया। 1943 में पेरिस चले गए। विश्वयुद्धों के दौरान फ्रांस पर जर्मन कब्जे के खिलाफ 'काम्बेट' नामक पत्र निकाला। कुछ पत्रों का सम्पादन भी किया। यूनानी दर्शन, ईसाइयत तथा अल्जीरिया और यूरोप की संस्कृति से गहरे प्रभावित रहे। अपने लेखन में अधर्म, नास्तिकता, मृत्यु और मानवीय कष्टों का अपूर्व चित्रण किया।

उन्हें 1957 में साहित्य का *नोबेल पुरस्कार* प्रदान किया गया।

उनकी प्रमुख कृतियाँ हैं—'प्लेग', 'पतन', 'अजनबी', 'सुखी मृत्यु', 'पहला आदमी' (उपन्यास); 'निर्वासन और आधिपत्य' (कहानी-संग्रह); 'कालिगुला', 'न्यायप्रिय', 'अर्थदोष' (नाटक); 'सही पक्ष और गलत पक्ष', 'सिसिफस का मिथक', 'विद्रोह' (निबन्ध)।

4 जनवरी, 1960 को विलेब्लेविन (फ्रांस) में कार दुर्घटना में उनका निधन हो गया।

शरद चन्द्रा

फ्रांसीसी भाषा-साहित्य की विद्वान शरद चन्द्रा का जन्म 2 जनवरी, 1943 को जयपुर, राजस्थान में हुआ। उन्होंने दिल्ली, राजस्थान और नाइजीरिया के विश्वविद्यालयों एवं इग्नू में अध्यापन किया। कहानी, कविता, निबन्ध आदि विधाओं में अंग्रेज़ी और हिन्दी में उनकी कई किताबें प्रकाशित हैं। उन्होंने अल्बैर कामू की सात किताबों के अलावा फर्नांदो पैसोआ, ज्याँ-पाल सार्त्र, अतिक रहिमी, अमीन मालूफ आदि की रचनाओं के अनुवाद किए हैं।

ई-मेल : sharadchandra2006@yahoo.com

राजकमल से प्रकाशित
लेखक की किताबें

उपन्यास

अजनबी
प्लेग
पतन
सुखी मृत्यु
पहला आदमी

कहानी

निर्वासन और आधिपत्य

नाटक

अर्थदोष
कालिगुला
न्यायप्रिय

निर्वासन और आधिपत्य

अल्बैर कामू

अनुवाद
शरद चन्द्रा

राजकमल पेपरबैक्स

यह कहानी-संग्रह सर्वप्रथम फ्रेंच में L'Exil Et Le Royaume नाम से 1957 में प्रकाशित हुआ

राजकमल पेपरबैक्स में
पहला संस्करण : 2023

राजकमल पेपरबैक्स : उत्कृष्ट साहित्य के जनसुलभ संस्करण

राजकमल प्रकाशन प्रा. लि.
1-बी, नेताजी सुभाष मार्ग, दरियागंज
नई दिल्ली-110 002
द्वारा प्रकाशित

शाखाएँ : अशोक राजपथ, साइंस कॉलेज के सामने, पटना-800 006
पहली मंजिल, दरबारी बिल्डिंग, महात्मा गांधी मार्ग, प्रयागराज-211 001
1, अनमोल सोराबजी संतुक लेन, धोबी तलाव, मरीन लाइंस, मुम्बई-400 002

वेबसाइट : www.rajkamalprakashan.com
ई-मेल : info@rajkamalprakashan.com

विकास कम्प्यूटर एंड प्रिंटर्स
ट्रॉनिका सिटी-201 102
द्वारा मुद्रित

मूल्य : ₹250

NIRVASAN AUR AADHIPATYA
Stories by Albert Camus
Translated by *Sharad Chandra*

ISBN : 978-81-19835-04-1

निर्वासन और आधिपत्य

निवेदन

कामू-साहित्य की शृंखला में इस बार प्रस्तुत कर रही हूँ उनके द्वारा लिखी हुई छह कहानियों का संग्रह *निर्वासन और आधिपत्य*। ये कहानियाँ कामू की रचनाओं में बहुत महत्त्वपूर्ण स्थान रखती हैं क्योंकि इन छोटे वृत्तांतों में उनकी महान विचारधारा के सभी मूलतत्त्व निहित हैं। वस्तुत: यह संग्रह उनके चिन्तन को समझने के लिए आदर्श परिचय हैं।

तकनीक की दृष्टि से इन कहानियों की शैली इनसे पहले लिखे गए उपन्यासों से एकदम विपरीत है। एक कहानी को छोड़कर कामू ने इनमें सीधे, निरपेक्ष कथन का प्रयोग किया है। दृश्य सज्जा किसी विशेष गरिमा के प्रतीक होने का कोई संकेत नहीं देती। और वर्द्धमान पत्थर के अलावा बाकी सभी का कथानक करीब-करीब रूढ़िगत है। प्रत्येक कहानी बिना कोई गूढ़ अभिप्राय छिपाए हुए, तेज़ और सरल गीत से अपने चरम बिन्दु तक निपुणता से विकसित होती है।

'जोनास' में कलाकारों के जीवन पर हल्का-सा व्यंग्य किया गया है। बाकी चार कहानियाँ, 'व्यभिचारिणी पत्नी', 'मौन रोष', 'अतिथि'

और 'वर्द्धमान पत्थर', 'धर्म परिवर्तक' के कटु आक्षेप को प्रति-संतुलित करती हैं। सभी कहानियों का थीम करीब-करीब एक ही है : मनुष्य का किसी भी कारणवश अपनी सामंजस्यपूर्ण स्थिति से निर्वासन और फिर ज्ञान-प्रदायक अनुभव के बाद, उसी में पुन: संघटन। प्रत्येक कहानी एक तथ्योद्घाटन प्रदर्शित करती है : जानीन अपने आपको मुक्त पाती है, गहन रात्रि के रहस्यमय वैभव में लीन होकर। ईवारीस को शान्ति मिलती है मनुष्य की पारस्परिक निर्भरता और मानवीय ऐक्यभाव के पुन: अनुभव में।

'धर्म परिवर्तक', हालाँकि लम्बाई में छोटी है, अपनी शैली और भाव के आधार पर उपन्यासों से मेल खाती है। इसमें, हुतात्मना के सहारे संसार पर अपने आपको हावी करने की हवस से त्रस्त, धर्म परिवर्तक अपने मानव-दैव को जो न तो कभी कोई प्रहार करता है, न जान लेता है, त्याग देता है। और अपने नए मालिकों की (जिन्होंने अपने अन्धे फेटिश के नाम पर उसे खूब मारा है, अंगभंग किया है) नफरत और हिंसा की नीति मैसोकीय जोश से अंगीकार करता है। क्लेमैन्स ('पतन' का नायक) की तरह ये भी एक दारुण पतन का शिकार है और दोनों के विनाश का मूल कारण है ईश्वर के समकक्ष होने की प्रोमिथियन इच्छा। ये कहानी स्ट्रीम ऑफ कॉन्शसनेस (चेतना-प्रवाह) तरीके में कही गई है।

हिन्दी उलथा के सम्बन्ध में सिर्फ इतना ही कहूँगी कि समय के साथ-साथ अपने काम में मेरी रुचि और श्रद्धा निरन्तर बढ़ते रहे हैं। प्रस्तुत अनुवाद भी मैंने उसी निष्ठा व धर्मपरायणता से किया है जिससे कि पहला।

अन्त में, हमेशा की ही तरह, लेकिन और गहराई से अपनी कृतज्ञता स्वीकार करना चाहती हूँ। कामू की पुत्री सुश्री केथरीन कामू; गॉलीमार

प्रकाशन, पेरिस की श्रीमती आनिया शिवालियर; राजकमल प्रकाशन, नई दिल्ली के श्री मोहन गुप्त और नई दिल्ली स्थित फ्रांसीसी दूतावास के श्री राजेश शर्मा के प्रति जिनके स्नेहपूर्ण समर्थन में मेरी योजना को संरक्षण मिला। श्री रामकुमार कृषक के प्रति आभारी हूँ उनके आत्मीयता से किए हुए पांडुलिपि-सम्पादन के लिए और श्रीमती कृष्णा सेन और श्री लक्ष्मीनारायण मलिक के प्रति, उस हर सहायता के लिए जो कहीं उपलब्ध न हो सके। जवाहरलाल नेहरू विश्वविद्यालय के पुस्तकालय के प्रति अनुग्रहीत हूँ उस योगदान के लिए जो चाहे प्रत्यक्ष न हो, मेरे लिए अत्यन्त महत्त्वपूर्ण है।

नई दिल्ली

—शरद चन्द्रा

क्रम

व्यभिचारिणी पत्नी

एक दुबली-पतली-सी मक्खी, कुछ देर से बस में चक्कर लगा रही थी, हालाँकि काँच बन्द थे। धृष्ट, वह बिना शोर किए आ रही थी, जा रही थी, एक थकी हुई उड़ान में। जानीन की दृष्टि से ओझल हुई, कि अगले क्षण उसने उसे अपने पति के निश्चल हाथ पर उतरते देखा। मौसम ठंडा था। वह, धूल-भरे हर हवा के झोंके के साथ जो बस के शीशों पर कर्कश आवाज़ के साथ लग रहे थे, काँप रही थी। जाड़ों की मुबह के क्वचित् प्रकाश में, टीन की चद्दरों और धुरियों के तीक्ष्ण शोर में गाड़ी चल रही थी, रुक रही थी, मुश्किल से कोई दूरी तय करते हुए। जानीन ने अपने पति की तरफ देखा। सफेद होते हुए बालों के गुच्छे उसके सँकरे भाल पर नीचे को लटक रहे थे। उसकी नाक चौड़ी थी और मुँह बड़ा बेढब। मारसल एक कुपित वन-देवता लग रहा था। रास्ते के हर गड्ढे पर लगता था कि वह उसकी तरफ उछल रहा है। फिर वह अपने वज़नी धड़ को अपनी फैली हुई टाँगों पर धम-से गिर जाने दे रहा था, स्थिर दृष्टि के साथ, फिर से

निष्क्रिय और बेखबर। सिर्फ उसके बिना बालों वाले मोटे-मोटे हाथ कमीज़ में से बाहर को कलाइयों तक निकली हुई फ्लालैन की बाँहों में कुछ काम करते नज़र आ रहे थे। उन्होंने घुटनों के बीच में रखा हुआ एक कैनवस का छोटा-सा सूटकेस इतना कसके पकड़ा हुआ था कि लगता था उन्हें मक्खी का बार-बार रुककर उड़ना बिलकुल पता नहीं लग रहा है।

अचानक एक तेज़ हवा का क्रन्दन स्पष्टत: सुनाई दिया और बस के चारों तरफ फैला हुआ खनिजी कोहरा और मोटा हो गया। शीशों पर बालू ऐसे लग रही थी जैसे कई अप्रत्यक्ष हाथ उसे उठा-उठा कर शीशे पर मार रहे हों। मक्खी ने एक काँपता हुआ पंख हिलाया, अपने पैर हिलाए, और उड़ गई। बस कुछ धीरे चलने लगी, जैसे रुकनेवाली हो। फिर हवा कुछ शान्त हुई-सी लगी, कोहरा कुछ साफ हो गया और बस ने फिर से गति पकड़ ली। धूल में डूबे हुए भू-दृश्य के बीच-बीच की खुली जगह में से प्रकाश चमक रहा था। दो या तीन सूखे हुए, सफेद-से खजूर के पेड़, जो कि किसी धातु में से कटे हुए जैसे दिख रहे थे, शीशे की तरफ झपटे और अगले क्षण अदृश्य हो गए।

"कितना सुन्दर है!" मारसल ने कहा।

बस अरबी लोगों से भरी हुई थी जो अपने लबादों में लिपटे हुए सोने का बहाना कर रहे थे। उनमें से कुछ ने अपने पैर बेंच पर समेटे हुए थे, और गाड़ी के हिलने से औरों से ज़्यादा हिल रहे थे। उनकी खामोशी और भावशून्यता जानीन को दूभर लगने लगी। उसे लगा जैसे वह बहुत दिनों से इस गूँगे अनुरक्षक-दल के साथ सफर कर रही है। यद्यपि बस सुबह अरुणोदय पर ही रेलवे स्टेशन से रवाना हुई थी, और

पिछले दो घंटों से, सुबह की ठंड में पथरीले, सुनसान मैदान में—जो कम-से-कम शुरू-शुरू में लगता था कि लालिमा-युक्त क्षितिज तक फैल रहा है—आगे चल रही थी। लेकिन तेज़ हवा चल पड़ी थी और वह धीरे-धीरे उस अनन्त विस्तृति को अपने अन्दर खींच ले गई। इस क्षण के बाद से मुसाफिरों को कुछ नहीं दिखा, एक के बाद एक वे सब चुप हो गए और एक तरह की निद्रा-रहित रात में चुपचाप बस में बैठे रहे, बीच-बीच में रिसकर अन्दर आए हुए धूलकणों से तंग होकर अपनी आँखें व होंठ पोंछ लेते थे।

"जानीन!" वह अपने पति की आवाज़ सुनकर चौंक पड़ी। एक बार उसने फिर सोचा, वह नाम उसके लिए कितना बेतुका था, जबकि वह लम्बी थी, सुडौल थी। मारसल जानना चाहता था, वह नमूनों का बक्सा कहाँ गया। जानीन ने अपने पैरों से बेंच के नीचे की खाली जगह को टटोला। उसके पैर किसी चीज़ से टकराए, जो उसे लगा, बक्सा होगा। वह बिना साँस फूले झुक नहीं सकती थी। वैसे कॉलेज में जिमनास्टिक में वह प्रथम आती थी, उसकी श्वास असीमित थी। क्या इतना समय गुज़र गया इस बात को? पच्चीस वर्ष! पच्चीस वर्ष कुछ भी नहीं थे, क्योंकि उसे लग रहा था जैसे यह कल की ही बात हो, जब वह एक स्वतंत्र जीवन और विवाह के बीच दुविधा में पड़ी थी, कल ही वह दुख से उस दिन की कल्पना कर रही थी जब वह अकेले वृद्ध होगी। वह अकेली नहीं थी, और यह कानून पढ़नेवाला विद्यार्थी जो कभी उससे दूर होना नहीं चाहता था, अब उसके बिलकुल समीप था। उसने आखिर में उसे स्वीकार कर लिया था, यद्यपि कद का वह छोटा था, उसे उसका वह अत्यल्प और लोलुपता से हँसना, और उसकी बाहर को निकली हुई आँखें बिलकुल पसन्द नहीं थीं। लेकिन

उसे जीवन के प्रति उसकी निर्भीकता बहुत प्रिय थी, जो कि यहाँ रह रहे सभी फ्रांसीसी पुरुषों में समान रूप से विद्यमान थी। किसी आदमी या घटना का उसकी अपेक्षाओं से कम पड़ जाने पर उसका विकल पराजय से भर जाना भी उसे बहुत भाता था। सबसे ज़्यादा उसे पसन्द था किसी के द्वारा चाहा जाना। उसने उसे अपने सतत ध्यान से निमग्न कर दिया था। उसे निरन्तर यह अनुभव करवाकर कि वह उसके लिए जी रही है, उसने उसे वास्तव में जीने का अहसास करवाया। नहीं, वह अकेली नहीं है।

बस बार-बार हॉर्न बजाते हुए अप्रकट अड़चनों के बीच से अपना रास्ता काटते हुए आगे बढ़ रही थी। लेकिन बस के अन्दर कोई हिल भी नहीं रहा था। अचानक जानीन को लगा जैसे कोई उसे घूर रहा हो, और उसने मुड़कर आइल के दूसरी तरफ उस बेंच की तरफ देखा जो उसकी बेंच से मिलती थी। यह कोई अरबी नहीं था और उसे बड़ा ताज्जुब हुआ कि उसने उसे पहले नहीं देखा। उसने फ्रांस की सहारा में स्थित मैत्री सेना की वर्दी पहनी हुई थी और अपने जुआवो[1] जैसे धूप से काले हुए, सियार के जैसे लम्बे और नुकीले चेहरे पर फौजी टोपी लगा रखी थी। वह उसे अपनी तीक्ष्ण आँखों से टकटकी लगाकर, एक तरह की नाराजगी से परखे जा रहा था। वह एकदम सकुचाकर लाल हो गई और थोड़ी-सी अपने पति की तरफ खिसक गई जो अभी तक बाहर का कोहरा और हवा निहार रहा था। वह अपने ही कोट में और सिमट गई। किन्तु उसने उस फ्रांसीसी सैनिक की तरफ फिर से देखा—लम्बा और दुबला-पतला, अपने बदन से चिपके हुए कोट में इतना पतला लग रहा था जैसे कि

1. फ्रांस की विशेष सेना, जिसमें मूलत: अल्जीरियाई निवासी थे।

किसी सूखे और भुरभुरे पदार्थ का बना हो, बालू और हड्डियों का एक मिश्रण। तभी उसने अपने सामने बैठे हुए अरबी लोगों के पतले हाथ और झुलसे हुए चेहरे देखे, और उसने देखा कि अपने इतने बड़े-बड़े लबादों के बावजूद वे उन बेंचों पर बड़े खुलकर बैठे हुए थे, जहाँ वह और उसका पति मुश्किल से फँस पाए थे। उसने अपने कोट के किनारे अपनी तरफ खींच लिये। हालाँकि, वह इतनी मोटी नहीं थी, बल्कि लम्बी और सुडौल थी, गुदगुदी और काम्य-पुरुषों के अपनी तरफ देखने के तरीके से वह इसे अच्छी तरह महसूस करती थी—अपने शिशु तुल्य चेहरे, शोख और सुव्यक्त आँखें लिये हुए, उस विशाल शरीर के विपरीत, जो वह जानती थी कि मन्दोत्साह और आरामपसन्द है।

नहीं, कुछ भी उसकी आशाओं के अनुकूल नहीं हुआ था। जब मारसल नें उसे अपने दौरे पर साथ ले जाना चाहा था, उसने मना कर दिया था। वह काफी दिनों से इस सफर की तैयारी कर रहा था, वस्तुत: लड़ाई के खत्म होने के बाद से ही, जब से कि कारोबार सामान्य हुआ। लड़ाई से पहले, कपड़ों के छोटे-से व्यवसाय से, जो उसने अपनी कानून की शिक्षा छोड़ देने पर अपने माता-पिता से सँभाला था, उनका रहन-सहन बुरे से कुछ अच्छा हो गया था। समुद्र-तट पर युवावस्था के वर्ष खुश हो सकते थे। लेकिन उसे ज़्यादा शारीरिक प्रयास पसन्द नहीं था, और बहुत शीघ्र उसने जानीन को समुद्र के किनारे ले जाना छोड़ दिया था। उनकी छोटी-सी कार सिर्फ इतवार को उन्हें घुमाने के लिए शहर से बाहर निकलती थी। बाकी समय में, वह अपनी आधे स्वदेशी, आधे विदेशी तोरणों की छाया में रंग-बिरंगे कपड़ों की दुकान ज़्यादा पसन्द करता था। वे लोग उस दुकान

के ऊपर अरबी परदे और बार-बैस[1] 'फर्नीचर से सजे तीन कमरों में रहते थे। उनके बच्चे नहीं हुए थे। अधखुले दरवाज़े के आधे-से अँधियारे में बहुत-से साल गुज़र गए थे। गर्मी का मौसम, समुद्र का किनारा, साथ-साथ घूमना, अब तो आकाश भी उसे बहुत दूर लगता था। मारसल को अपने कारोबार के अलावा और किसी चीज़ में रुचि नहीं थी। जानीन को लगता था, उसने मारसल का सच्चा शौक खोज लिया है, जो था पैसा; और उसे यह अच्छा नहीं लगता था, बिना यह अच्छी तरह समझे कि क्यों? आखिरकार इससे उसे फायदा ही था। वह कंजूस नहीं था; बल्कि बहुत उदार, खासतौर से उसके साथ। 'अगर मुझे कुछ हो गया', वह कहा करता था, 'तो भी तुम्हारा घर चलता रहेगा।' और, सचमुच में, आकस्मिक आवश्यकताओं के लिए व्यवस्था करना बहुत ज़रूरी है। लेकिन बाकी चीज़ों की, जिनकी बिलकुल ज़रूरत नहीं होती, कहाँ व्यवस्था करे? इस बारे में, समय-समय पर वह बहुत परेशान होती थी। इस दौरान वह मारसल को हिसाब-किताब रखने में मदद कर दिया करती थी और कभी-कभी उसकी जगह दुकान पर बैठ जाया करती थी। सबसे ज़्यादा मुश्किल होती थी गर्मियों में, जबकि गर्मी से उतना ही दम घुटने लगता था जितना कि ऊबने के हलके अहसास से।

अचानक, भरी गर्मियों में लड़ाई, मारसल का सेना में बुलाया जाना, फिर निकाल दिया जाना, कपड़ों का अभाव, कारोबार बन्द हो जाना, रास्ते गर्म और निर्जन। अगर अव उसे कुछ हो जाता तो जानीन का कोई इन्तज़ाम न था। इसीलिए जबसे बाज़ार में कपड़े आए थे, मारसल ऊपरी पठारों के, और दक्षिण के शहरों में जाकर

1. दुकान का नाम।

बिना किसी बिचौलिए की मदद के अरबी व्यापारियों को खुद माल बेचना चाहता था। वह उसे साथ ले जाना चाहता था। वह जानती थी कि जाना-आना बहुत मुश्किल है, उसे साँस लेने में दिक्कत हो रही थी। उसकी इच्छा घर में ठहरने की थी। लेकिन मारसल ने ज़िद की थी और जानीन ने मान लिया था, क्योंकि मना करने के लिए बहुत अन्तर्बल की ज़रूरत होती। इस प्रकार ये लोग वहाँ थे और, सचमुच में, जैसी उसने कल्पना की थी, उसके सदृश्य वहाँ कुछ भी न था। उसे गर्मी का भय था, मक्खियों के झुंडों का, गन्दे सौंफ की शराब की बदबू से भरे होटलों का। उसने ठंड के बारे में नहीं सोचा था, न तीखी-तेज़ हवाओं के बारे में, न इन अर्द्ध-ध्रुवीय बर्फ के कूड़े-कचरे से भरे पठारों के बारे में। उसने खजूर के वृक्षों और नरम बालू का भी सपना देखा था। अब वह देख रही थी कि मरुधर यह सब नहीं था, किन्तु सिर्फ पत्थर-ही-पत्थर, चारों तरफ, आकाश में भी सिर्फ वही भुरभुरी और ठंडी पत्थरों की धूल, जैसे कि ज़मीन में जहाँ पत्थरों के बीच नील के सूखे पौधे उग रहे थे।

बस अचानक रुक गई। ड्राइवर ने उस भाषा में चिल्लाकर—जो वह पूरी ज़िन्दगी सुनती रही, लेकिन बिना समझे—कुछ कहा।

"क्या बात है?" मारसल ने पूछा। इस बार ड्राइवर ने, फ्रांसीसी भाषा में कहा कि कारब्यूरेटर में बालू फँस गई होगी, और मारसल ने फिर एक बार इस देश को कोसा। ड्राइवर तबीयत से हँसा और बोला कि यह कोई खास बात नहीं थी, और कि वह अभी कारब्यूरेटर साफ कर देगा और फिर सब चल पड़ेंगे। उसने दरवाज़ा खोला, ठंडी हवा एकदम अन्दर आई और बालू के हज़ारों कण उनके चेहरों पर बड़े वेग से टकराए। सारे अरबी लोगों ने अपने चेहरे,

अपने लबादों में छुपा लिये और अपने आप में सिमटकर बैठ गए। "दरवाज़ा बन्द करो," मारसल ज़ोर से चिल्लाया। ड्राइवर हँसते-हँसते दरवाज़े तक आया।

उसने आराम से डैशबोर्ड[1] में से कुछ औजार निकाले। फिर कोहरे में बहुत छोटा दिखता हुआ, बस के सामने की तरफ बिना दरवाज़ा बन्द किए दुबारा गायब हो गया। मारसल ने आह भरी। "ये पक्की बात है कि इसने ज़िन्दगी में कभी गाड़ी की मशीन देखी भी नहीं होगी।" "छोड़ो भी!" जानीन ने कहा। सहसा वह चौंक पड़ा। सड़क के किनारे मेंड़ पर बस के बहुत निकट, कपड़ों से ढकी हुई कुछ आकृतियाँ निश्चल खड़ी थीं। उनके लबादों के हुडों के नीचे और वायल की अनगिनत तहों के पीछे, सिर्फ उनकी आँखें दिख रही थीं। एकदम चुप, पता नहीं कहाँ से आकर वे मुसाफिरों को देख रहे थे। "गड़रिये," मारसल ने कहा।

बस के अन्दर पूर्ण शान्ति थी। सभी मुसाफिर सिर झुकाकर, लग रहा था, इन अनन्त पठारों पर निर्बाध चल रही तेज़ हवा की आवाज़ सुन रहे थे। अचानक जानीन का ध्यान सामान के करीब-करीब न होने पर गया। रेल के अन्तिम स्टेशन पर ड्राइवर ने उनका ट्रंक और कुछ पोटले ऊपर छत पर चढ़ाए थे। बस के अन्दर, सामान आने में सिर्फ गाँठदार छड़ियाँ थीं और साधारण थैले। स्पष्टत: ये दक्षिण के लोग खाली हाथ सफर करते थे।

लेकिन ड्राइवर फिर लौट आया था, अभी तक चुस्त। उसकी सिर्फ आँखें ही हँस रही थीं उन कपड़ों में से, जिनसे उसने भी अपना चेहरा ढक लिया था। उसने घोषणा की कि अब हम चलनेवाले हैं।

---

1. गाड़ी में ड्राइवर के सामनेवाला तख्ता।

उसने दरवाज़ा बन्द किया, हवा की आवाज़ बन्द हुई और अब शीशों के ऊपर बालू की बौछार की आवाज़ अच्छी तरह सुनाई देने लगी। इंजन घरघराया फिर बन्द हो गया। बड़ी देर तक स्टार्टर के द्वारा बुलाए जाने पर आखिर में वह आया और ड्राइवर ने गति-वर्धक यंत्र पर बार-बार पैर मारकर उसे पकड़ लिया। ज़ोर के धक्के के साथ बस फिर से रवाना हुई। गड़रियों के जीर्ण-शीर्ण समूह में से, जो अभी तक निश्चल था, एक हाथ उठा, फिर कोहरे में उनके पीछे लुप्त हो गया। तत्काल ही गाड़ी सड़क पर और ज़्यादा उछलने लगी। बुरी तरह हिलते हुए, अरबी लोग, अविराम झूले जा रहे थे। जानीन अपने आपको बहुत निद्राग्रस्त अनुभव करने लगी, तभी एक छोटा-सा पीला डिब्बा उसके सामने आ पड़ा, मीठी, चूसनेवाली गोलियों से भरा हुआ। वह शाकाल—सिपाही उसकी तरफ मुस्करा रहा था। वह हिचकिचाई, एक गोली ली और उसका शुक्रिया अदा किया। उस सिपाही ने वह डिब्बा जेब में डाला और उसके साथ ही अपनी मुस्कान भी निगल गया। इस समय वह एकदम अपने सामने सड़क पर गौर से देख रहा था। जानीन ने मुड़कर मारसल की तरफ देखा, और उसे सिर्फ उसकी गर्दन का ठोस, पीछे का हिस्सा दिखाई दिया। वह शीशों में से, टूटती मेंड़ों पर चढ़ता हुआ घना कोहरा देख रहा था।

वे लोग बहुत देर से लगातार सफर कर रहे थे और थकान के कारण बस के अन्दर किसी में जान नहीं बची थी, तभी बाहर से शोरगुल सुनाई दिया। बच्चे लबादा पहने, लट्टू की तरह घूमते हुए, कूदते तालियाँ बजाते हुए, बस के चारों तरफ दौड़ रहे थे। बस अब लम्बी-सी गली में जा रही थी, जिसके दोनों तरफ नीचे-नीचे मकान थे; हम नखलिस्तान में घुस गए थे। हवा अभी तक तेज़ थी लेकिन

दीवारें बालू के उन कणों को विच्छिन्न कर रही थीं जो अब प्रकाश को रोकने में असमर्थ थे। आकाश फिर भी घिरा ही रहा। उस चीख-चिल्लाहट के बीच, ब्रेकों की घोर कर्कश ध्वनि के साथ बस एक गन्दी खिड़कियोंवाले होटल के कच्ची ईंटों से बने तोरणवृत्तों के सामने रुक गई। जानीन उतरी और गली में पहुँचकर उसे चक्कर आ गया। उसने मकानों के ऊपर एक पीली और पतली-सी मीनार देखी। उसकी बाईं तरफ, उस नखलिस्तान के पहले-पहले खजूर के पेड़ लगे हुए थे और उसका मन किया कि उनके पास चली लाए। लेकिन, हालाँकि दोपहर के बारह बजनेवाले थे, ठंड अभी काफी थी; हवा चलते ही वह काँपने लगी। वह मारसल की तरफ लौट आई, और देखा वह सिपाही उसकी तरफ आ रहा था। वह उसकी मुस्कराहट या सलूट का इन्तज़ार करती रही। वह उसकी तरफ बिना देखे आगे बढ़ गया और गायब हो गया। मारसल छत के ऊपर रखे अपने कपड़ों के ट्रंक को, एक काले झोले को उतारने की कोशिश कर रहा था। यह आसान काम नहीं था। सिर्फ अकेला ड्राइवर सामान का ध्यान रख रहा था और अब वह बस रोक चुका था, चारों तरफ लबादा पहने भागते हुए बच्चों को डाँटने के लिए बस की छत पर खड़ा था। सब तरफ से उन चेहरों से घिरी हुई, जो लगता था, सिर्फ हड्डियों और चमड़े से बने हैं, गले से निकली हुई आवाज़ों में दबकर जानीन को अचानक थकान महसूस हुई। उसने मारसल से, जो बड़ी व्यग्रता से ड्राइवर को बुलाए जा रहा था, कहा, “मैं अन्दर जा रही हूँ।”

वह होटल के अन्दर गई। उसका मालिक, एक दुबला-पतला, मितभाषी फ्रांसीसी उसके पास आया। वह उसे पहली मंज़िल पर ले गया, एक बालकनी में जहाँ से नीचे के मार्ग का दृश्य दिखता था,

एक कमरे में, जहाँ लगता था लोहे का सिर्फ एक ही पलंग था, सफेद इनेमल रंग की हुई एक कुर्सी, बिना पर्देवाली कपड़े रखने की एक अलमारी और, सरकंडों के स्क्रीन की ओट में एक गुसलखाना, जिसमें हाथ धोने की चिलमची में बारीक बलुई मिट्टी की तह जमी हुई थी। जब होटल के मालिक ने दरवाज़ा बन्द कर दिया, जानीन को ठंड लगने लगी, जो ऐसा लग रहा था सफेदी की हुई उन खाली दीवारों में से आ रही हो। वह समझ नहीं पा रही थी कि कहाँ अपना बैग रखे और कहाँ खुद बैठे। लगता था खड़े-खड़े ही सोना या आराम करना पड़ेगा और दोनों ही अवस्था में ठंड से ठिठुरना पड़ेगा। वह खड़ी रही, बैग हाथ में पकड़े, छत के पास एक मोखे-से को, जो आसमान में खुलता था, एकटक देखते हुए। वह इन्तज़ार कर रही थी, लेकिन यह नहीं जानती थी कि किसका। उसे सिर्फ अपने अकेलेपन का ध्यान था, और उस शीत का, जो उसमें घर कर रहा था, और अपने हृदय के ऊपर एक भारी बोझ का। वास्तव में वह खयालों में खोई थी, गली से ऊपर आते हुए शोरगुल के प्रति, और मारसल की आवाज़ों से हुए शोर के प्रति, अपने कान करीब-करीब बन्द करके। उसके विपरीत, वह मोखे में से आते हुए, नदी के बहते पानी के उस कलकल-नाद की ओर, जो अब उसे बहुत पास लगते हुए खजूर के वृक्षों में तेज़ हवा चलने से पैदा हो रहा था, ज़्यादा सचेत थी। फिर लगा जैसे हवा काफी तेज़ हो गई हो, पानी की मन्द ध्वनि, लहरों के कल्लोल में परिणत हो गई। उसने कल्पना की—दीवार के पीछे, लम्बे और लचीले खजूर के पेड़ों का एक सागर तूफान में झाग से ढककर सफेद हो गया है। उसकी कल्पना से मिलता-जुलता वास्तविकता में कुछ भी नहीं था, लेकिन इन अप्रत्यक्ष तरंगों से उसकी थकी हुईं आँखें

ताज़ा हो गई थीं। वह एकदम सीधी खड़ी थी, भारीपन से, बाँहें कुछ झुकी हुई और मुड़ी हुईं, भारी टाँगों से ठंड ऊपर को चढ़ती हुई। वह ऊँचे और नम्य खजूर वृक्षों की कल्पना करती रही और उन दिनों की, जब वह नादान बच्ची थी।

हाथ-मुँह धोने के बाद वे लोग नीचे खाने के कमरे में गए। खाली दीवारों पर किसी ने गुलाबी और बैंजनी मुरब्बे में डुबोकर ऊँट और खजूर के पेड़ बना दिए थे। मेहराबदार खिड़कियों में से बहुत कम रोशनी अन्दर आ रही थी। मारसल होटल के मैनेजर से व्यापारियों के बारे में बात कर रहा था। फिर एक अधेड़ अरब ने, जिसने कि अपने कोट पर एक फौज़ी तमगा लगा रखा था, उन्हें खाना दिया। मारसल विचारों में डूबा हुआ था और उसने अपनी ब्रेड के टुकड़े-टुकड़े कर लिये थे। उसने अपनी पत्नी को वह पानी पीने से रोक दिया—"यह उबाला हुआ नहीं है, मदिरा ले लो।" जानीन को यह अच्छा नहीं लग रहा था, क्योंकि मदिरा से उसे नींद आने लगती थी। और फिर वहाँ की भोजन-सूची में सूअर का गोश्त था। "कुरान में ये खाना निषिद्ध है।" "लेकिन कुरान को यह नहीं मालूम था कि भली प्रकार पकाए हुए सूअर के गोश्त से कोई रोग नहीं होता। हम लोग जानते हैं खाना बनाना। तुम क्या सोच रही हो?" जानीन कुछ नहीं सोच रही थी, या हो सकता है, रसोइयों की मुल्लाओं पर इस विजय के बारे में सोच रही हो। लेकिन उसे जल्दी करनी पड़ी। वे लोग अगले दिन सुबह, दक्षिण की ही तरफ फिर जानेवाले थे—दोपहर में सब खास-खास व्यापारियों से मिलना ज़रूरी था। मारसल ने उस अधेड़ अरब को जल्दी से कॉफी लाने के लिए कहा। उसने सिर हिलाकर, बिना मुस्कराए, बात सुनी और धीरे-धीरे चला गया। "सुबह के वक्त आहिस्ते से, शाम

को ज़्यादा जल्दी नहीं," मारसल ने हँसते-हँसते कहा। कॉफी आते ही खत्म हो गई। उन लोगों ने उसे पीने में मुश्किल से ही कुछ समय लगाया होगा, और फिर वे बाहर ठंडी और धूल-भरी गली में निकल गए। मारसल ने एक युवा अरब को ट्रंक उठाने के लिए आवाज़ दी, लेकिन सिद्धान्ततः पैसों के बारे में पूछा। उसकी धारणा जो उसने जानीन को एक बार और बतलाई थी, इस अस्पष्ट सिद्धान्त पर आधारित थी कि ये लोग हमेशा ज़रूरत से दुगुना माँगते हैं, जिससे कि उन्हें चौथाई हिस्सा मिल सके। जानीन, अनमनी-सी दोनों कुलियों के पीछे चलने लगी। उसने अपने बड़े कोट के नीचे एक ऊनी वस्त्र पहन लिया था, वह कम जगह लेना चाहती थी। सूअर का गोश्त चाहे अच्छी तरह पका हुआ था, और वह थोड़ी-सी मदिरा भी जो उसने पी थी, उसमें कुछ आलस भर रहे थे।

वे लोग एक छोटे-से सार्वजनिक उद्यान के किनारे चल रहे थे, जिसमें बुरादेवाले पेड़ लग रहे थे। रास्ते में अरबी लोग मिले अपने लबादों में लिपटे हुए, जो लगता था उन्हें देख नहीं पा रहे हैं लेकिन रास्ता दे देते थे। चाहे उन्होंने फटे कपड़े ही पहने थे, जानीन ने उनमें वह गर्व देखा जो उसके शहर के अरबों में नहीं मिलता था। जानीन ट्रंक के पीछे-पीछे चले जा रही थी, जो भीड़ में उसके लिए रास्ता बना रहा था। वे गेरुई मिट्टी के बने एक परकोटे के दरवाज़े से निकलकर एक छोटे-से चौक में पहुँचे जहाँ वही खनिज-पदार्थवाले वृक्ष लगे हुए थे, और दूसरी तरफ किनारे-किनारे तोरण और दुकानें थीं। लेकिन वे उसी चौक में, एक तोप के गोले की शक्ल में बने हुए चिन्ह के सामने रुक गए जोकि नीले चाक के रंग से रँगा हुआ था। उसके अन्दर एक अकेले कमरे में, जोकि अन्दर खुलनेवाले दरवाज़े

की रोशनी से रोशन था, लकड़ी के एक चमकदार तख्ते के पीछे एक बड़ी उमर का अरब आदमी खड़ा था, जिनकी मूँछें सफेद थीं। वह उस समय केतली ऊपर-नीचे कर-करके चाय डाल रहा था, तीन छोटे-छोटे बहुरंगे गिलासों में। इससे पहले कि उस दुकान के अँधेरे में वे कुछ और देख पाते, पोदीने की चाय की ताजा खुशबू ने मारसल और जानीन का देहरी पर ही स्वागत किया। मारसल ने प्रवेश-द्वार—और उसमें लटके काँसे की केतली, प्याले, ट्रे आदि और पोस्टकार्ड वगैरह की माला—को मुश्किल से लाँघा ही था कि अपने आपको काउंटर के एकदम सामने पाया। जानीन प्रवेश-द्वार में ही खड़ी रही। वह थोड़ी-सी हट गई जिससे कि रोशनी न रुके। इसी समय उसने देखा अँधेरे में, उस वृद्ध व्यापारी के पीछे दो अरब, जो उन्हें देखकर मुस्करा रहे थे, भरी हुई बोरियों पर बैठे हैं, जो दुकान के अन्दर के हिस्से में बड़ी संख्या में रखी थीं। लाल और काले कालीन, कशीदे की हुई लटकन जो दीवार पर लगी हुई थी, ज़मीन पर सुगन्धित बीजों से भरी सदूकें और बोरियाँ फैली हुई थीं। काउंटर पर चमकती हुई पीतल की एक तराजू और पुरानी नाप के एक डंडे के पास, जिसके आँकड़े मिट चुके थे। मीठी रोटियाँ चिनी हुई थीं जिनमें से एक अपने मोटे-नीले कागज़ में से निकाल ली गई थी और ऊपर से काटी हुई थी। ऊन और मसालों की खुशबू, जो वहाँ फैली हुई थी, चाय की खुशबू के बाद आई, जब उस वृद्ध व्यापारी ने केतली काउंटर पर रखकर उन्हें सलाम अर्ज़ की।

मारसल बहुत जल्दी बोल रहा था, उस धीमी आवाज़ में जो वह व्यावसायिक बातचीत के दौरान उपयोग करता था। फिर उसने ट्रंक खोला, ऊन के और रेशमी रूमाल दिखाए, उस वृद्ध व्यापारी के

सामने अपना माल निकालने के लिए, तराजू और गज सरका दिए। वह उत्तेजित हो रहा था, आवाज़ ऊँची कर रहा था, अजीब ढंग से हँस रहा था, वह उस महिला की तरह कर रहा था जो किसी पर गहरा प्रभाव डालना चाह रही हो, लेकिन जिसे अपने आप में विश्वास न हो। अब वह अपने हाथ फैलाकर खरीदने और बेचने का भाव व्यक्त कर रहा था। उस वृद्ध ने सिर हिलाया और चाय की ट्रे पीछे खड़े उन दोनों अरबों की तरफ बढ़ा दी और चन्द शब्दों में कुछ कहा, जिससे मारसल निरुत्साह हुआ-सा दिखा। उसने अपना माल समेटा और ट्रंक में भर लिया फिर माथे पर से बिना आया पसीना पोंछा। उसने कुली को आवाज़ दी और तोरणों की ओर चल पड़ा। पहली दुकान में, हालाँकि व्यापारी ने पहले वही सातवें आसमान से बात की, लेकिन बाद में वे लोग कुछ खुश दिखाई देने लगे। "ये लोग अपने आपको खुदा समझते हैं," मारसल ने कहा, "लेकिन उन्हें भी आगे बेचना है। ज़िन्दगी सभी के लिए सख्त है।"

जानीन बिना कुछ बोले पीछे चलती जा रही थी। हवा अब करीब-करीब रुक गई थी। आसमान टुकड़ों में दिखने लगा था। एक ठंडी, चमकदार रोशनी उन नीले, गहरे सूराखों में से आने लगी जो बादलों को चीरकर बन गए थे। अब वे चौक पीछे छोड़ चुके थे। वे सँकरी गलियों में, कच्ची दीवारों के सहारे चल रहे थे, जिस पर दिसम्बर के सड़े हुए गुलाब लटक रहे थे, या बीच-बीच में कोई सूखा और कीड़ोंवाला अनार। मिट्टी की खुशबू, कॉफी की, लकड़ी का धुआँ, पत्थर की गन्ध, बकरियों की खुशबू इस इलाके में परिव्याप्त थी। दुकानें, दीवारों को ही गहरी करके बनाई हुई एक-दूसरे से दूर-दूर थीं; जानीन को अपनी टाँगें अब भारी लगने लगीं। लेकिन उसका पति

अब धीरे-धीरे प्रसन्नमुख होता जा रहा था, अब उसका माल बिकना शुरू हो गया था और वह अब स्नेहपूर्ण हो गया था, जानीन को प्यार से बुलाने लगा था, कह रहा था, उनका सफर एकदम बेकार तो नहीं गया। "हाँ, और क्या" जानीन ने कहा, "सीधे इन्हीं लोगों से बात करना हमेशा अच्छा रहता है।"

वे लोग एक और रास्ते से बाज़ार के बीच में पहुँचे। खासी दोपहर हो चली थी, आसमान अब करीब-करीब खुल गया था। वे लोग वहाँ रुक गए। मारसल अपने हाथ मलने लगा, वह उनके सामने रखे ट्रंक को बड़े प्यार से देख रहा था। "देखो," जानीन ने कहा! उस चौक के दूसरे कोने से एक लम्बा अरब आ रहा था, पतला, शक्तिमान, एक आसमानी लबादे में आवृत्त, पीले-मुलायम चमड़े के जूते पहने हुए, हाथों में दस्ताने पहने हुए और धूप में तपे हुए व शुकवत् चेहरे को गर्व से ऊपर उठाए हुए। वह उन फ्रांसीसी सैनिकों से जो देशीय मामलों के अधिकारी थे और जिन्हें जानीन जब-तब प्रशंसा से देखा करती थी, सिर्फ अपने शैश[1] से अलग पहचाना जा सकता था, जिसे उसने पहन रखा था। वह समान गति से उनकी तरफ आ रहा था, लेकिन धीरे-धीरे अपने दस्ताने उतारते हुए, उनके समूह से परे, कहीं दूर देखता हुआ प्रतीत हो रहा था। "ये देखो," मारसल ने कन्धे उचकाते हुए कहा, "उनमें से एक, जो अपने आपको जनरल समझे हुए है।" हाँ, वैसे तो यहाँ सभी में दम्भ था, लेकिन यह कुछ ज़्यादा ही दिखा रहा था। यद्यपि चौक उनके चारों तरफ खाली पड़ा था, वह सीधा ट्रंक की तरफ बढ़ रहा था, बिना उसे देखे, बिना उन लोगों की तरफ देखे। फिर वह दूरी जो उन्हें अलग किए हुए थी, जल्दी से

1. एक अरबी शब्द, यानी बहुत पतले कपड़े का साफा।

कम हो गई, और अरब उनके निकट आ गया। तब एकदम मारसल ने सन्दूक का हैंडल पकड़कर उसे पीछे खींच लिया। वह अरब ऐसे सीधा निकल गया जैसे कुछ देखा ही न हो और उसी सम गीत से चहारदीवारी की ओर अग्रसर होता रहा। जानीन ने अपने पति की तरफ देखा, वह नतशीर्ष दिख रहा था। "ये लोग समझते हैं, अब कुछ भी कर सकते हैं," उसने कहा। जानीन ने कुछ भी उत्तर नहीं दिया। उसे इस अरब का यह बुद्धिहीन अहंकार बहुत बुरा लग रहा था और वह अचानक विक्षुब्ध हो गई। वह वहाँ से चले जाना चाहती थी, उसका ध्यान उसके फ्लैट में था। होटल में उस ठिठुरते कमरे में लौटने का खयाल उसे बहुत निरुत्साहित कर रहा था। अचानक उसे ध्यान आया कि मैनेजर ने उसे किले की छत पर जाने की सलाह दी थी, जहाँ से मरुस्थल अच्छी तरह देखा जा सकता था। उसने यह मारसल को बताया और यह भी कि वे ट्रंक होटल में छोड़ सकते है। लेकिन वह थका हुआ था और खाने से पहले कुछ सो लेना चाहता था। "चलो न," जानीन ने कहा। अचानक मारसल ने उसे बड़े ध्यान से देखा। "ठीक है मेरी रानी!" उसने कहा।

वह होटल के सामने गली में, उसका इन्तज़ार करने लगी। सफेद कपड़े पहने हुए लोगों की भीड़ बढ़ती जा रही थी। उनमें एक भी महिला नहीं दिख रही थी और जानीन को लगा इतने सारे पुरुष एक जगह उसने पहले कभी नहीं देखे थे! हालाँकि उनमें से एक भी उसकी तरफ नहीं देख रहा था। फिर भी उनमें से कुछ, बिना यह ज़ाहिर करते हुए कि उसे देख रहे हैं, धीरे-धीरे उसकी तरफ वह पतला और धूप से तपा हुआ चेहरा घुमाते थे, जो जानीन की निगाह में उन सबका एक-सा लगता था, उस बसवाले फ्रांसीसी सैनिक का जैसा, या दस्ताने पहने

हुए अरब का जैसा, वो चेहरा जो एक साथ ही चालाक भी था और अभिमानी भी। उस विदेशी महिला की तरफ वे मुड़-मुड़कर देख रहे थे, लेकिन उसे नहीं देख पा रहे थे। तब धीरे-से, चुपचाप उसके चारों तरफ चक्कर लगा लेते थे। उसके टखने सूजे हुए थे। उसकी बेचैनी, और वहाँ से चले जाने की ज़रूरत बढ़ गई थी। "मैं यहाँ क्यों आई?" लेकिन तब तक मारसल वापस नीचे आ गया था।

जब वे किले की सीढ़ियाँ चढ़ रहे थे, दोपहर के पाँच बजे थे। हवा चलनी एकदम बन्द हो गई थी। आसमान बिलकुल साफ, अब एक हलके नीले रंग का हो गया था। ठंड और खुश्क हो गई थी, और उनके गालों में लग रही थी। सीढ़ियों के बीच में एक वृद्ध अरब ने, जो दीवार के सहारे खड़ा हुआ था, उनसे पूछा—अगर उन्हें संदर्शन की ज़रूरत है, लेकिन अपनी जगह से हिला नहीं, जैसे कि उसे उनके मना करने का पहले से ही पता हो। काफी समतल चौकियों के बावजूद सीढ़ियाँ बहुत लम्बी और सीधी थीं। वे जैसे-जैसे ऊपर चढ़ते जा रहे थे, अन्तरिक्ष और विस्तृत होता जा रहा था और वे ऐसे प्रकाश में ऊपर उठ गए जो लगातार बढ़ता जा रहा था, ठंडा और सूखा होता जा रहा था, और जहाँ मरु-उद्यान की हर आवाज़ एक सुस्पष्ट निर्मलता के साथ उनके पास पहुँच रही थी। ज्योतिर्मय हवा उनके चारों तरफ दोलायमान हो रही थी, ऐसे प्रदोलन के साथ जोकि उनकी प्रगति के साथ-साथ बढ़ता जा रहा था, जैसे कि उनके चढ़ने से प्रकाश के क्रिस्टल में विस्तृत होती हुई एक ध्वनि-तरंग उद्भूत हो रही हो। और जब वे छत पर पहुँचे, उनकी दृष्टि, अचानक खजूर के पेड़ों के समूह से परे, विशाल क्षितिज में खो गई। जानीन को ऐसा लगा जैसे सम्पूर्ण आकाश एक अकेले लघु और तीक्ष्ण स्वर से गूँज

रहा हो और जिसका अनुनाद उसके चारों तरफ रिक्त स्थान को भर रहा हो, फिर अचानक शान्त हो गया हो—उसे उस अपरिमित विस्तरण के समक्ष एकदम निस्तब्ध छोड़ देने के लिए।

वास्तव में उसकी दृष्टि पूर्व से पश्चिम तक धीरे-धीरे स्थानान्तरित हुई, बिना एक भी बाधा का सामना किए, एक परिपूर्ण वृत्त के किनारे-किनारे। उसकी आँखों के नीचे, अरबी शहर की नीली और सफेद छतें एक-दूसरे को आच्छादित कर रही थीं, जिन पर जगह-जगह धूप में सूखती हुई लाल मिर्च गहरे लाल दाग की तरह दिखती थीं। एक भी व्यक्ति नहीं दिख रहा था, लेकिन अन्दर के आँगन से, कॉफी भुनने की महक के साथ-साथ हँसने की आवाज़ें, कूटने की अग्राह्य आवाज़ें ऊपर उठ रही थीं। कुछ दूरी पर, चार असमान चौकोर हिस्सों में, मिट्टी की दीवारों से बँटे हुए खजूर के पेड़ों के उपवन के शिखर पर चलती हुई पवन सरसरा रही थी, जोकि ऊपर छत पर बिलकुल महसूस नहीं हो रही थी। कुछ और दूरी पर, क्षितिज के निकट शुरू होता था गेरुए और भूरे रंग का प्रांत पत्थरों का, जहाँ जीवन का कोई निशान मात्र भी न था। नखलिस्तान से कुछ ही दूरी पर, बरसाती नाले के पास, पश्चिम की तरफ, खजूर के उपवन के किनारे, बड़े-बड़े काले तम्बू दिख रहे थे। चारों तरफ, निश्चल साँडनियों का एक झुंड, इतनी दूर से एकदम छोटा दिख रहा था, भूरी ज़मीन के ऊपर काले अक्षर बना रहा था, जिनका उद्वाचन करना ज़रूरी था। मरुस्थल के ऊपर नीरवता इसी तरह व्याप्त थी, जैसे अन्तरिक्ष।

जानीन, अपने पूरे बदन को मुँडेर के सहारे लगाए, अवाक् खड़ी रही, अपने आपको उस शून्य से वियुक्त करने में असमर्थ जो उसके सामने खुल गया था। उसके समीप मारसल अधीर हो रहा था। उसे ठंड

लग रही थी और वह नीचे जाना चाह रहा था। यहाँ आखिर देखने को क्या था? लेकिन जानीन अपनी आँखें क्षितिज से हटा नहीं पा रही थी। वहाँ, और दक्षिण दिशा में, उस स्थान पर जहाँ आकाश और पृथ्वी एक स्पष्ट रेखा में मिल रहे थे, वहीं, उसे लगा अचानक, कोई चीज़ उसकी प्रतीक्षा कर रही है जिसके प्रति वह अब तक अनभिज्ञ थी, लेकिन जिसकी कमी वह हर पल महसूस करती थी। बढ़ती हुई दोपहर में दीप्ति धीरे-धीरे फैल रही थी, पारदर्शी से वह अब जलसदृश हो चली थी। साथ-ही-साथ, एक औरत के हृदय में, जो वहाँ सिर्फ इत्तिफाक़ से पहुँच गई थी, एक गाँठ जो वर्षों ने, आदत ने, और उकताहट ने बाँध दी थी, धीरे-धीरे ढीली हो रही थी। वह बंजारों के डेरे को देख रही थी। उसने उन आदमियों को जो वहाँ रहते थे, कभी देखा तक नहीं था। उन काले तम्बुओं में कोई किसी तरह की हलचल नहीं थी। वह सिर्फ उनके बारे में सोच रही थी, जिनके अस्तित्व के बारे में वह उस दिन से पहले मुश्किल से ही अवगत थी। बेघर-बार, संसार से विमुक्त, वे मुट्ठी-भर लोग भटक रहे थे उस विशाल क्षेत्र में, जो वह अपनी आँखों से देख पा रही थी, और जो और भी विशाल अन्तरिक्ष का सिर्फ एक नामालूम अंश था, जिसका वृत्ताकार विस्तार, दक्षिण की ओर सैकड़ों किलोमीटर दूर जाकर खत्म होता था, वहाँ, जहाँ से कि प्रथम नदी अरण्य को अन्ततः सींचती थी। हमेशा से इस असीमित ज़मीन के सूखे भू-भाग पर, हड्डियों तक सूखे हुए, कुछ लोग बड़े कष्ट से अविराम चलते रहते थे, जिनके पास होता कुछ भी न था लेकिन किसी की सेवा नहीं करते थे, एक अनोखे साम्राज्य के दुखी और स्वतंत्र हाकिम। जानीन नहीं जानती थी कि क्यों यह विचार उसे एक इतनी मीठी और व्यापक पीड़ा से भर रहा है, कि उसकी आँखें बन्द हो गईं। वह सिर्फ इतना जानती थी कि

यह राज्य चिरकाल से उसे प्रतिज्ञात था और, फिर भी कभी उसे नहीं मिल पाएगा, दुबारा कभी नहीं, सिवाय सम्भवत: इस क्षणभंगुर पल-भर के लिए, जब उसने अपनी आँखें उस अचानक अचल हुए आकाश पर और उसकी स्थिर ज्योति के प्रवाह पर खोलीं, जबकि वे आवाज़ें जो उस अरबी शहर से आ रही थीं, सहसा शान्त हो गईं। उसे लगा कि जैसे संसार का कालचक्र अब रुकने जा रहा है और जैसे कि इस क्षण के बाद से न कोई वृद्ध होगा, न मरेगा। सभी स्थानों में, उस क्षण से, जीवन-क्रम स्थगित हो गया था—सिवाय उसके हृदय के जहाँ, उसी समय, कोई दर्द और विस्मय से रो रहा था।

लेकिन दीप्ति गतिमान हो गई। सूर्य, स्पष्ट और तापरहित पश्चिम दिशा की तरफ छिपने लगा जो कुछ सिन्दूरी हो गई थी, जबकि एक भूरी लहर पूर्व में अभिव्यक्त हुई, उस विशाल विस्तृति में धीरे-धीरे बिखरने के लिए तैयार। एक पहला कुत्ता चिल्लाया और उसकी दूरस्थ चिल्लाहट हवा में ऊपर उठी, जो अब और ठंडी हो गई थी। जानीन ने अब देखा कि उसके दाँत बज रहे हैं। "हम मर रहे हैं," मारसल ने कहा, "तुम बेवकूफ हो। चलो वापस चलें।" लेकिन उसने जानीन का हाथ बड़े बेढंगेपने से पकड़ा। इस समय विनेय, वह मुँडेर की तरफ से मुड़ी और उसके पीछे-पीछे चल पड़ी। सीढ़ियों में निश्चल खड़े वृद्ध अरब ने उन्हें शहर की तरफ जाते देखा। वह बिना किसी की तरफ देखे चल रही थी, एक गहन और अप्रत्याशित थकान से दबी हुई, किसी तरह अपने बदन को सरका रही थी, जिसका भार अब उसे असहनीय लग रहा था। उसका आत्मोत्कर्ष अब खत्म हो चुका था। इस समय वह अपने आपको बहुत ज़्यादा लम्बा महसूस कर रही थी, बहुत स्थूल और अत्यधिक सफेद उस दुनिया के लिए जिसमें वह अभी-अभी प्रविष्ट हुई

थी। एक शिशु, कोई युवा लड़की, रूखा आदमी, लुका-छिपा सियार ही सिर्फ वे प्राणी थे जो चुपचाप उस ज़मीन पर कदम रख सकते थे। वहाँ अब के बाद वह क्या कर सकेगी, सिवाय अपने आपको धकेलने के, नींद तक, मृत्यु तक?

वस्तुत: वह अपने आपको रेस्तराँ तक ले गई, उस पति के साथ जो अचानक एकदम चुप हो गया था, या अपनी थकान व्यक्त कर रहा था, जबकि वह खुद निर्बलता से उस जुकाम से संघर्ष कर रही थी जिसकी वजह से उसे बुखार चढ़ रहा था। उसने किसी तरह अपने आपको अपने पलंग तक धकेला, जहाँ मारसल भी शीघ्र उसके पास आ गया और बिना एक शब्द कहे, बिना कुछ पूछे, बत्ती बन्द करके तत्काल सो गया। कमरा बर्फ बना हुआ था। जानीन को ठंड बढ़ती हुई लगी, उसका बुखार भी तेज़ हो गया था। उसे साँस लेने में परेशानी हो रही थी, उसका रक्त बदन में दौड़ रहा था, बिना उसे कोई ताप दिए, उसके अन्दर एक तरह का भय घर करने लगा। उसने करवट ली, लोहे का पुराना पलंग उसके भार से चरमराया। नहीं, वह बीमार पड़ना नहीं चाहती थी। उसके पति को नींद आ चुकी थी, उसे भी सो जाना चाहिए, यह आवश्यक था। शहर की दबी हुई आवाज़ें खिड़की की दरार में से उस तक पहुँच रही थीं। मूरी कॉफी-हाउस के पुराने फोनोग्राफ, धुनें मिनमिना रहे थे जो उसे थोड़ी-बहुत समझ में आ रही थीं, जिसकी आवाज़ें उस तक धीरे-धीरे हिलती हुई एक भीड़ के ऊपर होकर पहुँच रही थीं। सोना ज़रूरी था। लेकिन वह काले तम्बू गिन रही थी; उसकी पलकों के पीछे निश्चल ऊँट चरागाह में घूम रहे थे; उसके अन्दर एक गहन अकेलापन विचलित हो रहा था। हाँ, वह यहाँ क्यों आई थी? इसी प्रश्न पर उसे नींद आ गई।

थोड़ी देर बाद वह उठ गई। उसके आसपास निस्तब्धता एकदम परिपूर्ण थी। लेकिन शहर की सरहद पर कर्कश कुत्ते नीरव रात्रि में भौंक रहे थे। जानीन को कँपकँपी आई। उसने फिर एक करवट ली, अपने बदन से सटे अपने पति का मज़बूत कन्धा अनुभव किया और, अचानक आधी नींद में, उससे चिपक गई। वह बिना उसमें डूबे हुए, नींद की सतह पर बह रही थी, इस कन्धे को एक अचेत अधीरता से पकड़े हुए, जैसे यह उसका सुरक्षित तट हो। वह बोल रही थी, लेकिन उसके मुख से कोई आवाज़ नहीं निकल रही थी। वह बोल रही थी, लेकिन शायद खुद भी मुश्किल से ही अपने आपको सुन पा रही थी। वह सिर्फ मारसल की गरमाई ही महसूस कर पा रही थी। पिछले बीस सालों से भी ज़्यादा, हर रात को, इसी तरह, उसकी गरमाई में लिपटे, वे दोनों हमेशा, चाहे बीमार हों, सफर कर रहे हों, जैसे आजकल...। आखिर वह घर में अकेली करती भी क्या? कोई बच्चा नहीं! क्या यही कमी उसे अखरती रहती थी? वह ठीक से नहीं जानती थी। वह मारसल की बात मानती थी, बस, इस बात से सन्तुष्ट कि किसी को उसकी ज़रूरत महसूस होती है। मारसल उसे और कोई खुशी नहीं देता था, सिवाय इसके कि वह अपने आपको आवश्यक महसूस करे। बेशक वह उसे प्यार नहीं करता था। प्यार का, चाहे घृणास्पद भी हो, यह चिड़चिड़ा रुख नहीं होता। लेकिन कौन-सा है उसका रुख? ये लोग रात के अँधेरे में प्यार करते हैं, बिना एक-दूसरे को देखे, स्पर्श से। क्या कोई और प्यार भी है सिवाय तिमिर के प्यार के, जो दिन के तेज़ प्रकाश में चिल्लाता हो? वह नहीं जानती थी, लेकिन वह यह जानती थी कि मारसल को उसकी ज़रूरत थी और उसे इस ज़रूरत की ज़रूरत थी, और इसके सहारे वह रात और दिन जीती थी, खासतौर से

रात, हरेक रात, जब वह अकेले रहना नहीं चाहता था, न वृद्ध होना, न मरना, इस निर्जीव भाव के साथ जो उसके चेहरे पर आ जाता था और जिसे वह अनेक बार और पुरुषों के चेहरे पर भी देखती थी, इन पागलों का सिर्फ एक, सब ही में एक-सा भाव, जिसे वे अपनी ऊपरी बुद्धिमत्ता के नीचे छिपाए रखते हैं, जब तक वह उन्हें अति उन्मत्त करके, ज़बरदस्ती किसी औरत के शरीर पर न फेंक दें, उसमें बिना इच्छा के, वह सब भयंकरता गाड़ देने के लिए जो अकेलापन और रात्रि उनके सामने ज़ाहिर करते हैं।

मारसल ज़रा-सा हिला, जैसे कि उससे कुछ दूर होने के लिए। नहीं, वह उसे प्यार नहीं करता था, वह तो सिर्फ उससे डरता था जो वह थी ही नहीं, और उसे और मारसल को तो बहुत पहले ही एक-दूसरे से अलग होकर आखिर तक अकेले सोना चाहिए था। लेकिन हमेशा कौन अकेला सो सकता है? कुछ पुरुष ऐसा करते हैं, जिन्हें उनकी वृत्ति या बदकिस्मती ने औरों से दूर कर दिया है, और जो अब हरेक शाम उसी पलंग पर सोते हैं जिसमें कि मौत। मारसल ऐसे कभी नहीं कर सकता था। वह, खासतौर से बच्चों की तरह कमज़ोर और बेबस, जिसे कि दुख, दर्द से हमेशा डर लगता था, यथार्थ में उसके बच्चे की तरह, जिसे उसकी ज़रूरत थी, और जिसका कराहना उसी समय जानीन ने सुना। वह उसके और करीब सरक आई, अपना हाथ उसके वक्षस्थल पर रख दिया और अपने आप मुँह-ही-मुँह में उसे प्यार के उस नाम से बुलाने लगी जो कभी पहले उसी ने रखा था, और जिसे वह अब भी कभी-कभी इस्तेमाल करते थे, लेकिन बिना कभी यह सोचे कि वह उनके लिए क्या मतलब रखता है।

जानीन ने उसे अपने हृदय से आवाज़ दी। कुछ भी हो, उसे भी तो मारसल की ज़रूरत थी, उसकी शक्ति की, उसकी छोटी-छोटी सनकों की, उसे भी मरने से डर लगता था। 'अगर मैं इस डर को कब्ज़े में कर लूँ तो खुश रहूँगी।' तत्काल एक अजात दु:ख ने उसे आक्रान्त कर दिया। वह मारसल से दूर हट गई। नहीं, उसने किसी पर विजय नहीं पाई थी, वह खुश नहीं थी। वास्तव में वह बिना मुक्त हुए ही मरनेवाली थी। उसके दिल में बड़ी तकलीफ हो रही थी, वह एक गहन बोझे से दबी जा रही थी, जो उसे अकस्मात् ध्यान आया, वह बीस साल से ढो रही थी, और जिस पर वह अब अपना पूरा दम लगाकर काबू पाने की कोशिश कर रही थी। वह मुक्त होना चाहती थी, चाहे मारसल, चाहे बाकी और, कभी मुक्त न हुए थे। जागकर उसने बिस्तर में फैलकर अँगड़ाई ली और कान लगाकर वह आवाज़ सुनने लगी जो उसे बहुत पास से आती हुई लगी। लेकिन रात के किनारों में से, मरु-उद्यान के कुत्तों का दबा हुआ पर अश्रान्त भौंकना ही सिर्फ उस तक पहुँचा। मन्द समीर चल पड़ी थी और उसने खजूर के पेड़ों में उसके हलके सलिल-प्रवाह की ध्वनि सुनी। वह दक्षिण दिशा से आ रही थी, वहाँ से, जहाँ इस समय पुन: निश्चल नभ के नीचे मरुस्थल और निशा मिल गए थे वहाँ से, जहाँ जीवन एकदम थम गया था, जहाँ अब न कोई वृद्ध हो सकता था, न मर सकता था। फिर पवन में बहता सलिल रुक गया और उसे विश्वास नहीं हुआ कि उसने कुछ सुना भी था, सिवाय एक मूक पुकार के, जो निदान, वह अपनी इच्छा से चुप कर सकती थी या सुन सकती थी, लेकिन जिसका आशय वह कभी नहीं समझ पाएगी, अगर उसने अभी इसी समय जवाब नहीं दिया। अभी इसी समय, हाँ, कम-से-कम यह पक्का था!

वह आहिस्ते से उठी और चुपचाप खड़ी रही, बिस्तर के पास, अपने पति के श्वास-प्रश्वास को सुनती रही। मारसल सो रहा था। एक क्षण बाद बिस्तर की गरमाई उससे बिछुड़ गई और उसे ठंड ने ग्रस लिया। उसने धीरे-धीरे कपड़े पहने, सड़क की बत्ती की उस हल्की रोशनी में अन्दाज से ढूँढ़कर, जो सामने लगे परदों में से छनकर अन्दर आ रही थी। जूते हाथ में उठाए वह दरवाज़े तक पहुँची। वहाँ, अँधेरे में, क्षण-भर रुकी, फिर धीरे-से दरवाज़ा खोला। चटखनी ज़रा-सी घिसी। वह एकदम रुक गई। उसका दिल ज़ोर-ज़ोर से धड़कने लगा। उसने कान लगाए, खामोशी से पुन: आश्वस्त हो, उसने फिर अपना हाथ ज़रा-सा घुमाया। चटखनी का घुमाव उसे अनन्त लगा। आखिर में दरवाज़ा खुला और वह आहिस्ते-से बाहर निकल गई, और उसने उसी सतर्कता से दरवाज़ा दुबारा बन्द कर दिया। फिर चौखट से अपना गाल सटा कर खड़ी रही। एक क्षण के बाद, मारसल के साँस लेने की आवाज़ उसे बहुत दूर से आती हुई प्रतीत हुई। वह एकदम घूमी, रात की बर्फीली हवा अपने चेहरे पर थमी और तेज़ी से बरामदे में दौड़ गई। होटल का फाटक बन्द था। जब तक कि उसने किसी तरह साँकल खोली, रात का चौकीदार सीढ़ियों की चोटी पर आ गया, बड़ी चकराई हुई शक्ल और उसने अरबी में कुछ कहा। "मैं अभी आ रही हूँ," जानीन ने कहा, और वह झपटकर, अँधेरे में आगे बढ़ गई।

खजूर के पेड़ों व मकानों के ऊपर काले आसमान से लटकती तारों की लड़ियाँ सज रही थीं। वह इस समय निर्जन, किले की तरफ जाते हुए छोटे रास्ते में, भागने लगी। शीत ने, जिसे सूर्य से अब और संघर्ष नहीं करना पड़ रहा था, निशा को अपने अधीन कर लिया, बर्फीली हवा उसके फेफड़ों में लगने लगी लेकिन वह भागती रही, आधी अन्धी,

अँधेरे में। उसे रास्ते की चोटी पर, किसी तरह कुछ रोशनी दिखी जो टेढ़ी होकर अब उसकी तरफ भी आ रही थी; वह रुक गई। उसे भौंरों के गूँजने-जैसी आवाज़ सुनाई दी, और उन बत्तियों के पीछे जो बढ़ती जा रही थीं, उसे विशाल लबादे दिखे, जिनके नीचे बाइसिकिल के नाजुक पहिए चमक रहे थे। वे लबादे उसे छूने हुए निकल गए उसके पीछे अँधेर में से तीन लाल बत्तियाँ कहीं में निकलीं, तत्काल गायब हो जाने के लिए। उसने फिर से किले की तरफ जानेवाला अपना रास्ता पकड़ा। सीढ़ियों के बीच में, उसके फेफड़ों में ठंडी हवा की चुभन इतनी तीक्ष्ण हो गई कि उसे रुकने का मन किया। शक्ति के आखिरी आवेग ने उसे छत पर ला पटका, मुँडेर के सहारे जो इस वक्त उसके उदर को दबा रहा था। वह हाँफ रही थी और उसे अपने चारों तरफ सबकुछ धुंधला दिखाई दे रहा था। भागने से उसमें बिलकुल गरमाई नहीं आई थी, अभी तक भी उसके सारे अंग ठंड से काँप रहे थे। लेकिन उस ठंडी हवा ने, जिसे वह झटकों के साथ अन्दर खींच रही थी, अन्दर का प्रवाह जल्द ही नियमित कर दिया। इस कम्पन के बीच एक हल्की-सी तपन भी पैदा होनी शुरू हो गई। अन्ततः उसकी आँखें खुली रात की अपरिमित विस्तृति पर।

उस एकान्तता और शान्ति को, जो जानीन को घेरे हुई थी, न कोई साँस, न आवाज़ तोड़ रही थी, सिवाय कभी-कभी उन पत्थरों की दबी हुई चटचटन के जिन्हें ठंड, घटाकर बालू बना रही थी। तथापि, एक क्षण के अन्त में, उसे लगा कि एक तरह का भारी भँवर उसके ऊपर के आसमान को घुमाए जा रहा है। ठंडी और शुष्क रात की सघनता में, हज़ारों सितारे निरन्तर निकल रहे थे और, उनकी चमकदार हिमकणिकाएँ तत्काल विलग होकर अनजाने ही, अन्तरिक्ष की तरफ

फिसलनी शुरू हो गई। जानीन अपने आपको इन चंचल ज्योति बिन्दुओं पर ध्यान देने से न हटा सकी। वह उनके साथ-साथ घूमने लगी और अनेक बार उसी अचल पथभ्रमण ने धीरे-धीरे उसे अपने अस्तित्व की गहराई से मिला दिया, जहाँ शीत और इच्छा इस समय प्रतिद्वन्द्व कर रहे थे। उसके सामने, तारे गिरते जा रहे थे, एक-एक करके और फिर उस वीराने के पत्थरों के बीच बुझते जा रहे थे और प्रत्येक बार जानीन रात्रि के प्रति कुछ और खुलती जा रही थी। वह साँस लिये जा रही थी, भूलती जा रही थी ठंड को, औरों के अस्तित्व के भार को, उकताई हुई या घुटी हुई ज़िन्दगी को, जीने और मरने की लम्बी वेदना को। उन अनेक सालों बाद, जिनमें भय से बचते हुए, मूढ़ता से निरुद्देश्य वह भागती रही थी, आखिरकार अब रुक गई। तभी उसने अपने आपको होश में आता हुआ महसूस किया। उसके बदन में, जोकि अब काँप नहीं रहा था, फिर से जोश भर गया। मुँडेर को उदर से ज़ोर से दबाते हुए, अस्थिर आकाश की तरफ खिंचते हुए वह सिर्फ इन्तज़ार कर रही थी कि उसका अभी तक तेज़ गति से चनता हुआ दिल कुछ थम जाए और उसके अन्दर भी शान्ति भर जाए। नक्षत्र के आखिरी सितारों ने अपने तारकपुंजों को मरुस्थल के क्षितिज से कुछ और नीचे छोड़ दिया और एकदम निश्चल हो गया। तब, असह्य सौम्यता के साथ रात का पानी जानीन में भरना शुरू हो गया, शीत को डुबोकर, उसके अस्तित्व के अज्ञात केन्द्र में धीरे-धीरे ऊपर चढ़ता गया जब तक कि उसके आहों भरे मुँह से निर्विघ्न लहरों में बाहर न गिरने लगा। एक क्षण बाद, सम्पूर्ण आकाश उसके ऊपर फैल गया, शीतल धरा पर उलटा।

जब जानीन लौटी, उसी सतर्कता से, मारसल उठा नहीं था। लेकिन जैसे ही वह बिस्तर में लेटी, वह तनिक कुनमुनाया और कुछ पल बाद

अचानक उठकर बैठ गया। उसने कुछ कहा, लेकिन जानीन समझ नहीं पाई, जो भी वह कह रहा था। वह उठा, बत्ती जलाई। रोशनी उसके चेहरे पर तमाचे की तरह लगी। डगमगाता-सा वह चिलमची की तरफ गया और उस पर रखी खनिज-जल की बोतल से देर तक पानी पिया। वह चादरों के नीचे घुस ही रहा था कि एक घुटना पलंग पर टेककर हैरान, उसे देखने लगा। वह रोए चली जा रही थी, सिसकियों से, अपने आपको रोकने में असमर्थ। "कुछ नहीं हुआ, तुम सो जाओ," वह कह रही थी, "मुझे कुछ नहीं हुआ।"

धर्मपरिवर्तक या एक विह्वल आत्मा

"ये क्या घपला है, क्या घपला है? अपने दिमाग की कार्रवाई में कुछ तरतीब डालनी पड़ेगी मुझे। जब से उन्होंने मेरी ज़बान काटी है, एक और ज़बान, जाने कहाँ से, लगातार चले जा रही है मेरी खोपड़ी में, कोई चीज़ या कोई जना बोले ही जा रहा है, जो अचानक चुप हो जाता है और फिर चालू हो जाता है। ओह, मुझे बहुत-सी चीज़ें सुनाई दे रही हैं, लेकिन समझ में कुछ नहीं आता, क्या गड्ड-मड्ड है और अगर मैं मुँह खोलता हूँ तो कंकड़ खड़खड़ाने-जैसी आवाज़ आती है। कोई क्रम, तरीका होना चाहिए—ज़बान ने कहा, और वह कुछ और चीज़ों का ज़िकर भी साथ में करने लगी! हाँ, मैंने हमेशा ही तरतीब चाही है। कम-से-कम एक बात पक्की है, मैं उस मिशनरी का इन्तज़ार कर रहा हूँ जिसे मेरी जगह लेनी है। मैं यहाँ रास्ते में, चट्टानों के अम्बार में छुपे तघाज़ा[1] से एक घंटे दूर, अपनी पुरानी बन्दूक पर बैठा हुआ हूँ। मरुस्थल पर दिन निकल रहा है, ठंड अभी काफी है, जल्द ही

1. शहर का नाम

तेज़ गर्मी हो जाएगी। यह जगह मुझे पागल बना देती है, और मैं इतने बरसों से कि उनकी गिनती भी भूल चुका हूँ, यहाँ हूँ। नहीं, एक बार और कोशिश करूँगा! वह मिशनरी आज सुबह पहुँच जाएगा, या शाम तक। मैंने सुना है, वह एक गाइड के साथ आ रहा है। हो सकता है, दोनों के लिए सिर्फ एक ही ऊँट हो। मैं इन्तज़ार करूँगा, इन्तज़ार कर ही रहा हूँ बस ठंड में, इस ठंड में, मैं ठिठुर रहा हूँ। कुछ और सब्र करो, नाचीज़ गुलाम!

"लेकिन मैं कब से सब्र कर रहा हूँ। जब मैं अपने घर था, मैसिफ सौथाल[1] के उस ऊँचे पठार पर, मेरे गँवार पिता, मेरी उजड्ड माँ, शराब, हर रोज़ सूअर के मांस का सूप—सबसे पहले शराब को ही लो, तीखी और ठंडी, और वे लम्बे जाड़े, बर्फीली हवा, बर्फ की चट्टानें, वे नफरत-भरे फ़र्न। ओह, मैं कहीं भाग जाना चाहता था, उन सबको एकदम छोड़कर नए सिरे से ज़िन्दगी शुरू करना चाहता था, धूप की रोशनी में, स्वच्छ पानी के साथ। मुझे पादरी पर विश्वास था, उन्होंने मुझसे सेमिनरी[2] के बारे में बातें की थीं, हर रोज़ मुझे समय दिया था, इस प्रोटेस्टेंट इलाके में उनके पास काफी खाली समय होता था, जिसके दरम्यान वे गाँव में निकल जाया करते थे, जहाँ उन्हें दीवारों से सटकर चलना पड़ता था। उन्होंने मुझे भविष्य के बारे में बताया, सूरज के बारे में बताया। वे कहा करते थे, कैथलिकवाद ही सूरज है, वे मुझे हमेशा पढ़ने के लिए किताबें दिया करते थे। उन्होंने लैटिन, किसी तरह मेरे मोटे दिमाग में भरी थी, "बच्चा है तो होशियार, लेकिन बहुत ढीठ।" मेरी खोपड़ी इतनी सख्त है कि इतनी बार गिरने पर भी

---

1. फ्रांस के मध्य चट्टानी क्षेत्र।
2. धर्म प्रशिक्षणालय, पादरी पद के लिए ट्रेनिंग स्कूल।

मेरी पूरी ज़िन्दगी में इसमें से कभी खून नहीं निकला। 'भैंसे का सिर है इसका,' मेरे पिता कहा करते थे। सेमिनरी में वे सब बहुत घमंडी थे, प्रोटेस्टेंट इलाके से एक दाखिला—यह उनके लिए एक फ़तह थी, उन्होंने मेरा वहाँ पहुँचना ऐसे देखा जैसे ऑस्टरलिट्ज़[1] में सूरज। सूरज कुछ पीला-सा, यह सच है कि अल्कोहल की वजह से। उन्होंने तेज़ शराब पी थी और उनके बच्चों के कुछ दाँतों में कीड़े लग गए थे। रॉ रॉ[2] उसके पिता को मारना, यही करना चाहिए था उसे, लेकिन अब ऐसा कोई खतरा नहीं है कि वे मिशन में शामिल हो जाएँगे, क्योंकि उन्हें तो गुज़रे हुए ही एक अरसा हो गया। कच्ची शराब ने उनका मेदा बिलकुल काट दिया था, अव तो सिर्फ मिशनरी को मारना बाकी रह गया।

"मुझे एक हिसाब निबटाना है उनके साथ, और उनके मास्टरों के साथ, अपने मास्टरों के साथ, जिन्होंने मुझे धोखा दिया, कमीने यूरोप के साथ, सारी दुनिया ने ही मुझे धोखा दिया है। मिशनवालों के मुँह पर तो एक ही शब्द रहता था, जंगलियों के पास जाओ और उनसे कहो, 'ये मेरे भगवान हैं, सिर्फ एक बार इनकी तरफ देखो, ये कभी हमला नहीं करते, न जान लेते हैं, बहुत ही मीठी आवाज़ में अपने आदेश देते हैं, दूसरा गाल भी आगे कर देते हैं, यही सबसे बड़े भगवान हैं, इन्हीं को अपना देवता मानो, देखो इनकी महिमा से मुझे कितना सुख मिला है, मेरी बेकद्री करके देखो, करनी का फल तुम्हें अपने आप मिल जाएगा।' हाँ, मैंने रॉ रॉ में विश्वास किया है और मुझे सुख-शान्ति मिली है, मैं तन्दुरुस्त हो गया था, मैं काफी खूबसूरत लगता था, मैं चाहने लगा था, कोई मुझे खफा करे। जब हम गर्मियों में, ग्रनोब्ल[3] की धूप में अँधेरी

1. चेकोस्लोवाकिया का एक छोटा कस्बा।
2. सम्भवत: संकेत इजिप्ट के सूर्य देव की तरफ, जिन्हें रॉ कहा जाता है।
3. फ्रांस के एक शहर का नाम।

और सँकरी गलियों में चला करते थे और झिरझरे कपड़े पहने हुई लड़कियों के सामने से गुजरते थे, मैं आँखें ज़रा भी नहीं हटाता था, मैं उनका तिरस्कार करता था। चाहता था कि वे मेरा अपमान करें, और वे कई बार हँस दिया करती थीं। तब मैं सोचा करता था, 'अच्छा हो, ये मेरे चेहरे पर तमाचा लगाएँ और मेरे मुँह पर थूके!' लेकिन उनका दाँत निपोरकर हँसना, तीखे फिकरे कसना वस्तुत: उसी के बराबर होते थे। गुस्सा और तकलीफ दोनों में ही मिठास होती थी। मेरी आत्म-स्वीकृति सुनने वाले पादरी कभी नहीं समझ पाते थे कि मैं अपने आपको क्यों कोसता रहता था, 'नहीं-नहीं, तुममें अच्छाइयाँ भी हैं!' अच्छाइयाँ! मेरे अन्दर तो सिर्फ तेज़ शराब थी, बस, ये जैसे सबसे अच्छा था, अगर बुराइयाँ हों ही नहीं तो बेहतर कैसे बना जा सकता है? ये मैंने उन सब बातों से अच्छी तरह समझ लिया था जो वे मुझे सिखाते रहते थे। एक ही बात मैं समझ पाया था, सिर्फ एक अकेला विचार, और अपनी हठवादिता से उसे लेकर मैं अटकलें लगाने लगा, आगे से आगे प्रायश्चित्त के लिए तत्पर रहने लगा, साधारण जीवन से कतराने लगा, आखिरकार मैं एक उदाहरण बनना चाहता था, जिससे कि लोग मेरी तरफ देखें, मेरे माध्यम से उसके प्रति श्रद्धा अर्पित करें जिसने मुझे इस काबिल बनाया, मेरे जरिये मेरे ईश देव की आराधना करें।

"निर्दयी सूरज! वह उदय हो रहा है, मरुस्थल रुख बदल रहा है, उसमें पर्वती सिक्लमेन का रंग अब नहीं रहा, ओ मेरे पर्वत, और हिम, सौम्य और सुहावनी। नहीं, अब वह पीली, कुछ भरी-सी दिख रही है, भव्य दीप्ति से पहले का कृतघ्न क्षण। अभी तो मेरे सामने दूर तक जहाँ अस्थिर रंगों के परिश्रम में पठार लुप्त हो जाता है, कुछ भी नहीं दिख रहा, बिलकुल कुछ नहीं। मेरे पीछे, चढ़ान उस टीले तक

जाती है जो तगाज़ा को जिसका लौह नाम मेरे मस्तिष्क में इतने सालों से डोल रहा है छिपाए हुए है। सबसे पहले इसका जिक्र मुझसे उस आधे अन्धे पादरी ने किया था जो उन दिनों कॉन्वेंट[1] में अपने एकान्त व्रत की साधना कर रहा था लेकिन पहला क्यों, एक अकेले उसी ने तो कहा था, और उसकी कहानी में, मैं नमक के शहर की चमचमाती धूप में खड़ी सफेद दीवारों से कोई खास प्रभावित नहीं हुआ था, बल्कि उन जंगली निवासियों की क्रूरता से हुआ था। वह नगर सब बाहर के आदमियों के लिए बन्द था। उन लोगों में से जो अन्दर घुसने का प्रयास कर रहे थे, एक ने, जो समझता था सिर्फ एक वही सफल हुआ है, जो कुछ वहाँ देखा था सबको बताया था। उन लोगों ने उसे कोड़ों से मारा था, उसके मुँह में, घावों में, नमक भरकर उसे मरुस्थल में खदेड़ दिया था। किस्मत से वहाँ उसे बनजारे मिल गए जो कम-से-कम इस बार हमदर्द निकले, तभी से मैं उसकी खुदगुजरी के बारे में सोचता रहा हूँ, नमक में हुई जलन के बारे में, आसमान के बारे में, उस जादू-टोने के घर के बारे में, और उन गुलामों के बारे में, क्या इससे ज़्यादा जंगली और ज़्यादा उभाड़नेवाला किस्सा हो सकता है। हाँ, यही अब मेरा उद्‌देश्य था, मेरा जीवन-लक्ष्य था, और मुझे वहाँ जाकर अपने देवता के बारे में बतलाना ज़रूरी था।

"सेमिनरी में पहुँचने पर सब लोग मुझे निरुत्साहित करने के उद्‌देश्य से अपनी-अपनी राय देने लगे कि अभी कुछ रुकना बेहतर है, ये देश मिशनरियों का नहीं है, मैं अभी पूरी तौर से तैयार नहीं हूँ, मुझे पहले अच्छी तरह तैयारी कर लेनी चाहिए, यह याद रखना चाहिए कि मैं कौन हूँ, फिर भी मुझे कई टेस्ट देने पड़ेंगे, फिर वे बाद में

1. कॉन्वेंट—ईसाई, धार्मिक समुदाय का निवासस्थान।

देखेंगे! लेकिन अभी इन्तज़ार करना है। आह! नहीं। हाँ, अगर उन्होंने मेरी विशेष तैयारी पर बहुत ज़ोर दिया और छोटे-छोटे इम्तिहानों पर, क्योंकि वे अल्जियर्स में होते थे और मुझे उसके नज़दीक लाते थे, लेकिन बाकी सब बातों के लिए मैंने अपना बड़ा-सा सिर हिला दिया, और मैंने वही बात दोहराई, जंगलियों के पास जाओ, उन्हीं की तरह जीओ यहाँ तक कि फैटिश के घर में भी जाओ और उदाहरण से यह साबित करो कि मेरे देवता की सच्चाई उनसे ज़्यादा मज़बूत है। वे बेशक मुझे तंग करेंगे, लेकिन उन मुसीबतों से मुझे घबराना नहीं है। वे तो प्रदर्शन के लिए आवश्यक होती हैं, और यथार्थतः उनका सामना करने की कुशलता के तरीके से ही मैं इन जंगलियों पर ऐसे ही काबू पा सकता था, जैसे शक्तिशाली सूर्य। शक्तिशाली, हाँ, यही वह शब्द है, जो लगातार मैं अपनी ज़बान पर लाता रहा हूँ, मैं निरंकुश शक्ति की कल्पना करता रहा हूँ, ऐसी शक्ति जिसके सामने लोग घुटने टेक दें, जो दुश्मन को आत्मसमर्पण करने पर मजबूर कर दे, संक्षेप में जो उसका धर्म बदलवा दे, और उसकी दी हुई रज़ामन्दी से वह जितना ज़्यादा अन्धा हो, क्रूर हो, अपने आप में विश्वास रखता हो, अपनी धारणा में दृढ़ हो, उसी अनुपात में अब उसकी प्रभुता सिद्ध होगी, जिसने उसे पराजित किया। हमारे पादरियों का ओछा आदर्श रहा है, उन भले आदमियों का धर्म बदलवाना जो ज़रा भटक गए हों। इतनी शक्ति होने पर भी इतनी क्षुद्र निष्पत्ति देखकर मैं उनका तिरस्कार करता रहा हूँ, उनमें श्रद्धा नहीं थी, मुझमें थी। मैं इन जल्लादों पर भी अपना अधिकार चाहता था, जिससे वे घुटनों के बल बैठकर यह कहने पर मजबूर हो जाते 'जनाब, जीत आपकी हुई' एक ललकार से इन शैतानों की समूची सेना पर हुकूमत करना चाहता था। आह! मैं निश्चित था

कि इस पर मैंने अच्छी तरह विचार किया है, पहले कभी अपने आपमें इससे ज़्यादा निश्चित हुआ नहीं, लेकिन मैं जब कोई दृढ़ निश्चय कर लेता हूँ तो उसे छोड़ता नहीं हूँ यही मेरी शक्ति है। हाँ, मेरी शक्ति जिस पर वो सब तरस खा रहे हैं!

"सूरज और ऊपर चढ़ गया है। मेरा मस्तक अब जलने लगा है। मेरे चारों तरफ पत्थर चटके जा रहे हैं, सिर्फ बन्दूक की नली ठंडी और ताजा है, जैसे हरे-भरे खेत, बहुत पहले, उस शाम की गिरती बारिश, जब सूप धीरे-धीरे आग पर खदक रहा होता था, वे मेरा इन्तज़ार किया करते थे—मेरी माँ और मेरे पिता, जो कभी-कभी मेरी तरफ देखकर मुस्करा दिया करते थे। शायद मैं उन्हें प्यार करता था। लेकिन अब यह खत्म हो चुका, भाप की एक झीनी-सी परत नीचे से उठनी शुरू हो गई है। अब आ जाओ मिशनरी, मैं तुम्हारा इन्तज़ार कर रहा हूँ अब मैं जान गया हूँ तुम्हारे सन्देश के जवाब में क्या कहना चाहिए, मेरे नए हाकिमों ने मुझे समझा दिया है, और मैं जानता हूँ वे ठीक कह रहे हैं, उनका हिसाब प्यार से करना है। जब अल्जियर्स में मैं सेमिनरी से भागा था, उनके बारे में मेरी कल्पना कुछ और थी—ये असभ्य लोग, इनके बारे में मेरे खयाल में सिर्फ एक यह बात ठीक थी कि ये बहुत दुष्ट हैं। मैंने कोषाध्यक्ष का खज़ाना चुराया था, पादरी का जामा त्यागा था, दुनिया छानी थी—ऊँचे पठार और रेगिस्तान समेत, ट्रांस-सहारा लाइन का बस ड्राइवर मेरा मज़ाक बना रहा था : 'वहाँ मत जाना!' वह भी, क्या हो गया था इन सबको, और सैकड़ों किलोमीटर दूर, फैले हुए, हवा के साथ घटते-बढ़ते रेत के टीले, पुन: एकदम काली चोटी, और लोहे के जैसे सीधे, सँकरे ढलानवाले पर्वतों की कतार, और इसके बाद ज़रूरत पड़ती थी गाइड की, गर्मी में गरजते

और हज़ारों शीशों की आग से जलते, भूरे कंकड़ों के अनन्त सागर को पार करने के लिए, सिर्फ उस जगह तक जहाँ कालों की ज़मीन और श्वेत देश की सरहद है, जहाँ नमक का नगर खड़ा है। और वह पैसा, जो गाइड ने मेरे से चुराया था, जो अपनी बेवकूफी में मैंने उसे दिखाया था, लेकिन उसने मुझे मार के वहीं छोड़ दिया था : 'कुत्ते, ये देख रास्ता, मैं इज़्ज़तवाला हूँ। जा, जा, वहाँ वह तुझे सिखा लेंगे।' और उन्होंने मुझे सब सिखा दिया। ओ, हाँ, वह लोग सूरज की तरह हैं जो आघात करना कभी बन्द नहीं करता, सिवाय रात के। हर पल प्रचंडता से, अहंकार से, प्रहार करता रहता है, जो इस समय मुझ पर ऐसे लग रहा है, इतने ज़ोर से, जैसे अचानक ज़मीन से छूटे हुए बरछे। ओह, पनाह! हो, पनाह लूँ उस बड़ी चट्टान के नीचे, इससे पहले कि सबकुछ गड्डमड्ड हो जाए।

"यहाँ छाया अच्छी है। नमक के नगर में, चकाचौंध गर्मी से भरी इस घाटी की गहराई में, कैसे कोई जी सकता है? प्रत्येक बार कन्नी लगने से उभरे हुए मामूली-सी प्लास्तर की हुई दीवार पर कन्नी के छूटे हुए निशान, जगमगाती परतों में चमक रहे थे। वहाँ फैली हुई सुनहरी रेत ने उन्हें कुछ पीलापन दे दिया था, सिवाय जब तेज़ हवा इन सीधी दीवारों और छतों को साफ कर देती थी, सबकुछ एक चौंधियाती शुभ्रता में कौंध जाता था, स्वयं अपने नीले आवरण तक परिष्कृत आसमान के नीचे। मैं अन्धा हुए जा रहा था, इन दिनों जब निश्चल आग, घंटों कड़कड़ाती रहती थी, छतों की सफेद ज़मीन पर, जो समस्त ब्रह्मांड में इस तरह एकरूप हुई लगती थी जैसे पहले कभी एक दिन, उन्होंने मिलकर नमक के एक पर्वत पर आक्षेप किया हो, पहले उसे चपटा करके, फिर उसी पूरे ढेर में खोद लिये हों रास्ते, घरों के भीतरी भाग

और खिड़कियों, या कि—हाँ, यह बेहतर लगता है, उन्होंने अपना सफेद और झुलसाने वाला नरक गर्म उबलते हुए पानी की बहुत शक्तिशाली धार से तराशा हो, यह दिखाने के लिए कि वह वहाँ रह सकते हैं, जहाँ कोई कभी नहीं रह सका। किसी भी चेतन वस्तु से तीस दिन का सफर, मरुस्थल के बीचोबीच इस खोह में, जहाँ दिन की गर्मी जीवों में किसी प्रकार का सम्पर्क नहीं होने देती उनके बीच अप्रत्यक्ष लपटों और जलते क्रिस्टल की दीवार खड़ी कर देती है, जहाँ बिना परिवर्तन के रात की ठंड एक-एक को उसकी चट्टानों के कोष में बर्फ की तरह जमा देती है, निशाचारी निवासी सूखे हिमशैल में, काले एस्किमों अपने घनाकार इगलूअलों में, अचानक काँपने लगते हैं। काले...हाँ, क्योंकि इन लोगों ने लम्बे काले चोगे पहने हुए हैं और नमक जो उन पर उँगलियों की नोक तक बिछा है, जिसका खारा स्वाद ध्रुवीय रातों की नींद में उनके मुँह में आता है, नमक जिसे, वे वहाँ की एक अत्यन्त प्रदीप्त गहराई में स्थित एकमात्र स्रोत से निकले हुए पानी में पीते हैं, कई बार उनके काले लबादों पर ऐसे धब्बे छोड़ देता है, जैसे बारिश के बाद घोंघों के रेंगने के निशान।

"बारिश, हे प्रभो, सिर्फ एक ज़ोर की बारिश, लम्बी, मूसलाधार, तुम्हारे आसमान से निकली हुई। उसके बाद यह भयावह शहर, धीरे-धीरे क्षय होता हुआ, क्रमशः और अप्रतिहत ज़मीन में धँसता हुआ, और, पूरी तरह पिघलकर एक पंकिल वेगधारा में अपने क्रूर निवासियों को बालू की तरफ बहा ले जाएगा। सिर्फ एक बारिश, मालिक! लेकिन यह क्या, कैसा मालिक, मालिक तो वो हैं! वे राज्य करते हैं अपने बाँझ घरों पर काले गुलामों पर जिन्हें वे खान में ही मार देते हैं, और कटी हुई नमक की हरेक सिल, दक्षिण के किसी भी शहर में, एक

आदमी की जान के बराबर कीमत रखती है, वे चलते हैं, बिलकुल चुप, अपना मातमी लबादा पहने हुए, रास्ते की खनिजीय श्वेतता में, और रात आने पर जब समूचा नगर एक दूधिया प्रेत-सा दिखता है, वें झुककर अन्दर आते हैं अपने मकान की छाया में जहाँ नमक की दीवारें धुंधली-सी चमक रही होती हैं। वे सोते हैं बहुत हल्की नींद, और उठने के साथ ही हुक्म चलाना शुरू कर देते हैं, मारना शुरू कर देते हैं। वे कहते हैं, वे एक हैं, उनके ही एक भगवान सच्चे हैं, और कि उन्हें मानना चाहिए। ये मेरे मालिक हैं, ये नहीं जानते, करुणा क्या होती है और मालिक की हैसियत से अकेले रहना पसन्द करते हैं, अकेले ही आगे बढ़ते हैं, अकेले राज्य करते हैं, क्योंकि अकेले इन्होंने ही इस नमक और रेत में एक ठंडा, तप्त नगर बनाने का दुस्साहस किया था। और मैं...

"कैसा घपला हो जाता है जब गर्मी बढ़ती है, मुझे पसीना आता है, उन्हें कभी नहीं आता। अब तो छाया भी गर्म होने लगी। अब मुझे सूरज की भभक अपने ऊपरवाले पत्थर में भी महसूस होने लगी। चोट-सी पड़ रही है, जैसे पत्थरों पर कोई हथौड़े मार रहा हो। यही संगीत है, दोपहर का विशाल संगीत, हवा और सैकड़ों किलोमीटर फैले पत्थरों का स्पन्दन, या पहले की तरह मुझे शान्ति का इन्तज़ार है। हाँ, यह वही शान्ति थी, जिसने कुछ वर्ष पहले मेरा स्वागत किया था जब चौकीदार मुझे उनके पास ले गए थे, धूप में, चौक के एकदम बीच, जहाँ से धीरे-धीरे सम केन्द्रित छज्जे, गहरे नीले आसमान की तरफ जो घाटी के किनारों पर टिका था, उठ रहे थे। मैं वहाँ पड़ा था, घुटनों के बल, इस श्वेत आवरण की तह में, आँखों में छुरी-सी चुभ रही थी, नमक की और सभी दीवारों से निकलती हुई आग की, थकान से

बिलकुल मारा हुआ, मेरे कान से खून बहता हुआ उस मुक्के की वजह से जो गाइड ने मारा था। ये लोग लम्बे-चौड़े और एकदम काले मुझे घूर रहे थे बिना कुछ कहे। दिन आधा चढ़ चुका था। जलते लोहे की तरह सूरज के तेज़ आघातों से धीरे-धीरे आसमान गूँजने लगा, स्टील की थाली ताप से सफेद हुई यह वही निस्तब्धता थी, और वे मुझे देखे जा रहे थे। समय गुज़रता जा रहा था, उनका मुझे घूरना खत्म नहीं हो रहा था। और मैं, उनका घूरना अब और नहीं सह पा रहा था। मैं और ज़ोर-ज़ोर से साँस लेने लगा। अन्त में मैं रो पड़ा और अचानक वे चुपचाप मुड़े और मिलकर सब उसी तरफ लौट गए जहाँ से आए थे। घुटनों के बल पड़े हुए, मैं सिर्फ लाल और काली सैंडिलों में बँधे, काला लबादा तनिक ऊँचा होने पर, नमक से चमकते हुए उनके पैर देख पा रहा था, पंजा कुछ उठा हुआ, एड़ी आहिस्ते से ज़मीन पर पड़ती हुई, और जब वहाँ एकदम सुनसान हो ग़या तब वे मुझे अपने फेटिश[1] के घर घसीट ले गए।

"चट्टान की छाया में, आज की तरह ही उकड़ूँ बैठे हुए मेरे सिर के ऊपर से आग शिला की मोटाई को बींधती हुई। मैं फेटिश के घर के अँधेरे में काफी दिन पड़ा रहा, बाकियों से ज़रा ऊँचा, नमक की दीवार से परिवृत्त, बिना एक भी खिड़की के, लेकिन रात की जगमगाहट से भरा हुआ। काफी दिन बाद फिर वे मुझे खारे पानी का एक कटोरा और दाना, जैसा मुर्गियों के लिए फेंका जाता है, दिया करते थे। मैं उसे उठा लेता था। दिन में दरवाज़ा बन्द रहता था, फिर भी अँधेरा कुछ हल्का हो जाता था, जैसे कि अरोध्य सूरज नमक की शिलाओं के बीच से घुसने में कामयाब रहा हो। कोई बत्ती नहीं

1. जंगली जातियों का देवता।

थी, लेकिन दीवारों के सहारे-सहारे टटोलकर चलने में, मेरे हाथ सूखे खजूर की मालाओं पर पड़े, जिनसे दीवारें सजाई हुई थीं और आखिर में एक छोटे-से बड़ी उजड्डता से लगे दरवाज़े पर पड़े जिसकी कुंडी मैं अपनी उँगलियों के पोरुओं से पहचानता था। बहुत दिनों, काफी अरसे के बाद, जब मैं दिनों का क्रम और घंटे तक गिनना भूल गया था, लेकिन उन लोगों ने मेरी मुट्ठी-भर दाने, करीबन दस बार मेरे लिए फेंके होंगे। और मैंने, अपने मल-मूत्र-त्याग के लिए एक गड्ढा खोद लिया था, जिसे मैं व्यर्थ ही ढकता था। माँद की बदबू सारे वक्त वहाँ मौजूद रहती थी, काफी अरसे के बाद, हाँ, दरवाज़ा पूरी तरह से खुला और वे अन्दर आए।

"उन दोनों में से एक मेरी तरफ कोने में आया, जहाँ मैं सुकड़ा बैठा था। मुझे अपने गाल के पास नमक की भभक लगी, साँस के साथ मिट्टी भरी हथेलियों की गन्ध आई। मैंने उसे अपनी तरफ आते देखा। वह मुझसे एक मीटर दूर पहुँचकर रुक गया, चुपचाप मुझे देखता रहा। एक इशारा और मैं उठ खड़ा हुआ। वह मुझे अपनी सख्त आँखों से घूरता रहा, जो उसके घोड़े-जैसे भूरे चेहरे में अर्थ शून्य, चमक रही थीं। फिर उसने अपना हाथ उठाया। उसी भावशून्यता से उसने मेरा नीचेवाला होंठ खींचा, उसे ऐंठता गया, जब तक मांस न चिर गया और बिना हाथ हटाए, मुझे वहीं घुमाकर कमरे के बीच तक खदेड़ा। फिर मेरे होंठ को इतना खींचा कि मैं अपने घुटनों पर गिर पड़ा, दर्द से पागल, खून से भरा मुँह वहाँ छोड़कर, वह मुड़ा और दीवार के पास खड़े हुए अपने बाकी साथियों में जा मिला। वे मुझे कराहते देखते रहे, बिना किसी ओट के, भरे दिन के असहनीय तेज़ ताप में, जो एकदम पूरे खुले दरवाज़े से अन्दर आ रहा था, और

इसी रोशनी में एक सयाना आ धमका—रफिया बाल, छाती मोतियों के कवच से पूरी तरह ढकी हुई, चटाई के घाघरे में से दिखती नंगी टाँगें, सरकंडों और लोहे के तार से बना मास्क[1] पहने हुए, जिसमें आँखों के लिए दो चौकोर छेद बना रखे थे। उसके पीछे-पीछे आए गाने-बजानेवाले, और कुछ औरतें, जिन्होंने ऐसे रंग-बिरंगे इतने मोटे गाउन पहन रखे थे कि उनमें से उनके बदन का ज़रा भी अन्दाज़ा नहीं लगाया जा सकता था। वे पीछे के दरवाज़े में नाच रहे थे, बड़ा ही भद्दा-सा बेताला नाच। बस समझो, वे हिल रहे थे, और फिर सयाने ने मेरे पीछे एक छोटा-सा दरवाज़ा खोला। मालिक लोग ज़रा भी नहीं सरके। उनकी आँखें मुझ पर जमी थीं, मैंने मुँह पीछे मोड़ा, मुझे सयाना दिखा, उसके सिर पर दोमुँही कुल्हाड़ियों का चिन्ह था, और उसकी लोहे की नाक ऐसे विकृत थी, जैसे साँप।

"वे मुझे उठाकर उसके सामने ले गए। स्टैंड के तले उन्होंने मुझे एक खास पानी पिलाया, काला, कड़वा-कड़वा और तत्काल मेरा सिर जलने लगा। मैं हँसने लगा। बस, यह अपराध मुझसे हुआ। उन्होंने मेरे कपड़े उतार दिए, मेरा सिर और शरीर मूँड़ दिए, तेल से नहलाया, पानी और नमक में भीगे रस्से से मेरा चेहरा पीटा, मैं हँस रहा था और सिर घुमाए जा रहा था। लेकिन हर बार दो औरतें कान से पकड़कर मेरा, मुँह सयाने के कोड़ों के सामने कर देती थीं, जिसकी मैं सिर्फ चौकोर आँखें देख पा रहा था। मैं लगातार हँसता जा रहा था, लहू से तर। वे अब रुक गए, कोई नहीं बोल रहा था, सिवाय मेरे। मेरे सिर में वह खड़बड़ाहट फिर से शुरू हो चुकी थी, उन्होंने मुझे दुबारा उठाया और ज़बरदस्ती फेटिश की याचना में आँखें खुलवाईं। अब मैं हँसना

1. मुखड़ा, चेहरा।

बन्द कर चुका था। मैं समझ गया था कि अब मैं उसकी पूजा करने के लिए, सेवा करने के लिए, समर्पित किया जा चुका हूँ। नहीं, अब मैं हँस नहीं रहा था, दर्द और भय से मेरा दम घुटा जा रहा था। और फिर इस सफेद मकान में, इसकी धूप से लगातार जलती दीवारों के बीच, अकड़ा हुआ चेहरा, निशक्त याददाश्त लिये हुए। हाँ, मैंने फेटिश की पूजा करने की कोशिश की थी, वहाँ सिर्फ वही था, और उसकी भयावह शक्ल मुझे अब बाकी दुनिया से कम भयावह लग रही थी। इस समय उन्होंने मेरे टखने एक डोरी से, बस एक कदम बढ़ाने लायक ढीले छोड़कर कसकर जकड़ दिए थे। उन्होंने फिर नृत्य किया, लेकिन इस बार फेटिश के सामने। मालिक एक-एक करके बाहर चले गए थे।

"उनके जाने पर दरवाज़ा बन्द हुआ, संगीत फिर से सुनाई दिया, और सयाने ने पेड़ की छाल की आग जलाई, जिसके चारों तरफ वह पाँव पटक-पटक कर कूदने लगा। उसके विशाल छायाचित्र ने, सफेद दीवारों के कोनों में टूटते हुए, समतल ज़मीन पर फड़फड़ाते हुए, सारा कमरा नाचते हुए प्रतिबिम्बों से भर दिया। उसने उस स्थान पर एक समकोण बनाया जहाँ औरतों ने मुझे खदेड़ा था, उनकी सूखी, कोमल बाँहों को मैंने स्पर्श किया था। उन्होंने मेरे सामने पानी से भरा एक कटोरा, और एक छोटा-सा ढेर अन्न का रखकर, फेटिश की तरफ संकेत कर दिया। मैं समझ गया कि अब मुझे अपनी आँखें उस पर जमाए रखनी हैं। अब सयाने ने उन्हें बुलाया, बारी-बारी, आग के पास, उनमें से कुछ को उसने कोड़े लगाए जो कराहने लगीं और फिर मेरे देवता फेटिश के सामने साष्टांग प्रणाम करने के लिए चली गईं। इस सबके बीच सयाना लगातार नाचता रहा और सबको एक-एक करके बाहर निकालता रहा, जब तक सिर्फ एक न रह गई। एकदम कमसिन,

गाने-बजानेवालों के पास बैठी हुई और जिसे अभी मार नहीं पड़ी थी। सयाने ने उसे चोटी पकड़कर खींचा, जिसे अपनी कलाई पर ऐंठता गया। वह घूम गई, आँखें फट पड़ीं और आखिर में कमर के बल गिर पड़ी। उसे छोड़ता हुआ सयाना ज़ोर से चिल्लाया गाने-बजानेवाले एकदम दीवार में जा सटे। इस दरमियान उसकी चिल्लाहट असम्भव ऊँचे स्वर तक जा पहुँची और वह औरत बेहोश होकर ज़मीन पर लुढ़क पड़ी और, फिर चार पैरों पर खड़ी, जुड़ी बाँहों में सिर छुपा हुआ, वह भी चीखी लेकिन दबी आवाज़ में, और इस तरह कि बिना चिल्लाना रोके हुए, या फेटिश पर से आँखें हटाए हुए, सयाने ने उसे बड़ी फुर्ती से उठाया, बहुत दुष्टता से, ऐसे कि औरत का चेहरा न दिखने पाए जोकि अब उसके मोटे गाउन की तहों में ढक गया था। और मैं, अकेलेपन से घबराकर चिल्ला पड़ा था। हाँ, डर के मारे चीखा था फेटिश की तरफ, जब तक कि किसी के पैर की ठोकर ने मुझे दीवार की तरफ न फेंक दिया, नमक खाते हुए उसी तरह, जिस तरह आज मैं ये चट्टान खा रहा हूँ, अपने बिना ज़बान के मुँह से, उस आदमी की प्रतीक्षा में जिसे मारना मेरे लिए ज़रूरी है।

"सूरज अब आसमान के मध्य से कुछ आगे बढ़ चुका था। चट्टान की दरारों के बीच से मैं उस छेद को देख रहा था जो आसमान के बेहद गर्म लोहे में इसके होने से बन रहा था। एक वाचाल मुँह, मेरे-जैसा, जो लगातार रंगहीन मरुस्थल में लपटों की नदियाँ उगल रहा था। मेरे सामनेवाले ढलान पर कुछ नहीं, दूर तक धूलकण तक नहीं, मेरे पीछे वे ज़रूर मुझे ढूँढ़ रहे होंगे। नहीं, अभी नहीं, दुपहर बीतने के बाद ही वे दरवाज़ा खोलेंगे और मैं कुछ देर के लिए बाहर जा सकूँगा। पूरे दिन फेटिश का भवन साफ करने के बाद, चढ़ावे

बदलने के बाद और शाम को धार्मिक रीति शुरू हो जाती थी, जिसमें कई बार मुझे मारा जाता था। कई बार नहीं, लेकिन फेटिश की सेवा हमेशा मैं ही करता था, फेटिश जिसकी मूर्ति मेरी स्मरण शक्ति में, लोहे में गढ़ी हुई है, और अब मेरी उम्मीद में भी। कभी भी किसी देवता ने मुझे न इस तरह अपने बस में किया था, न इतनी गुलामी करवाई थी। मेरी समूची ज़िन्दगी, रात और दिन उसी के निमित्त थे, और दुख, और दुख का अभाव, क्या यह सुख नहीं था, उसी के कारण थे और ही, इच्छा भी, सामने होने की वजह से, करीब-करीब हर रोज़ इस अकर्तृक और दुष्ट कर्म में जो मैं बिना देखे सिर्फ सुना करता था, क्योंकि मुझे अब दीवार की तरफ मुँह करके खड़ा होना था, जिसे न करने पर मार पड़ती थी। लेकिन चेहरा नमक से चिपका हुआ, पूरी तरह उन प्रतिबिम्बों के बस में जो दीवार पर हलचल कर रहे थे, मैं वह लम्बी चीख सुन रहा था। मेरा गला सूख गया था, बिना यौन-भेद की एक उत्कट इच्छा ने मेरी कनपटी और पेट को निचोड़ दिया था। इसी तरह दिन-पर-दिन बीतते गए। मैं मुश्किल से ही उनमें कोई अन्तर देख पाता था, गोया कि वह उस भभकती गर्मी और नमक की दीवारों की भ्रान्तिपूर्ण गूँज में पिघलकर एक हो गए हों। समय सिर्फ एक बिखरी हुई तरंग रह गया था जिसमें सिर्फ, दर्द या आधिपत्य की चिल्लाहटें, नियमित अन्तर से फूट पड़ती थीं, एक लम्बा, अनश्वर दिन जिसमें फेटिश राज्य करता था, जैसे कि चट्टानों के मेरे इस घर के ऊपर यह भीषण सूर्य और अब जैसे पहले भी मैं रो रहा हूँ बदकिस्मती से और आकांक्षा से, एक दुष्ट आशा मुझे जला रही है। मैं विश्वासघात करना चाहता हूँ। मैंने अपनी बन्दूक की नली चाटी और अन्दर उसकी आत्मा भी। सिर्फ बन्दूकों के ही आत्मा होती

है। ओह! हाँ, जिस दिन उन्होंने मेरी ज़बान काटी थी, मैंने नफरत की मृत्युहीन आत्मा को पूजना सीख लिया था!

"क्या गड़बड़ है, कैसा तैश है, रॉ रॉ, गर्मी और गुस्से में धुत्त, चित मेरी बन्दूक पर सोया है। यहाँ कौन साँस भर रहा है? मैं यह गर्मी अब और बर्दाश्त नहीं कर सकता। यह इन्तज़ार, मुझे अब इसे मार देना चाहिए। एक भी पक्षी नहीं, घास की एक बाल भी नहीं, पत्थर, एक शुष्क इच्छा, सन्नाटा, उनकी चीखें। मेरे अन्दर यह ज़बान जो बोल रही है, और जब से उन्होंने मुझे अंग-भंग किया है यह अनन्त पीड़ा परित्यक्त और निर्जीव रात के पानी तक से वंचित वह रात जिसकी मैंने तमन्ना की थी, जब देव के साथ बन्द कर दिया गया था अपनी नमक की गुफा में। सिर्फ रात्रि ही अपनी शीतल तारिकाओं और अपने अदीप्त फौवारों के साथ, अब मुझे बचा सकती थी, मुझे मानव के दुश्मन देवों के बीच से दूर ले जा सकती थी। लेकिन निरन्तर बन्द, मैं उसका ध्यान भी न कर सका। अगर दूसरा और देर करता है तो मैं कम-से-कम उसे वीरान से ऊपर उठते हुए, आसमान में फैलते हुए देखूँगा, एक सौम्य, सुनहरी लता जो अदृष्ट शीर्षबिन्दु से लटक रही होगी और जिससे मैं आराम से अपनी प्यास बुझा सकूँगा, इस काले और सूखे छेद को तर कर सकूँगा, जिसे कोई भी ज़िन्दा और नरम मांसपेशी तरोताज़ा नहीं कर सकती, आखिर में उस दिन को भूल सकूँगा जब मूर्खता ने मेरी ज़बान ले ली थी।

"कितनी गर्मी थी, गर्मी, नमक पिघल रहा था, मुझे यह विश्वास था, पास ही की हवा मेरी आँखों में चुभ रही थी और सयाना बिना मास्क पहने अन्दर आ गया था। मटियाले चिथड़ों के नीचे वह प्राय: नंगा था। एक नई औरत उसके पीछे आ रही थी, जिसका फेटिश के

मास्क की गोदाई से ढका हुआ चेहरा उस नकली देव की भद्दी तन्द्रा के अलावा और कुछ भी व्यक्त नहीं कर रहा था। जान थी सिर्फ उसके दुबले-पतले और शिथिल शरीर में, जो जैसे ही सयाने ने कोठरी का दरवाज़ा खोला, उस देव के पैरों पर ढेर हो गया। फिर वह बिना मेरी तरफ देखे बाहर चला गया। गर्मी और बढ़ गई। मैं वहाँ से हिल भी नहीं पा रहा था, फेटिश मुझे इस निश्चेष्ट शरीर के ऊपर से देख रहा था, जिसकी मांसपेशियाँ हल्की-सी हिल रही थीं और जब मैं उसके निकट पहुँचा, उस औरत की मूर्तिवत् शक्ल ज़रा भी नहीं बदली। सिर्फ आँखें बड़ी-बड़ी करके वह मुझे घूरने लगी। मेरे पैरों ने उसके पैरों को स्पर्श किया। गर्मी अब सीत्कारने लगी और वह मूरत निःशब्द अपनी फटी हुई आँखों से लगातार मेरी तरफ टकटकी लगाए, धीरे-धीरे पीछे को मुड़ गई, आहिस्ते-से अपनी टाँगें अपनी तरफ खींचीं और धीरे-से घुटनों को खोलते हुए उन्हें ऊपर उठा लिया। लेकिन तत्काल बाद, रॉ सयाना मेरी घात में बैठ गया था। वे सब अन्दर आए और मुझे उस औरत के पास से खींचकर ले गए, पाप के उस घर में बुरी तरह मारा, पाप! कौन-सा पाप? मैं हँसने लगा, कहाँ है वह पुण्य, कहाँ है? उन्होंने मुझे दीवार में गाड़ दिया। एक इस्पाती हाथ ने मेरा जबड़ा पकड़ा दूसरे हाथ ने मुँह खोला, और मेरी ज़बान खींचता गया जब तक कि उसमें से लहू न बहने लगा। वह क्या मैं ही था, जो जानवर की तरह चीखें मारे जा रहा था। एक तराशता हुआ, ठंडा चुम्बन, हाँ, ठंडा, मुझे ज़बान पर महसूस हुआ। जब मैं फिर से होश में आया, रात में अकेला था, दीवार से चिपका हुआ, जमे हुए खून से ढका हुआ। 'एक अजीब बदबूवाली सूखी घास-फूस की डाट से मेरा मुँह भरा था। खून बहना तो अब बन्द हो चुका था, लेकिन वह गैर आबाद था और इस वीरानी में, वहाँ

असहनीय पीड़ा ने घर कर लिया था। मैंने उठना चाहा, पर गिर पड़ा। खुश, बेतहाशा खुश, अन्ततः मरने की आस में। मृत्यु भी ठंडी होती है और उसकी छाया किसी देवता को आश्रय नहीं देती।

"मैं मरा नहीं था। एक दिन नई घृणा उठ खड़ी हुई, उसी क्षण जब मैं भी उठा। मैं पीछे के दरवाज़े की तरफ बढ़ा, उसे खोला, अपने पीछे फिर बन्द कर दिया। मुझे अपनों से नफरत होने लगी। फेटिश यहाँ था और उस गुफा की गहराई से जहाँ मैं खड़ा था, उसे पूजने मात्र से भी ज़्यादा मानने लगा। मैंने उसमें विश्वास कर लिया और उस सबसे जो अब तक माना था, इनकार कर दिया। नमस्कार, वो ही बल था, वो ही शक्ति, उसे नष्ट किया जा सकता था, लेकिन धर्म परिवर्तन नहीं। वह मेरे सिर के ऊपर से अपनी शून्य और जीर्ण आँखों से कहीं देख रहा था। नमस्कार, वो ही मालिक था, एक अकेला स्वामी, जिसका सिद्ध विशेष गुण था विद्वेष। सदाचारी मालिक कहीं नहीं होते। पहली बार, इतनी ज़्यादतियों के कारण, मेरा पूरा बदन एक अकेली पीड़ा से रो रहा था। मैंने अपने आपको उसके हवाले कर दिया और उसका अनिष्टकारी विधान स्वीकार कर लिया। उसमें निहित संसार के अमंगलकारी नियम की मैं अर्चना करने लगा। उसके आधिपत्य का बन्दी, नमक के एक पहाड़ में काटी हुई बाँझ नगरी, कुदरत से परे, रेगिस्तान के दुर्लभ और क्षणजीवी पुष्पन से वंचित, उन आकस्मिक घटनाओं या अनुरक्तिओं से मुक्त, जैसे कि एक अनपेक्षित बादल, थोड़ी देर को, पर तेज़ वर्षा, जिससे सूरज और रेत भी परिचित हैं, संक्षिप्त में, आदेशों पर बना नगर, समकोणों पर स्थित, चौकोर कमरे, कट्टर आदमी। मैं बिना किसी रोक-टोक के यहाँ का सताया हुआ और नफरत-भरा नागरिक बन गया। मैंने उस पूरे लम्बे इतिहास को अस्वीकार कर दिया जो मुझे अब तक

सिखाया गया था, मुझे बहकाया गया था। सिर्फ दुर्भावना के प्रभुत्व में नुक्स नहीं होते। उन्होंने मुझे बहकाया था। सत्य अटल, गुरु और गहन होता है। वह भेद बर्दाश्त नहीं करता। सदाचारी निरर्थक मनोविलास है, एक योजना जो लगातार टाली जाती रही है, और अनुसरण नि:शक्त प्रयासों से होता है, एक अन्त जिसे कभी कोई हासिल नहीं करता, उसका प्रभुत्व असम्भव है। सिर्फ अनिष्ट ही अपने अन्त तक पहुँच सकता है और पूर्णरूप से राज्य कर सकता है। इसी की सेवा करनी चाहिए, जिससे कि उसका प्रत्यक्ष आधिपत्य कायम किया जा सके। फिर बाद में देखेंगे। 'बाद में' का क्या मतलब है, सिर्फ अनिष्ट ही मौजूद है, धिक्कार है यूरोप, चेतन-बुद्धि, सम्मान और सलीब। हाँ, मुझे अपने स्वामियों का धर्म अपना लेना चाहिए था, हाँ, हाँ मैं गुलाम था, लेकिन अगर मैं भी दुष्टता करूँ, मैं गुलाम नहीं रहूँगा, जंजीरों में जकड़े पैरों और गूँगे मुँह के बावजूद। ओह! यह गर्मी मुझे पागल कर रही है, यह मरुभूमि इस असहनीय प्रकाश में चारों तरफ से चिल्ला रही है, और वह दूसरा, दया, प्रेम का स्वामी उसके तो नाम से भी मुझे नफरत होती है। मैं उसका परित्याग करता हूँ क्योंकि अब मैं उसे पहचान गया। वह सपने देखा करता था और झूठ बोलना चाहता था, उसकी ज़बान काट दी गई जिससे कि उसकी बातें, दुनिया को और धोखा न दे सकें। उसे कीलों से गाड़ दिया गया सिर तक, उसका बिचारा सिर, जैसे आज मेरा है, गड़बड़ घपला, मैं कितना थक गया हूँ और ये धरती थरथराई नहीं, ये मुझे अच्छी तरह मालूम है। वह कोई धर्मात्मा नहीं था, जिसे मारा गया, मैं इस बात में विश्वास नहीं करता, धार्मिक लोग तो हैं ही नहीं, सिर्फ आततायी मालिक हैं, जो निष्ठुर सच्चाई का राज्य चलाना चाहते हैं। हाँ, सिर्फ एक फेटिश में शक्ति है, वही एक अकेला इस दुनिया का ईश्वर

है, नफरत उसका धर्मादेश है, तमाम ज़िन्दगी का ज़रिया, शीतल जल, इतना शीतल जैसे पुदीना जो मुँह ठंडा करता है और पेट जला देता है।

"अब मैं बदल चुका था, वे यह समझ गए थे, मैं जब भी उनसे मिलता था उनके हाथ चूम लिया करता था। मैं उनका हो गया था। उनका गुणगान करते अघाता नहीं था। मैं उनमें विश्वास करता था। मैं उम्मीद रखता था कि वे मेरे साथियों को भी अंग-भंग करेंगे, जैसे उन्होंने मुझे किया था। और जब मुझे पता चला कि मिशनरी आनेवाला है, मैं समझ गया कि मुझे क्या करना चाहिए। उस दिन बाकी दिनों की तरह, वही चकाचौंध करने वाला दिन जो इतने दिनों से चल रहा था। दोपहर खत्म होने पर एक सन्तरी भागता हुआ दिखा। वह घाटी के किनारे-किनारे भाग रहा था, और, कुछ मिनटों के बाद, मुझे फेटिश के भवन में खदेड़ दिया गया और दरवाज़ा बन्द कर दिया गया। उनमें से एक मुझे ज़मीन पर पकड़े रहा अँधेरे में, अपनी सलीब की आकृति की तलवार का डर दिखाकर और वह निस्तब्धता बहुत देर छाई रही, जब वह साधारणतः शान्त नगर एक अजीब शोर से भर गया। आवाज़ें, जो मैं काफी देर बाद पहचान सका, क्योंकि वे मेरी बोली बोल रही थीं, लेकिन जैसे ही वे प्रतिध्वनित हुईं, तलवार की धार मेरी आँखों पर झुक गई, मेरा गार्ड चुपचाप मुझ पर सख्त नज़र रखे रहा। दो आवाज़ें अब कुछ नज़दीक आईं जो मैं अब भी सुन सकता था। एक पूछ रही थी—'उस मकान पर पहरा क्यों है, और मेरे लेफ्टिनेंट क्या उन्हें दरवाज़ा ज़बरदस्ती खोल देना चाहिए?' दूसरी कह रही थी—'नहीं।' तीक्ष्ण आवाज़ में कुछ देर बाद ठहरकर फिर बोली कि एक समझौता तय हो चुका है कि उस शहर ने बीस आदमियों की एक रक्षक सेना स्वीकार कर ली थी इस शर्त पर कि वे परकोटे से बाहर रहेंगे और वहाँ के रीति-रिवाजों को

मानेंगे। सैनिक हँस पड़ा था, वे हार मान रहे थे, लेकिन उस अफसर को मालूम नहीं था। जो भी हो, उन्होंने पहली बार बच्चों की देखभाल करने के लिए किसी को रखने की अनुमति दे दी थी और वह पादरी ही होगा, बाद में ज़मीन वगैरह की बात देखी जाएगी। दूसरे ने कहा कि अगर सिपाही वहाँ न होते तो वे पादरी को भी, वह सोच सकता है, कैसे अंगहीन कर देते 'नहीं! नहीं,' उस अफसर ने जवाब दिया, 'और फिर फादर बेफ्फोर तो रक्षा सेना से पहले ही आ रहे हैं, वे यहाँ दो दिन में पहुँच जाएँगे।' उसके बाद मुझे और कुछ समझ में नहीं आया। एकदम सुन्न, तलवार की धार के नीचे लेटे हुए बड़ा कष्ट हो रहा था। मेरे अन्दर सुइयों और धुरियों का चक्कर-सा चल रहा था। वे पागल थे, एकदम पागल। उन्होंने खुद हाथ लगाने दिया था अपने शहर पर, अपनी अजेय शक्ति पर, सच्चे ईश्वर पर, और वह जो आनेवाला था, उसकी जबान ये लोग नहीं काट सकेंगे, वह अपनी गुस्ताख नेकी का प्रदर्शन करेगा, बिना कोई कीमत दिए, बिना कोई चोट सहे। अनिष्ट का राज्यकाल और आगे टल जाएगा, शक और फैलेगा, समय फिर से नष्ट होगा असम्भव सदिच्छा का सपना देखने में, एक ही सम्भव सत्ता को शीघ्र आने देने के स्थान पर फिजूल उद्यम में अपने आपको बेहद थकाने में और मैं उस पैनी धार को लगातार देख रहा था जो मेरी जान पर लटक रही थी। ओ शक्ति, तू समूची दुनिया पर अकेली राज्य करती है! ओ शक्ति, तेरे शोर से धीरे-धीरे शहर खाली हो गया, अन्त में दरवाज़े खुले, मैं जला हुआ, दुखी अकेला रह गया था फेटिश के साथ और मैंने शपथ ली अपने नए धर्म की, अपने नए स्वामियों की, अपने आततायी ईश्वर की रक्षा करने की, खूब विश्वासघात करने की, चाहे मुझे कोई भी कीमत देनी पड़े।

"रॉ, गर्मी कुछ कम हुई, पत्थरों का तड़कना बन्द हुआ, मैं अपनी गुफा में से बाहर आ सका, मरुस्थल को एक के बाद एक रंग ओढ़ते देखा, पीला और गेरुआ और फिर तेज़ी से बैंगनी। इस रात मैंने उनके सोने का इन्तज़ार किया। मैंने दरवाज़े का ताला जाम कर दिया था। मैं हमेशा की तरह उसी पदचाप से बाहर चला गया, डोरी से नापा हुआ। मैं रास्ते जानता था। मुझे मालूम था पुरानी बन्दूक कहाँ से मिलेगी, बाहर निकलने के कौन-से दरवाज़े पर चौकीदार नहीं है, और मैं यहाँ उस समय वापस आ गया था जब रात कुछ गिने-चुने सितारों के चारों तरफ फीकी पड़ रही थी और मरुस्थल गहरा होता जा रहा था। और अब मुझे ऐसा लग रहा था जैसे बहुत, बहुत दिन हो गए है, जब से मैं इन चट्टानों में छिपा बैठा हूँ। जल्दी, जल्दी, ओह, मैं कितना चाहता हूँ कि वह जल्दी आए! एक पल में वे मुझे ढूँढ़ना शुरू कर देंगे, वे ढलानों के चारों तरफ भागकर पहुँच जाएँगे, वे यह नहीं समझ पाएँगे कि मैं उन्हीं के लिए गया हूँ, उनकी सेवा और अच्छी तरह करने के लिए, मेरी टाँगें भूख और नफरत से भरकर कमज़ोर हो गई हैं। ओ ओ, वहाँ दूर, रॉ, रॉ, ढलान के छोर पर दो ऊँट बढ़ते दिख रहे हैं, मस्ती से पाँव उठाते आ रहे हैं, छोटी परछाइयों से पहले ही पीछे छोड़े हुए, वे अपनी सामान्यत: तेज़ व झूमती चाल में भागे आ रहे थे। लो आ गए, आ गए!

"मेरी बन्दूक, जल्दी और मैंने उसे फुर्ती से भरा। ओ फेटिश मेरे भगवान, वहाँ दूर तक तेरी शक्ति बनी रहे, पाप, जुर्म, खूब बड़े, नफरत बिना किसी बन्धन के इन धिक्कारे हुए लोगों पर अपना राज जमाए, दुष्ट ही हमेशा मालिक बने रहें, अन्त में वह युग आए जब सिर्फ एक नमक और लोहे के शहर में काले अत्याचारी शासक बिना रहम के

सबको अपने कब्ज़े में कर लें, गुलाम बना लें! और अब रॉ, रॉ, रहम को गोली मार दो, लाचारी और उसकी नर्मदिली को गोली मार दो, उन सबको गोली मार दो जो अनिष्ट के आने के रास्ते में रोक लगा रहे हैं, दो बार गोली चलाओ, और वह देखो कैसे गिरे उलटे, और ऊँट भाग गए सीधे क्षितिज के पार, जहाँ काली चिड़ियाओं का एक बौछारा अविकृत आसमान में उड़ चला। मैं हँसने लगा, और हँसा, वह अपनी घृणित पोशाक में तिलमिलाया, उसने अपना सिर थोड़ा-सा उठाया, मुझे देखा, मैं जंजीरों से जकड़ा उसका मालिक, सर्वसमर्थ! क्यों मुस्करा रहा है वह मेरी तरफ, मैं मसल दूँगा ये मुस्कान! अच्छाई के चेहरे पर बन्दूक के हत्थे की चोट कितनी सुहावनी लगती है! आज, आज, अन्त में सबकुछ खत्म हो गया है और मरुस्थल में सब तरफ, यहाँ से घंटों दूर तक, गीदड़ नामौजूद बयार को सूँघते हैं, फिर चल पड़ते हैं, एक धीमी सन्तोषी चाल में, सड़ी हुई लाशों की दावत की तरफ जो उनका इन्तज़ार कर रही है। विजय! मैं करुणा से भरे आसमान की तरफ अपने हाथ बढ़ाता हूँ दूसरे पार एक बैंजनी छाया दिखती है। ओ यूरोप की रातो, मातृभूमि, बचपन, मैं अपनी जीत के मौके पर क्यों रो रहा हूँ?

"वह हिला, नहीं आवाज़ कहीं और से आई, और वहाँ दूसरी तरफ से वे आ गए, काली चिड़ियाओं के झुंड की तरह, मेरे मालिक, मुझ पर टूट पड़े, जकड़ लिया मुझे, आह! आह! हाँ मारो, वे डर रहे हैं कि उनका शहर लुट गया और चिल्लाते हुए वे डर रहे हैं प्रतिशोधी सिपाहियों से, जिन्हें मैंने बुलवाया था। ये तो होना ही था, इस पुण्य शहर पर। अब अपने आपको बचाओ, वार करो, वार करो सबसे पहले मुझ पर, सच्चाई तुम्हें मालूम है! ओ मेरे मालिको, वे इसके बाद सिपाहियों को जीत लेंगे, वे दुनिया का मत जीत लेंगे, प्यार जीत लेंगे, वे रेगिस्तानों

में फैल जाएँगे, समुद्र पार कर लेंगे, यूरोप के प्रकाश को अपने काले नकाब से भर देंगे, पेट में वार करो, हाँ, आँखों पर मारो, महाद्वीप पर अपना नमक छिटक देंगे, समूची हरियाली, तमाम युवक खत्म हो जाएँगे, और गूँगे जनसमूह बेड़ियों में जकड़े पाँवों से मेरे साथ-साथ चलेंगे इस विश्वव्यापी मरुस्थल में, सच्ची श्रद्धा के निर्दय सूरज के नीचे। तब मैं अकेला नहीं होऊँगा। आह! दर्द, कितना दर्द उन्होंने मुझे दिया है, उनका क्रोध भला है और इस समरोचित काठी में, जहाँ इस समय वे मेरे टुकड़े कर रहे हैं, तरस खाओ, मैं हँस रहा हूँ मुझे प्यार है उस प्रहार से जो मुझे कील लगाकर सूली पर चढ़ा दे।

"कितना नीरव है ये मरुस्थल! रात हो चुकी और मैं अकेला हूँ मुझे प्यास लगी है। और इन्तज़ार करना है, शहर कहाँ है? ये दूर से आती आवाज़ें। और सिपाही, हो सकता है, जीत गए हों। नहीं, यह नहीं हो सकता। अगर सिपाही विजयी हो भी गए हों, वे इतने दुराचारी नहीं होंगे, उन्हें राज्य करना नहीं आएगा। वे फिर भी कहेंगे, अभी और अच्छा बनना है। और अब भी हज़ारों लोग हैं भलाई और बुराई के बीच फँसे, हतबुद्धि। ओ फेटिश, तूने क्यों मुझे त्याग दिया? सर्वस्व मिट गया। मुझे प्यास लग रही है, मेरा बदन जल रहा है और भी काली रात मेरी आँखें भर रही है।

"इतना लम्बा, इतना लम्बा स्वप्न! मैं जाग रहा हूँ लेकिन नहीं, मैं मरनेवाला हूँ। अरुणोदय हो रहा है। दिन की पहली किरण जीनेवालों के लिए और मेरे लिए निष्ठुर धूप और मक्खियाँ। कौन बोल रहा है? कोई नहीं, आकाशवाणी तो नहीं हो रही? नहीं, नहीं, मरुस्थल में भगवान भी नहीं बोलता। फिर ये आवाज़ कहाँ से आई जो कह रही है : 'अगर

तू घृणा और ताकत के लिए मौत मंजूर कर लेगा, तो हमे कौन माफ करेगा?' क्या मेरे भीतर यह एक और जिव्हा है, या वही जो मरना नहीं चाहती, मेरे पैरों पर, और जो बार-बार कह रही है, 'हिम्मत रखो, हिम्मत, हिम्मत?' आह! कहीं मैंने दुबारा तो गलती नहीं कर दी! पुराने भ्रातृप्रेमी आदमी, एकमात्र आश्रय, ओ एकान्तता, मेरा परित्याग मत कर! ये, ये, कौन है तू, व्यथित, खून बहता मुँह, ये तू है, सयाना, सिपाहियों ने तुझे हरा दिया, नमक वहाँ भभक रहा है, ये तू है मेरा माशूक मालिक! त्याग दे ये नफरत-भरा चेहरा, अब सदाचारी बन जा, हम गुमराह हो गए थे, हम नए सिरे से ज़िन्दगी शुरू करेंगे, हम दयाभाव का नगर फिर से बनाएँगे, मैं अपने घर वापस जाना चाहता हूँ। हाँ, मेरी मदद कर। यह ठीक है, अपना हाथ बढ़ा, मुझे दे..."

मुट्ठी-भर नमक बातूनी गुलाम का मुँह भर देता है।

मौन रोष

भरी सर्दी पड़ रही थी, फिर भी धूप से जगमगाता दिन, पहले से ही काफी गतिशील शहर पर, निकला। जेटी के छोर पर समुद्र और आकाश भी इसी तरह की तेज़ दीप्ति में एक हो गए थे। पर ईवार् यह नहीं देख पाया। वह बन्दरगाह के ऊपरवाले बुलवार् पर भारीपन से साइकिल पर चला जा रहा था। साइकिल के पक्के, जड़े हुए पैडिल पर उसकी विकलांग टाँग रखी हुई थी, निश्चल, जबकि दूसरी, रात की नमी में अभी तक भीगे रास्ते को तय करने के लिए भरसक मेहनत कर रही थी। बिना सिर उठाए, अपनी सीट पर बैठा बिलकुल छोटा-सा वह जीव पुरानी ट्रामवे की पटरियों से बचा, उसने एकदम हैंडिल को एक तरफ घुमाया ताकि पीछे से तेज़ आती हुई गाड़ियाँ उससे आगे निकल सकें और वह कोहनी से बार-बार उस पिट्ठूबैग को ऊपर सरकाता रहा जिसमें फरनोन्द ने उसका खाना रख दिया था। बहरहाल, इस बैग में रखे सामान के बारे में वह बड़े कष्ट से सोच रहा था। डबलरोटी के दो बड़े टुकड़ों के बीच पालक के आमलेट—जो उसे

बेहद पसन्द था—या गोश्त की तली हुई टिक्की के स्थान पर उसमें सिर्फ चीज़[1] थी।

कारखाने तक का रास्ता उसे पहले कभी इतना लम्बा नहीं लगा। उसकी उम्र बढ़ रही थी, निश्चय ही। चालीस साल की उम्र में उसने अपने आपको किसी बेल के कोंपल की तरह सूखा-पतला तो रखा था लेकिन मांसपेशियाँ उतनी जल्द नहीं खुलतीं। कभी-कभी खेल-कूद के किसी वृत्तान्त में तीस साल के खिलाड़ी के लिए 'वयोवृद्ध' पढ़कर वह कन्धे उचका दिया करता था। "अगर यह एक वयोवृद्ध है," वह फरनोन्द से कहा करता था, "तो मैं पहिएदार कुर्सी के काबिल हो गया।" हालाँकि वह जानता था कि संवाददाता नितान्त गलत नहीं है। तीस साल पर साँस फूलनी शुरू हो जाती है, अप्रत्यक्ष रूप में। चालीस साल में व्हील चेयर में नहीं होते, लेकिन उसकी तैयारी ज़रूर कर रहे होते हैं, कुछ पहले से। क्या ये ही कारण नहीं है कि अब काफी दिनों से समुद्र की तरफ नहीं देखता, उस लम्बे रास्ते को पार करते हुए जो उसे शहर के दूसरे कोने में ले जाता है जहाँ पीपे बनाने का कारखाना है, वह समुद्र की तरफ नहीं देखता? जब वह बीस साल का था, समुद्र को अपने ध्यान से भी निकालने में असमर्थ रहता था; वह उसे समुद्र के किनारे एक बहुत आनन्दपूर्ण वीकएंड का आश्वासन देता था। अपने लँगड़ेपन के बावजूद, या उसकी वजह से, उसे तैरना हमेशा बहुत पसन्द था। फिर कुछ साल गुज़र गए, फरनोन्द आ गई, लड़का हुआ और जीविकोपार्जन के लिए वह शनिवार को कारखाने में ओवरटाइम और इतवार को कहीं भी छिटपुट काम कर लिया करता था। धीरे-धीरे उसे इन जोश-भरे दिनों की आदत छूट गई थी जिनसे

1. एक तरह का मशीन से तैयार किया हुआ पनीर।

वह उकता जाया करता था। पानी गहरा और साफ, तेज़ धूप, जवान लड़कियाँ, विषय-सुख में उन्मत्त जीवन—धरती पर और किसी तरह का सुख था ही नहीं। यह सुख यौवन के साथ-साथ ही गुज़र गया। ईवार् समुद्र से प्यार करता रहा, लेकिन दिन खत्म होने पर ही जब कि खाड़ी का पानी कुछ गहरे रंग का हो जाता था। वे क्षण उसे बहुत भाते थे जब वह अपने घर की छत पर दिन-भर के काम के बाद बैठा करता था, मन-ही-मन पुलकित, उस साफ कमीज़ को पहनकर जो फरनोन्द इतनी अच्छी तरह प्रेस करती थी और उस एक गिलास को हाथ में थामकर, जिसमें एकदम ठंडी सौंफ की शराब भरी होती थी। जब शाम होती थी, और कुछ क्षणों के लिए आसमान में सौम्यता छा जाती थी, वे पड़ोसी जो ईवार् से बात कर रहे होते थे, और अधिक मन्दी आवाज़ में बात करने लगते थे। ऐसे में वह यह कभी नहीं समझ पाता था कि वह खुश है या रोना चाह रहा है। बस इतना था कि इन क्षणों में वह एक आन्तरिक शान्ति महसूम करता था, उस समय सिवाय इन्तज़ार करने के उसे और कोई काम नहीं होता था, आराम से, बिना अच्छी तरह यह जाने हुए कि किस बात का।

इसके विपरीत, सुबह जब वह अपने काम पर जाता था, उसे समुद्र की तरफ देखना भी पसन्द न होता था, मिलने के लिए उतना ही आतुर, लेकिन वह उससे सिर्फ शाम को ही मिलता था। आज सुबह, वह साइकिल चलाए जा रहा था, सिर झुकाए हुए, हमेशा से भी ज़्यादा भारीपन से; उसका दिल भी भारी था। पिछली शाम जब वह मीटिंग से लौटा था और जब उसने घर में कहा था कि अब वह वापस काम पर जा रहा है तो फरनोन्द बड़ी खुश होकर बोली थी, “इसका मतलब तुम्हारा बॉस तुम्हारी तनख्वाह बढ़ा रहा है?” बॉस

तो कुछ भी नहीं बढ़ा रहा था, हड़ताल असफल हो गई थी। उसका इन्तज़ाम ठीक से नहीं हुआ था, हमें यह मान लेना चाहिए। कारीगरों ने गुस्से में काम बन्द किया, यूनियन ने बेमन से सही, लेकिन उनका समर्थन किया। और फिर, मुश्किल से कोई पन्द्रह कारीगर, कोई बड़ी बात तो थी नहीं, यूनियन को बाकी कारखानों की भी खबर रखनी पड़ती थी जिनका माल बिकता नहीं था। उनसे ज़्यादा उम्मीद नहीं रखी जा सकती थी। टैंकरों[1] और बड़े-बड़े ट्रकों के बन जाने से पीपों के कारखाने को बहुत नुकसान पहुँचा था। नाँद और बैरल बनाने का कारोबार दिन-पर-दिन गिरता जा रहा था, पहले से बने बड़े पीपों की मरम्मत होती थी। कारखाने के मालिक अपना काम कम होता देख रहे थे, यह सच था लेकिन फिर भी, उसमें से वे अपना नफा रखना चाहते थे; सबसे आसान तरीका उन्हें लगा, तनख्वाह घटा देने का, भाव इतने बढ़ने के बावजूद। पीपाहारे क्या करेंगे जब उनका कारखाना ही खत्म हो जाएगा? एक बार मेहनत करके एक काम सीखने के बाद उसे कौन बदलता है; यह तो वैसे भी मुश्किल पेशा था, बहुत लम्बी अप्रेंटिसगीरी[2] माँगता था। ऐसे माहिर पीपाहार विरले ही थे जो अपनी गोल पीपे की पट्टियों को पहले आग में, फिर लोहे के गोले में कसकर रासायनिक तरीके की ही तरह, बिना पुराने सन या रैफिया से कॉक किए फिट कर सकें। ईवार् यह जानता था और इस बात का उसे बहुत घमंड था। काम बदलना कोई खास बात नहीं है, लेकिन ऐसे काम को छोड़ना जो आप अच्छी तरह जानते हों, जो आपकी विशेष कारीगरी हो, आसान नहीं होता। एक माहिर कारीगरी, बिना काम

1. तरल पदार्थ ले जाने के लिए टंकियों से युक्त जहाज़।

2. काम सीखने का समय।

मिले, और आप फँस गए, आपको सब्र कर लेना चाहिए। लेकिन यह सब्र करके बैठना कौन-सा इतना आसान है। मुँह बन्द रखना मुश्किल था—खुलकर उस बारे में बात न कर सकना, और बढ़ती थकान के साथ हर सुबह उसी रास्ते से गुज़रना, सप्ताह के अन्त में सिर्फ उतना ही ले लेने के लिए विवश होना जितना वे आपको देना चाहें, और जो दिन-ब-दिन अपर्याप्त होता जा रहा था।

आखिरकार उन्हें गुस्सा आ गया। उनमें दो या तीन ऐसे थे जो हिचकिचा रहे थे, लेकिन मालिक के साथ शुरू-शुरू की बातचीत के बाद उन्हें भी गुस्सा चढ़ गया। दरअसल, उसने उन लोगों से बड़े रूखेपन से कह दिया था कि उनका मन है तो काम करें, नहीं तो जाएँ। एक इनसान ऐसे बात नहीं करता। "क्या समझता है वह!" ऐसपोसीतो ने कहा था, "क्या हम उसे कुछ भी करने देंगे?" वैसे मालिक खराब आदमी नहीं था। उसने यह सब कारोबार अपने पिता से विरासत में पाया था, और तरक्की की थी, और बहुत-से सालों से करीब-करीब सब मज़दूरों को जानता था। प्राय: वह इन्हें पीपे के कारखाने में चाय-पानी के लिए बुला लेता था; लकड़ी का छीलन जलाकर या तो वे सारडीन[1] पकाते थे या सौसेज गर्म कर लिया करते थे, साथ में मदिरा—वह सचमुच सबको अच्छा लगता था। नए साल पर, वह हमेशा हर मज़दूर को पाँच बोतल अच्छी शराब की दिया करता था, और अनेक बार जब उनमें कोई बीमार होता था, या किसी के यहाँ कोई समारोह होता था जैसे किसी की शादी या कम्यूनियन[2], तो वह उन्हें नकद उपहार भी दिया करता था। अपनी लड़की के जन्म

1. मछली।
2. ईसाइयों का एक समारोह।

पर उसने सबको बादाम की मिठाई खिलाई थी। दो या तीन बार उसने ईवार् को समुद्र के पासवाली जागीर में शिकार के लिए भी बुलाया था। वह अपने कारीगरों को चाहता था, बेशक, बहुत बार याद करता था कि उसके पिता ने एक नौसिखुए की हैसियत से काम शुरू किया था। लेकिन वह कभी उनके घर नहीं गया था, उसने कभी परवाह ही नहीं की थी। वह सिर्फ अपने बारे में सोचता था, क्योंकि वह सिर्फ अपने-आपको जानता था, और अब ये हो गया था कि लो या जाओ। दूसरे शब्दों में, अपनी बारी में अब वह ज़िद्द कर रहा था। लेकिन वह ऐसा कर सकता था।

उन लोगों ने यूनियन को मजबूर किया था, कारखाने ने अपने दरवाज़े बन्द कर लिये थे। "पिकैटिंग करने में बेकार मत थको," मालिक ने कहा था। "जब कारखाना नहीं चलता, मेरा तो पैसा बचता है।" लेकिन यह सच नहीं था, ना ही ऐसा कहने से कोई फायदा हो रहा था, क्योंकि वह उनके मुँह पर कहता था कि उसने उन्हें काम धर्म के नाम पर दिया था। एसपोसीतो गुस्से से पागल हो रहा था और कह रहा था कि वह इनसान नहीं है। कारखाने के मालिक का भी खून उबल रहा था, और उसे उन्हें ज़बरदस्ती अलग करना पड़ा। लेकिन इससे मज़दूरों पर काफी असर पड़ा। बीस दिन की हड़ताल, घर में उदास औरतें, उनमें से दो-तीन तो हिम्मत हार चुकी थीं, और अब बात खत्म करने के लिए यूनियन ने सलाह दी थी कि मध्यस्थ के निर्णय की शर्त पर हड़ताल बन्द कर दो, और ओवरटाइम करके हड़ताल के दिनों की कमी पूरी करो। उन लोगों ने काम पर वापस जाने का फैसला कर लिया था, बेशक इस धौंस के साथ कि अभी बात पक्की नहीं है, और वे कुछ दिन देखेंगे। लेकिन आज सुबह, वह

थकान जो हार के बोझ के बराबर भारी थी, मीट की जगह चीज़, अब किसी शक की कोई गुंज़ाइश नहीं थी। सूरज खूब तेज़ चमक रहा था लेकिन समुद्र अब कोई अरमान पूरे करने की उम्मीद नहीं दे रहा था। ईवार् ने अपना एक अकेला पैडिल दबाया, पहिए के हर चक्कर पर वह महसूस कर रहा था कि वह कुछ और बूढ़ा हो गया है। वह कारखाने के बारे में, अपने सहपाठियों के बारे में, और अपने मालिक के बारे में, जिससे अभी कुछ देर बाद ही मिलनेवाला था, बिना मन भारी किए न सोच सका। फरनोन्द को फिकर हो रही थी, "तुम लोग क्या कहोगे उससे?"

"कुछ नहीं।"

ईवार् ज़मीन पर पैर टिकाकर खड़ा हो गया था और सिर हिला रहा था। उसने दाँत भींच रखे थे, उसका छोटा-सा चेहरा तपा हुआ और झुर्रियाँ पड़ा हुआ था, बारीक नाक-नक्श अब एकदम सख्त हो गए थे। "हम काम कर रहे हैं। इतना काफी है।" अब वह साइकिल पर जा रहा था, दाँत उसने अभी तक दबा रखे थे एक दर्द-भरे और सूखे गुस्से में, जिससे समूचा आसमान भी काला दिखने लगा था।

उसने बुलवार् पीछे छोड़ा, समुद्र भी, और स्पेन की एक पुरानी बस्ती की नम गलियों में मुड़ गया। इन गलियों को पार करके वह उस क्षेत्र में पहुँचा जहाँ सिर्फ सायबान बने थे, लोहे के डिपो थे, गैराज़ थी, जहाँ कारखाना बना हुआ था : एक तरह का हैंगर, आधी ऊँचाई तक पत्थरों से बना, उसके बाद छत पर पड़ी कोर्‌युगेटेड टीन तक काँच लगे हुए थे। यह कारखाना खुलता था पुराने कारखाने में, चारों तरफ सायबानों से घेरा हुआ एक चौक जो कारोबार बढ़ने पर

छोड़ दिया गया था, और जो अब पुरानी मशीनों और टूटे बैरलों के गोदाम के रूप में काम आता था। चौक से परे, टाइल लगे हुए एक छोटे-से रास्ते द्वारा उससे पृथक कारखाने के मालिक का बगीचा शुरू हो जाता था जिसके आखिर में उसका मकान बना हुआ था—विशाल और अरुचिकर, फिर भी बाहर चारों तरफ बिखरी मधुलवंग[1] और वर्जीनिया क्रीपर[2] की वजह से बड़ा चित्ताकर्षक लगता था।

सबसे पहले ईवार् ने देखा कि कारखाने के दरवाज़े बन्द हैं। कारीगरों का एक समूह उसके बाहर चुपचाप खड़ा था। जबसे उसने यहाँ काम करना शरू किया था, यह पहला मौका था कि वहाँ पहुँचने पर उसे दरवाज़े बन्द मिले हों। मालिक अच्छी तरह से, उन लोगों को हकीकत से वाकिफ कर देना चाहता था। ईवार् बाईं तरफ मुड़ गया, साइकिल हैंगर के आगे बने हुए छोटे-से शेड में रखी और फाटक की तरफ बढ़ गया। दूर से उसने पहचाना—ऐसपोसीतो, एक लम्बा-चौड़ा आदमी, धूप में काला हुआ, घने बालोंवाला जो उसके बराबर में काम करता था; मारकू, यूनियन का प्रतिनिधि, अपनी ऊँची, प्रमुख आवाज़ के साथ; सईद, कारखाने का एक अकेला अरबी, उसके बाद बाकी सब जो चुपचाप उसे आता देख रहे थे। लेकिन उसके उनके पास पहुँचने से पहले, अचानक वे सब कारखाने के फाटक की तरफ मुड़ गए, जो तभी थोड़ा-सा खुला था। बैलेस्तैर, फोरमैन सबसे पहले सामने दिखा। उसने उन भारी किवाड़ों में से एक को खोला और फिर कारीगरों की तरफ पीठ करके उसे पीछे की तरफ पटरी पर सरकाने लगा।

1. एक बेल जिसमें बड़े खूबसूरत फूल होते हैं।
2. एक तरह की जंगली बेल जिसे सजावट के लिए लगाया जाता है।

बैलेस्तैर् जो वहाँ सबसे बड़ा था, हड़ताल के पक्ष में नहीं था, लेकिन उस समय चुप हो गया था जब एसपोसीतो ने उससे कहा था कि ये मालिक के फायदे में ही है। इस समय वह फाटक के पास खड़ा था, चौड़ा और नाटा नेवी ब्लू जर्सी पहने, नंगे पैरों से तैयार, (सईद के साथ वही एक था जो नंगे पैर काम करता था) और वह इन सबको एक-एक करके अन्दर आता देख रहा था, इतनी पारदर्शक दृष्टि से, कि वे सब रंगहीन लग रहे थे, उसकी धूप से काली शक्ल में, जिसकी घनी और नीचे को झुकी हुई मूँछों के नीचे मुँह उदास था। वे सब चुप थे, हार जाने की जिल्लत महसूस करते हुए, अपनी खुद की चुप्पी पर क्रोधोन्मत्त, लेकिन जितनी वह लम्बी होती जाती थी उतना ही उसे तोड़ने में वे नाकाबिल हो रहे थे। वे बिना बैलेस्तैर् की तरफ देखे चल रहे थे क्योंकि उन्हें मालूम था कि वह इस तरह उन्हें अन्दर आने देने में, किसी आदेश का पालन कर रहा था, और उसका कटु और म्लान चेहरा उन्हें दर्शा रहा था कि वह क्या सोच रहा था। ईवार् ने उसकी तरफ ध्यान से देखा। बैलेस्तैर् ने जो उसे काफी चाहता था बिना एक भी शब्द कहे सिर हिला दिया।

अब वे सब प्रवेशद्वार की दाईं तरफ, छोटे-से लॉकर रूम में थे; खुली काम करने की जगह, जो बिना रंग किए हुए लकड़ी के फट्टों से अलग-अलग कर दी गई थी और जिसमें दोनों तरफ तालेवाली एक छोटी अलमारी लगा दी गई थी; प्रवेशद्वार से सबसे दूर, आखिरी स्टॉल, जो हैंगर की दीवारों से लगा हुआ था, एक छोटे-से गुसलखाने में बदल दिया गया था। उसी के नीचे मिट्टी खोदकर गटर बना था। कारखाने के बीच में काम की प्रगति देखी जा सकती थी—बड़े बैरेल जो बनकर तैयार थे लेकिन अभी आग में पक्के होने थे; मोटी बेंचें

जिनमें लम्बे छेद बनाए गए थे (और उनमें से कुछ में लकड़ी के गोल पेंदे डाल दिए गए थे); और आखिर में काली हुई भट्टियाँ। दीवार के सहारे-सहारे, प्रवेशद्वार की बाईं ओर, काम करने की बेंचें सलीके से लगी हुई थीं। उनके सामने छीलने के लिए तरतीब से लगे फट्टों के ढेर थे। दाहिनी तरफ की दीवार के पास, जो ड्रेसिंग रूम से ज़्यादा दूर नहीं थी, दो बड़ी मशीनें, अच्छी तरह तेल दी हुईं, मज़बूत और मौन चमक रही थीं।

काफी दिनों से, हैंगर उन थोड़े-से आदमियों के लिए जो वहाँ काम करते थे, बहुत बड़ा लगने लगा था। तेज़ गर्मियों में यह एक बड़ा फायदा था, जाड़ों में नुकसान। लेकिन आज, इस बड़े अहाते में, काम बीच में छोड़ा हुआ था, ढोल चारों तरफ बिखरे पड़े थे, सिर्फ एक गोले में पट्टियाँ लगाई गई थीं, जो ऊपर की तरफ लकड़ी के जंगली फूलों की तरह फैल रही थीं; बेंचें, टूल बॉक्स, मशीनें—सब पर बुरादा जमा था, सब मिलकर कारखाने को एक उपेक्षा का माहौल दे रहे थे। वे सब यह देख रहे थे, इस समय अपने पुराने स्वेटर और मरम्मत की हुई, पैबंद लगी पतलूनें पहने हुए, और झिझक रहे थे। बैलेस्तैर् उन्हें ध्यान से देख रहा था। "तो," वह बोला, "काम शुरू करें?" बिना एक शब्द भी बोले एक-एक करके सब अपनी जगह चले गए। बैलेस्तैर् बारी-बारी सब जगह गया, संक्षेप में हरेक को याद दिलाता हुआ कि कौन-सा काम पूरा करना है, कौन-सा शुरू करना है। जवाब किसी ने नहीं दिया। शीघ्र पहली हथौड़ी बजी, उस लोहा-चढ़ी लकड़ी पर जो ढोल के मोटे हिस्से पर एक वृत्त सरका रही थी; एक रन्दा लकड़ी की गाँठ पर करहाया, और एक आरा जो एसपोसीतो ने शुरू किया था, अपने दाँतोंवाली धार से गड़गड़ाता हुआ चल पड़ा।

सईद किसी के भी माँगने पर फट्टे ला देता था या छीलन की आग जला देता था जिस पर ढोल रखे जाते थे अपने लोहे के बक्तर में फूलने के लिए। जब उसे कोई बुला नहीं रहा होता था, तो वह एक काम करने की बेंच पर हथौड़े से लोहे के बड़े ज़ंग लगे हुए छल्लों में रिविट लगाया करता था। छीलन के जलने की बदबू हैंगर में भरने लगी थी। ईवार् ने, जो एसपोसीतो के काटे हुए फट्टों को घिस रहा था और ठीक से लगा रहा था, पुरानी खुशबू पहचानी, और उसके दिल को कुछ राहत मिली। सब काम चुपचाप कर रहे थे, लेकिन एक आत्मीयता, एक सजीवता कारखाने में धीरे-धीरे पुनर्जीवित हो रही थी। काँच की बड़ी खिड़कियों में से ताज़ा रोशनी अहाते को भर रही थी। सुनहरे वायुमंडल में नीला-सा धुआँ उठ रहा था; ईवार् ने अपने पास एक कीड़े का गुंजारना सुना।

तभी वह दरवाज़ा, जो पुराने कारखाने में खुलता था, पीछे की दीवार पर खुला और लास्साल महाशय, वहाँ के मालिक, दहलीज़ पर आकर खड़े हो गए। छरहरे और धूप में काले हुए, वे मुश्किल से तीस साल के होंगे। गैबरडीन के सूट पर खुला लटका हुआ सफेद ओवर-ऑल, वे देह से एकदम अक्लान्त दिख रहे थे। छुरी से तराशी हुई लगती-सी बहुत ही हड़ीली शक्ल होने के बावजूद उनके लिए चाह पैदा होती थी, जैसे उन सभी लोगों के लिए जो मिज़ाज से खुले होते हैं। फिर भी जब वे दरवाज़े से बाहर आए तो कुछ झिझक रहे थे। उनका अभिनन्दन हमेशा से कम मधुर था। जो भी हो, जवाब किसी ने नहीं दिया। हथौड़ियों की आवाज़ कुछ रुकी, एक-एक दो-दो में आने लगी फिर एकदम ठीक लय में ज़ोर से चल पड़ी। लास्साल महाशय ने कुछ अस्थिर कदम उठाए, फिर वे नाटे वैलरी की तरफ बढ़ गए

जिसने उनके साथ सिर्फ एक साल ही काम किया था। बिजली की आरी के पास, ईवार् में कुछ दूर वह एक बड़े पीपे में पेंदा लगा रहा था और मालिक उसे यह सब करते देख रहे थे। वैलरी बिना कुछ बोले अपना काम करता रहा। "क्यों," लास्साल महाशय ने कहा, "काम कैसा चल रहा है?" वह युवक एकदम सिटपिटा गया। उसने एसपोसीतो की तरफ एक निगाह डाली, जो उसी के पास, ईवार् के पास ले जाने के लिए अपनी बड़ी-बड़ी बाँहों में फट्टों की एक ऊँची तह जमा रहा था। एसपोसीतो भी अपना काम करने के साथ-साथ उसे लगातार देखता रहा, और वैलरी ने मालिक को बिना कोई जवाब दिए, अपनी नाक फिर से अपने पीपे में घुसा ली। कुछ हैरान-से लास्साल, कुछ क्षण तो युवक कारीगर के सामने खड़े रहे, फिर उन्होंने कन्धे उचकाए और मारकू की तरफ लौट गए। मारकू अपनी बेंच पर चढ़ा हुआ आहिस्ता से एक पेंदे पर फिनिशिंग टच दे रहा था और पॉलिश कर रहा था। "कैसे हो, मारकू" लास्साल ने बड़े रूखे स्वर में कहा। मारकू ने जवाब नहीं दिया, पूरे मनोयोग से इस कोशिश में लगा रहा कि उसकी लकड़ी में से छोटे-छोटे तिनकों के अलावा कहीं और कुछ न छिल जाए। "क्या हो गया है आप लोगों को?" लास्साल ने इस बार बाकी सभी कारीगरों की तरफ देखते हुए ज़ोर से कहा। "हम लोगों में कोई राज़ीनामा नहीं हुआ है, यह सबको मालूम है। लेकिन उससे हमारा साथ काम करना बन्द नहीं हुआ है। तो अब यह सब करने से क्या फायदा है?" मारकू उठा, उसने वह पेंदा उठाया, हाथ से देखा गोलाई वगैरह ठीक है या नहीं, पूरे सन्तोष से अपनी सुस्त आँखों को ज़रा झपकाया और अभी तक चुप, दूसरे कारीगर के पास चला गया, जो एक और पीपा तैयार कर रहा था। पूरे कारखाने

में सिर्फ हथौड़ियों की और बिजली के आरे की ही आवाज़ आ रही थी। "ठीक है," लास्माल बोले, "जब यह सब खत्म हो जाए तो मुझे बैलेस्तैर् के हाथ कहलवा देना।" और इत्मीनान से वे कारखाने से बाहर चले गए।

लगभग तत्काल बाद, कारखाने के शोरगुल के ऊपर एक घंटी दो बार बजी। बैलेस्तैर्, जो तभी एक सिगरेट भरने के लिए बैठा था, धीरे-से उठा और पीछे के छोटे दरवाज़े की तरफ गया। उसके जाने के बाद हथौड़े ज़रा धीरे पड़ने लगे। उनमें से एक कारीगर तो रुक ही गया, जब बैलेस्तैर् वापस आया। उसने दरवाज़े में से सिर्फ इतना कहा, "साहब तुम्हें बुला रहे हैं, मारकू और ईवार्।" ईवार् की पहली प्रतिक्रिया थी हाथ धोने के लिए जाना, लेकिन रास्ते में उसे मारकू ने बाँहों से पकड़ लिया, और वह लँगड़ाता-लँगड़ाता मारकू के पीछे चला गया।

बाहर, अहाते में, रोशनी इतनी ताज़ा थी, इतनी तरल कि ईवार् को अपने चेहरे और बिना ढकी बाँहों में महसूस हुई। वे मधुलवंग की बेल के नीचे, जिस पर कुछ कलियाँ अभी से दिख रही थीं, बाहर के जीने से ऊपर गए, और जब कॉरीडोर में पहुँचे जोकि डिप्लोमों में भरा हुआ था, उन्होंने एक बच्चे की रोने की आवाज़ सुनी और लास्साल महाशय जी जो कह रहे थे, "खाने के बाद इसे सुला देना। अगर फिर भी तबीयत ठीक नहीं हुई तो हम डाक्टर को बुला लेंगे।" फिर उनका मालिक तेज़ी से कॉरीडोर में आया और उन्हें उस छोटे ऑफिस में ले गया, जिसे वे अच्छी तरह जानते थे, कृत्रिम देहाती फर्नीचर और खेलकूद के इनामों से सजाया हुआ। "बैठिए," लास्साल ने अपनी मेज़ के पीछे बैठते हुए कहा। वे दोनों खड़े रहे। "मैंने आप लोगों को इसलिए बुलवाया है

क्योंकि आप हैं—आप, मारकू, यूनियन प्रतिनिधि; और, तुम ईवार्, मेरे सबसे पुराने कर्मचारी, बैलेस्तैर् के बाद। मैं फिर से वह बातचीत नहीं करना चाहता जो अब खत्म हो चुकी है। मैं आपको वह सब हरगिज़ नहीं दे सकता जो आप माँग रहे हैं। यह मामला तय हो चुका था, हम लोग इस नतीजे पर पहुँचे थे कि काम शुरू हो जाना चाहिए। मैं देख रहा हूँ कि आप लोग मुझसे नाराज़ हैं और इससे मुझे भी तकलीफ हो रही है, मैं जो महसूस कर रहा हूँ आपसे कह रहा हूँ। मैं सिर्फ इतना और कहना चाहता हूँ, जो मैं आज नहीं कर पा रहा, वह शायद मैं कर सकूँ, अगर कारोबार चल पड़ा। और अगर मैं वे माँगें पूरी कर सका तो कर दूँगा, आपके माँगने से भी पहले। तब तक मिलकर काम करने की कोशिश करिए।" वह चुप हो गया। लगता था कुछ सोच रहा है, फिर उनकी तरफ देखने लगा। "तो फिर?" उसने कहा। मारकू बाहर देख रहा था। ईवार्, दाँत भींचे हुए, बोलना चाह रहा था, लेकिन बोल नहीं पा रहा था। "सुनिए," लास्साल बोला, "आप लोग कुछ भी मानने को तैयार नहीं हैं। थोड़े दिन में आप समझ जाएँगे। लेकिन जब आप दुबारा वाजिब तरीके से सोचने लगेंगे, तो जो मैंने अभी-अभी आपसे कहा है, मत भूल जाइएगा।" वह उठा, मारकू की तरफ गया और मिलाने के लिए हाथ बढ़ाया, "क्याओ"[1] "उसने कहा। मारकू एकदम पीला पड़ गया, उसकी वह लोकप्रिय गीतकार की शक्ल सख्त हो गई और उस पर कमीनापन झलक आया। फिर वह तेज़ी से एड़ियों पर पीछे मुड़ा और बाहर चला गया। लास्साल, जो भी पीला पड़ गया था, बिना हाथ बढ़ाए ईवार् की तरफ देखता रहा। "निकल जाओ यहाँ से बाहर," वह चिल्लाया।

1. बॉय-बॉय।

जब वे लोग कारखाने में वापस लौटे, बाकी कारीगर खाना खा रहे थे। बैलेस्तैर् बाहर चला गया था। मारकू ने सिर्फ इतना कहा : "बेकार की फूँक," और अपनी काम करने की जगह में चला गया। एसपोसीतो ने अपनी डबलरोटी खाना छोड़कर पूछा कि उन लोगों ने क्या जवाब दिया, ईवार् ने कहा कि उन लोगों ने कोई जवाब नहीं दिया। फिर वह अपना थैला उठा लाया और उस बेंच पर आकर बैठ गया जहाँ वह काम करता था। उसने खाना शुरू ही किया था कि अपने से कुछ दूर पर देखा, सईद छीलन के एक ढेर पर कमर के बल लेटा हुआ है, उसकी नज़र उन रोशनदानों में खोई हुई थी जो अब आसमान की कम होती रोशनी में नीले-से दिख रहे थे। उसने सईद से पूछा कि क्या वह खा चुका है। सईद ने कहा कि उसने अपने अंजीर खा लिये हैं। ईवार् खाते-खाते रुक गया। वह बेचैनी जो लास्साल से मिलने के बाद उसे छोड़ नहीं रही थी, एक सुखकर आत्मीयता के लिए जगह बनाकर अब अचानक विलीन हो गई। डबलरोटी के दो हिस्से करता हुआ वह उठा, और सईद के इनकार पर बोला कि "अगले हफ्ते सबकुछ ठीक हो जाएगा, तब तू मुझे खिला देना," सईद मुस्कराने लगा। अब उसने ईवार् के सैंडविच के टुकड़े में काटा, लेकिन बहुत ज़रा-सा, उस आदमी की तरह जिसे भूख न हो।

एसपोसीतो ने एक पुरानी देगची उठाई और छीलन और लकड़ी की छोटी-सी आग जलाई। फिर उस कॉफी को गर्म किया, जो वह एक बोतल में भरके लाया था। उसने बताया कि ये भेंट उसके पंसारी ने यह जानने पर कि हड़ताल असफल हो गई है, कारखाने के लिए भेजी थी, और मस्टर्ड जार[1], एक से दूसरे हाथ में दिए जाने लगे। हर

1. एक बड़ा मग।

बार एसपोसीतो उसमें पहले से ही चीनी मिलाई हुई कॉफी डालता जाता था। सईद ने इसे खाने के बनिस्बत ज़्यादा चाव से पीया। एसपोसीतो ने बाकी बची कॉफी जलती देगची में ही मुँह लगाकर पी ली, लगातार होंठों को चटकाते हुए और गाली बुड़बुड़ाते हुए। इसी समय बैलेस्तैर् काम पर वापस जाने की आवाज़ लगाने अन्दर आया।

वे सब उठ ही रहे थे और कागज़, बर्तन वगैरह अपने-अपने थैलों में डाल रहे थे कि बैलेस्तैर् उन सबके बीच में आ गया और कहने लगा कि मौजूदा तकलीफ, उस समय, सभी को हो रही थी, उसे भी, किन्तु वह कोई कारण नहीं था कि बच्चों की तरह आचरण किया जाए, और यह कि बड़बड़ाने से कोई फायदा नहीं होता। एसपोसीतो ने देगची हाथ में ही पकड़े हुए, उसकी तरफ देखा, अचानक उसका भोंड़ा और लम्बा चेहरा लाल हो आया। ईवार् जानता था कि वह अब क्या कहने जा रहा है, और यह भी कि उस वक्त उसके साथ-साथ बाकी सब लोग भी यही सोच रहे थे कि गुस्सा वे नहीं कर रहे थे, उनका मुँह बन्द कर दिया गया था, सवाल 'ले लो या छोड़ दो' का था और यह कि कभी-कभी गुस्से और बेबसी की इतनी पराकाष्ठा हो जाती है कि चिल्लाया भी नहीं जाता। वे घरबार वाले आदमी थे, और अब वे मुस्कराना या मुँह सड़ाना तो शुरू करते नहीं। लेकिन एसपोसीतो ने ऐसा कुछ नहीं कहा, उसका चेहरा फिर से शान्त हुआ, और उसने आहिस्ता से बैलेस्तैर् का कन्धा थपथपाया, जबकि बाकी सब लोग अपने काम पर लौट गए। फिर से हथौड़ियों की आवाज़ें आने लगीं, और वह बड़ा अहाता सुपरिचित शोरगुल से, छीलन और पसीने में भीगे पुराने कपड़ों की बदबू से भर गया। वह विशाल आरा चीखे जा रहा था और उन फट्टों की ताज़ा लकड़ी में दाँत गड़ा रहा

था जो एसपोसीतो धीरे-धीरे उसके सामने सरका रहा था। जिस जगह दाँत लगते थे, डबलरोटी के चूरे-जैसा गीला बुरादा तेज़ धार में निकल पड़ता था और उसकी मोटी, बालों से भरी, चिंघाड़ते आरे के दोनों तरफ लकड़ी पर मज़बूती से रखी हुई बाँहों पर बिछ जाता था। जब फट्टा कट चुका होता था, खाली मशीन के चलने की आवाज़ आती रहती थी।

ईवार् को अब रन्दे पर झुकी अपनी कमर में दर्द महसूस हुआ। वैसे तो थकान काफी देर बाद हुआ करती थी। ज़ाहिर था, इतने सप्ताह की निष्क्रियता से वह अपना अभ्यास भूल गया था। लेकिन वह उम्र के बारे में भी सोच रहा था, जो बढ़ने पर हाथ के काम को, अगर वह साधारण किस्म का न हो, मुश्किल कर देती है। यह दर्द उसे बढ़ती उम्र का अहसास दिला रहा था। जहाँ कहीं भी मांसपेशियाँ इस्तेमाल करनी पड़ती हैं, काम एक अभिशाप बन जाता है, मृत्यु का अग्रदूत बन जाता है, और मेहनत-भरी शामों के बाद नींद ऐसे आती है जैसे स्वयं मौत। वह लड़का स्कूल मास्टर बनना चाहता था, ठीक बात थी, वह लोग जो हाथ से करने के काम पर भाषण देते हैं, नहीं जानते क्या बात कर रहे हैं।

जब ईवार् ढंग से साँस लेने और ये बेकार के खयाल मन से निकाल देने को सीधा खड़ा हुआ, घंटी फिर से बजी। वह लगातार बजे जा रही थी, लेकिन इतने अजीब तरीके से, पहले रुक-रुक कर, फिर धृष्टतापूर्वक ज़ोर से, कि कारीगरों ने काम करना रोक दिया। बैलेस्तैर् सुनता रहा, आश्चर्यचकित, फिर इरादा पक्का करके, धीरे-धीरे दरवाज़े तक गया। अन्त में, उसके जाने के कुछ सेकंड बाद घंटी रुक गई। उन सबने दुबारा काम शुरू कर लिया। एक बार फिर दरवाज़ा

तेज़ी से खुला और बैलेस्तैर् ड्रेसिंग-रूम की तरफ भागा। उसमें से वह कैनवस के जूते पहनकर, कमीज़ पहनते-पहनते बाहर आया, और चलते-चलते ईवार् से बोला, "बच्ची को दौरा पड़ गया है, मैं जरमैन को लेने जा रहा हूँ," और बड़े फाटक की तरफ भागता हुआ चला गया। डॉक्टर जरमैन कारखाने में सबका इलाज करते थे; वे फोबूर् में रहते थे। ईवार् ने बिना कुछ और जोड़े, खबर दुहरा दी। वे सब उसके इर्द-गिर्द इकट्ठे हो गए, घबराकर, एकटक देखने लगे। सिर्फ बिजली के आरे की आवाज़ सुनाई दे रही थी जो बेरोक चले जा रहा था। "शायद कुछ भी न हो," उनमें से एक ने कहा। वे सब फिर अपनी-अपनी जगह चले गए, कारखाना दुबारा उनके आक्रोश से गूँजने लगा, लेकिन अब वे काम को धीरे-धीरे कर रहे थे, जैसे किसी बात का इन्तज़ार कर रहे हों।

पन्द्रह मिनट बाद, बैलेस्तैर् फिर से अन्दर आया, अपना कोट रखा और बिना एक शब्द कहे, छोटे दरवाज़े से वापस बाहर चला गया। रोशनदानों पर रोशनी कम हो रही थी। थोड़ी देर बाद, उस दरम्यान जब आरा कोई लकड़ी नहीं काट रहा था, एंबुलेंस की मन्द घंटी सुनाई दी, पहले दूर से, फिर पास आती गई और इस समय चुप होकर वह यहाँ मौजदू थी। एक क्षण बाद बैलेस्तैर् फिर आया और सब उसकी तरफ बढ़े। एसपोसीतो ने मोटर बन्द कर दिया था। बैलेस्तैर् ने बताया कि कपड़े उतारते-उतारते वह लड़की एकाएक ऐसे लुढ़क गई थी जैसे उसे बीच में से काट दिया हो। "सुना है कभी!" मारकू बोला। बैलेस्तैर् ने सिर उचकाया और कारखाने की तरफ कुछ संकेत किया, लेकिन वह एकदम घबड़ाया हुआ था। फिर से एंबुलेंस की घंटी सुनाई दी। वे सब वहाँ थे, स्तब्ध कारखाने में, रोशनदानों में से बहती पीली रोशनी

की धार में, अपने खुरदरे, अनुपयोगी हाथ बुरादे से ढकी पतलूनों के सहारे लटकाए हुए।

बाकी दुपहर धीरे-धीरे कटी। ईवार् को सिर्फ अपनी थकान और जकड़े हुए दिल का अहसास था। वह कुछ कहता जरूर, लेकिन उसके पास कुछ कहने को नहीं था, न ही औरों के पास। उन लोगों की चुप्पा शक्लें सिर्फ एक-दूसरे का दुख पढ़ रही थीं और एक तरह की ज़िद्द। कई बार, उसके मन में दुर्भाग्य शब्द आया, लेकिन आने से पहले उतनी ही जल्दी मिट गया जैसे पानी का बुलबुला जो साथ-साथ बनता है और बिखरता है। उसे अपने घर जाने का मन कर रहा था, फरनोन्द से मिलने का, अपने बेटे को देखने का, और छत पर बैठने का भी। उसी समय बैलेस्तैर् ने कारखाना बन्द होने की आवाज़ लगा दी। मशीनें बन्द हो गईं। बिना जल्दबाज़ी के उन्होंने अपनी बत्तियाँ बन्द कीं, अपनी जगह सँवारी, फिर एक-एक करके वे ड्रेसिंग-रूम में गए। सईद आखिर तक रुका रहा, उसे काम करने की जगह साफ करनी थी और धूल को पानी से बहाना था। जब ईवार् ड्रेसिंग-रूम में पहुँचा, एसपोसीतो, भीमकाय और बालों से भरा हुआ, फव्वारे के नीचे खड़ा था। इन लोगों की तरफ उसकी पीठ थी और वह बड़ी तेज़ी से साबुन लगा रहा था। ज़्यादातर लोग उसके शर्मीलेपन पर उसे छेड़ा करते थे यह विशाल भालू, सचमुच में, बड़ी मेहनत से अपने विशेष अंग छुपाया करता था। लेकिन आज किसी का उसकी तरफ ध्यान नहीं था। एसपोसीतो उलटे कदमों से बाहर निकला और अपने कूल्हों के चारों तरफ तौलिया ऐसे लपेट लिया जैसे लँगोट हो। बाकी लोग बारी-बारी से अन्दर गए। मारकू अपने नंगे बदन पर दोनों तरफ से ज़ोर-ज़ोर से हाथ मार रहा था। तभी बड़े फाटक के अपनी

लोहे की चरखी पर धीरे-से खुलने की आवाज़ आई, और लास्साल अन्दर आया।

उसने पहलेवाले ही कपड़े पहन रखे थे, लेकिन उसके बाल कुछ बिखर रहे थे। वह देहली पर रुका, इतने बड़े सुनसान कारखाने को देखता रहा, कुछ कदम आगे बढ़ा, फिर रुका और ड्रेसिंग-रूम की तरफ देखने लगा। एसपोसीतो जो अभी तक अपनी लँगोटी में लिपटा हुआ था, उसकी तरफ मुड़ा। नंगा, झेंपता हुआ वह दोनों पैरों पर अपना वज़न तोलने लगा। ईवार् ने सोचा कि यह समय मारकू के कुछ कहने का है। लेकिन मारकू नज़र नहीं आ रहा था, वह पानी की बौछार के पीछे छिपा था जो उस पर पड़ रही थी। एसपोसीतो ने एक कमीज़ कहीं से खींची और उसे फुर्ती से पहन ही रहा था कि लास्साल ने कहा, "गुड नाइट," बहुत शान्त आवाज़ में, और छोटे दरवाज़े की तरफ चल पड़ा। जब तक ईवार् को ध्यान आया कि उसे कुछ बात करनी चाहिए थी, दरवाज़ा बन्द हो चुका था।

ईवार् ने बिना नहाए ही कपड़े पहन लिये, उसने भी 'गुड नाइट' बोला, लेकिन हार्दिकता से, और उन्होंने उसे उसी आत्मीयता से जवाब दिया। वह तेज़ी से बाहर निकला, अपनी साइकिल उठाई और, जैसे ही उस पर बैठा कि फिर वही कमर का दर्द। अब वह ढलती दुपहर में भरी सड़क पर साइकिल चला रहा था। वह तेज़ गति से जा रहा था क्योंकि उसे अपने घर और छत पर पहुँचने का बहुत मन कर रहा था। वह शाम को नहाएगा, गुसलखाने में, चुपचाप बैठकर उस समुद्र को देखने के लिए जो इस समय सुबह से ज़्यादा गहरे रंग का, बुलवार् की मुँडेर के नीचे, अभी से उसके साथ है, और वह अपने आपको उसके बारे में सोचने से रोक न सका।

घर में उसका लड़का स्कूल से वापस आ चुका था और कॉमिक पढ़ रहा था। फरनोन्द ने ईवार् से पूछा कि क्या उसका दिन अच्छी तरह निकला। उसने कोई जवाब नहीं दिया, गुसलखाने में नहाया, फिर छत की नीची डोली के पास लगी बेंच पर बैठ गया। उसके सिर पर सूख रहे कपड़ों में से आसमान पारदर्शी हो गया था; दीवार की परली तरफ शाम का सौम्य समुद्र दिख रहा था। फरनोन्द सौंफ की शराब, दो गिलास, ठंडे पानी का एक जग लाई। वह अपने पति के पास बैठ गई। ईवार् ने उसका हाथ अपने हाथों में लेकर, जैसे वह शादी के शुरू-शुरू के दिनों में लिया करता था, उसे सबकुछ बता दिया। बात खत्म करके वह निश्चल बैठा रहा, समुद्र की तरफ देखता हुआ, जहाँ शाम का धुंधलका क्षितिज के एक सिरे से दूसरे सिरे तक फैलता जा रहा था। "आह! ये कमी है!" उसने कहा। काश वह अभी तक युवा होता और फरनोन्द भी और वे दोनों समुद्र के उस पार जा सकते।

अतिथि

मास्टरजी दो आदमियों को अपनी तरफ आते देख रहे थे। एक घोड़े पर था, दूसरा पैदल। वे लोग अभी उस बेढंगी सीधी चढ़ाई पर नहीं पहुँचे थे, जो पहाड़ी के एक ओर बने स्कूल की तरफ ले जाती थी। पत्थरों के बीच, वीरान पठार के ऊँचे विस्तृत फैलाव पर बर्फ में धीरे-धीरे आगे बढ़ते हुए वे मुश्किल से चढ़ रहे थे। सामने-सामने कई बार घोड़ा लड़खड़ा जाता था। अभी कुछ सुनाई तो नहीं दे रहा था लेकिन उसके नथुनों से निकलती भाप का झोंका दिख रहा था। कम-से-कम उनमें से एक आदमी इस इलाके को जानता था। वे उस रास्ते पर चल रहे थे जो कुछ दिन पहले, आगे चलकर, बर्फ की गन्दी तह में खो गया था। मास्टर ने अन्दाज़ लगा लिया कि वे लोग पहाड़ी पर आधा घंटे से पहले नहीं पहुँच पाएँगे। ठंड पड़ रही थी। वह स्कूल वापस लौटा, स्वेटर लेने के लिए।

उसने बेहद ठंडा और क्लास का खाली कमरा पार किया। श्याम पट्ट पर, फ्रांस की चारों नदियाँ, चार अलग-अलग रंगों से

बनाई हुई, अपने समुद्र-संगम की तरफ तीन दिन से बह रही थीं। अक्तूबर के बीच में, आठ महीने के सूखे के बाद, बिना बारिश द्वारा कोई परिवर्तन लाए अचानक बर्फ पड़ गई थी और वे बीस के करीब छात्र, जो पठार पर दूर-दूर तक फैले हुए गाँवों में रहते थे, नहीं आए थे। मौसम ठीक होने तक इन्तज़ार करना ज़रूरी था। दारू, क्लास की बाजू में बना हुआ सिर्फ अकेला अपना एक कमरा ही गर्म करता था जो उसकी रिहाइश थी और जो पठार के पूर्वी हिस्से पर खुलता था। क्लास की खिड़कियों की तरह, इसकी भी एक खिड़की दक्षिण में खुलती थी। इस तरफ से, स्कूल कुछ ही किलोमीटर दूर था, उस जगह से जहाँ से कि पठार दक्षिण की तरफ उतरने लगता था। अच्छे मौसम में पहाड़ों की चोटियों का बैंजनी समूह, मरुस्थल की घाटी के बीच से साफ दिखाई पड़ता था।

कुछ गरमाई लेकर, दारू उसी खिड़की वापस लौट गया जिसमें से पहली बार उसने उन दोनों आदमियों को देखा था। अब वे दिख नहीं रहे थे। इसका मतलब वे अब उस सीधी चढ़ाई पर पहुँच गए होंगे। आसमान कुछ कम काला था। रात को बर्फ गिरनी बन्द हो गई थी। सवेरा एक मन्द-सी रोशनी पर निकला था जो बादलों के खुलने पर भी, मुश्किल से ही कुछ तेज़ हुई। दिन के दो बजे ऐसा लग रहा था जैसे दिन अभी निकला ही हो। लेकिन ये उन दिनों से तो बेहतर था जब अटूट अँधेरे में भारी बर्फ लगातार गिरती रही और हवा के छोटे-छोटे झोंकों से क्लास-रूम का दुहरा दरवाज़ा खड़कता रहा। दारू घंटों चुपचाप अपने कमरे में बैठा रहता था, बाहर आता था, सिर्फ शेड तक मुर्गियों को दाना-पानी देने के लिए और कोयला लाने के लिए। खुशकिस्मती से, सप्लाई की गाड़ी उत्तर दिशा में

सबसे करीब के गाँव, तद्जीद से उसका सामान लिये हुए, बर्फ के तूफान से दो दिन पहले ही पहुँच गई थी। अब वह अड़तालीस घंटे बाद दुबारा आएगी।

वैसे, गेहूँ की उन बोरियों से जो उस छोटे कमरे में भद्दी तरह से भरी हुई थीं, जो वहाँ के सरकारी अधिकारियों ने उसके पास रखी थीं, उन विद्यार्थियों में बाँटने के लिए जिनके घरवाले सूखे से ग्रस्त हुए थे, उसके पास घरबन्दी में काम चलाने का काफी इन्तज़ाम था। वास्तव में, विपत्ति सभी पर पड़ी थी क्योंकि सभी गरीब थे। हर रोज़ दारू बच्चों में कुछ राशन बाँटा करता था। उसे मालूम था, इन बुरे दिनों में उन्हें खाना पूरा नहीं मिल रहा है। सम्भवत: घर का कोई बड़ा भाई या पिता शाम को आए और उन्हें ज़रूरत के लिए अन्न दे जाए। किसी तरह अगली फसल तक दिन काटने की बात थी, बस। फ्रांस से गेहूँ के जहाज़ अब पहुँचने लगे थे, भारी विपत्ति टल चुकी थी। लेकिन इस दुख को भुलाना मुश्किल था, धूप में भटकते ये फटेहाल भूतों के दल, महीने-के-महीने जलकर राख होते पठार, थोड़ी-थोड़ी करके सूखती ज़मीन सच्चे अर्थ में झुलसती हुई, पैर के नीचे हर पत्थर छिटककर धूल बन जाता था। भेड़ें हज़ारों की तादाद में मर रही थीं और जहाँ-तहाँ कुछ आदमी भी, जिनकी संख्या हमेशा पता नहीं लग पाती थी।

इतनी विपदाओं के बावजूद, वह जो वहाँ उस खत्म हुए-से स्कूल में साधु-मुनि की तरह रहता था, इतनी मुसीबत-भरी ज़िन्दगी में, जो कुछ उसके पास था उसी में खुश, सफेद पुती हुई दीवारों, सँकरे दीवान, बिना पॉलिश की अलमारी, उसका कुआँ और एक हफ्ते के खाने-पीने के सामान के बीच, अपने आपको बादशाह समझता था।

और अचानक यह हिमपात, बिना किसी संकेत के, बिना बारिश, बिना किसी लक्षण के। इसीलिए रहने के लिए यह इलाका क्रूर था, बिना और कोई आदमियों के, हालाँकि उनसे कोई फर्क नहीं पड़ता। लेकिन दारू वहाँ पैदा हुआ था। बाकी जगह वह अपने आपको अकेला महसूस करता था।

वह बाहर आया और स्कूल के सामने खुली जगह में गया। वे दोनों आदमी अब चढ़ाई का आधा रास्ता तय कर चुके थे। वह घुड़सवार को पहचान गया—बालदुची, बुड्ढा सिपाही, जिसे वह बहुत दिनों से जानता था। बालदुची ने रस्सी के छोर से बाँधकर एक अरब को पकड़ा हुआ था जो उसके पीछे-पीछे चला आ रहा था, हाथ बाँधे हुए, सिर झुकाए हुए। सिपाही ने हाथ उठाकर अभिवादन किया, जिसका दारू ने कोई जवाब नहीं दिया, पूर्णतया उस अरब को देखने में मशगूल जिसने रंग उड़ा हुआ नीला जेलाबा पहना हुआ था, पैरों में सैंडिल जोकि मोटी ऊन के मोजों से ढके थे, सिर पर छोटा और पतला शैश[1]। वे पास आ रहे थे। बालदुची ने अपना घोड़ा कस रखा था, जिसमें अरब को कोई नुकसान न हो और वे सब मिलकर धीरे-धीरे आगे बढ़ रहे थे।

सुनाई देने लायक पास आकर बालदुची चिल्लाया, "अल-अमैर से यहाँ तक तीन किलोमीटर तय करने में एक घंटा लगा है।" दारू ने कोई जवाब नहीं दिया। अपने छोटे और मोटे स्वेटर में अच्छी तरह तैयार वह उन्हें चढ़ता देखता रहा। एक बार भूलकर भी उस अरब ने सिर नहीं उठाया। "हलो," दारू ने कहा जब वह बरामदे तक पहुँच गए, "अन्दर गरमाई में आ जाओ।"

---

1. अरबी लोगों की विशेष पगड़ी।

बालदुची बड़ी मुश्किल से अपने घोड़े से उतरा, बिना रस्सी को छोड़े हुए। अपनी घनी मूँछों के नीचे से वह दारू की तरफ मुस्कराया। वह तपे हुए माथे में धँसी हुई अपनी छोटी-छोटी काली आँखों और सलवटें पड़े हुए मुँह से बहुत सतर्क और कार्यशील लग रहा था। दारू ने लगाम ले ली और घोड़े को शेड में ले गया और उन दोनों आदमियों की तरफ आया जो अब स्कूल में उसका इन्तज़ार कर रहे थे। वह उन्हें अपने कमरे में ले गया। "मैं अभी क्लास-रूम में आग जला देता हूँ," उसने कहा, "ज़्यादा आरामदेह रहेगा।" जब वह दुबारा अपने कमरे में आया, बालदुची दीवान पर बैठा था। उसने अब वह रस्सी खोल दी थी, जिससे अरब को अपने साथ बाँध रखा था, जोकि अँगीठी के पास टिका हुआ था। हाथ अभी तक बँधे हुए, शैश पीछे सरकाया हुआ, वह खिड़की से बाहर देख रहा था। सबसे पहले दारू की निगाह उसके बड़े-बड़े होंठों पर पड़ी, भरे हुए, चिकने हब्शियों-जैसे; लेकिन नाक फिर भी लम्बी थी, काली आँखें डरी हुईं। शैश के नीचे एक हठीला माथा, पुरानी, ठंड से विकृत खाल के नीचे बहुत बेचैन और बागी भाव से भरे चेहरे पर दारू का ध्यान गया, जब उसने मुड़कर दारू की तरफ आँखों में सीधा देखा। "बराबर के कमरे में चलो," मास्टर ने कहा, "मैं अभी तुम्हारे लिए पोदीने की चाय बनाता हूँ।" "बहुत अच्छा," बालदुची बोला, "क्या आफत है! रिटायर होने का कितना इन्तज़ार है मुझे।" और अरबी भाषा में अपने कैदी से बोला, "इधर आओ।" वह अरबी उठा और धीरे-धीरे अपने बाँधे हुए हाथ सामने करके स्कूल में चला गया।

चाय के साथ दारू एक कुर्सी भी ले आया था। लेकिन बालदुची तब तक पढ़ने की चौकी पर जम गया था और वह अरब, मास्टर के

पढ़ाने के चबूतरे के सहारे अँगीठी की तरफ मुँह करके, पढ़ने की चौकी और खिड़की के बीच बैठ गया था। जब उसने चाय का गिलास बन्दी की तरफ बढ़ाया, दारू उसके बँधे हाथों के सामने हिचकिचाकर रुक गया। "इसे अब खोल दें।"..."ज़रूर," बालदुची ने जवाब दिया, "मैंने तो रास्ते के लिए बाँधा था।" और वह उठने लगा। लेकिन दारू तब तक गिलास ज़मीन पर रखकर उस अरब के पास घुटनों के बल बैठ गया था। वह बिना कुछ कहे, बहुत ही भयभीत आँखों से उसे लगातार देखता रहा। हाथ खुलते ही उसने दोनों हाथ मसले। उसकी कलाई सूज गई थी। चाय का गिलास पकड़ा और उबलती हुई चाय वह तेज़ छोटे-छोटे घूँटों में पी गया।

"शाबाश," दारू बोला, "और इस तरह तुम कहाँ जा रहे हो?"

बालदुची ने चाय में से अपनी मूँछें निकालीं, "यहाँ मेरे बेटे!"

"अजीब विद्यार्थी मिला है मुझे! क्या रात को यहाँ ठहर रहे हो?"

"नहीं! मैं वापस अल-अमैर जाऊँगा। और तुम हमारे दोस्त को तीनगुइत छोड़ आना। वहाँ पुलिसवाले उसका इन्तज़ार कर रहे हैं।"

बालदुची ने प्यार से, ज़रा-सा मुस्कराकर दारू की तरफ देखा।

"ये क्या किस्सा है," मास्टर बोला, "तुम मुझे तंग कर रहे हो?"

"नहीं बेटे! ये ही ऑर्डर है।"

"ऑर्डर? मैं कोई," दारू रुक गया; वह अपने बूढ़े साथी का दिल दुखाना नहीं चाहता था, "और फिर ये मेरा काम भी नहीं है।"

"ऐ, इसका क्या मतलब है? लड़ाई के वक्त सब काम करने पड़ते हैं।"

"ठीक है, उस हालत में मैं लड़ाई के एलान का इन्तज़ार करूँगा।"

बालदुची ने सहमति में सिर हिलाया।

"बहरहाल, आर्डर ये रहे, और ये तुम्हारे लिए भी है। ऐसा लगता है, कुछ गड़बड़ चल रही है। कहते हैं, बगावत की तैयारियाँ हो रही हैं। हम सबको लड़ाई के लिए एक तरह से तैयार रहने का हुक्म है।"

दारू तब भी अपनी ज़िद पर अड़ा रहा।

"देखो, बेटे," बालदुची ने कहा, "मैं तुम्हें कितना प्यार करता हूँ तुम जानते हो। अल-अमैर् में हम बारह लोग हैं, पूरे इलाके की देखभाल के लिए, और मेरा लौटना ज़रूरी है। मुझसे इस आदमी को तुम्हारे हवाले करके जल्द लौटने के लिए कहा गया था। इसे वहाँ नहीं रखा जा सकता था। इसके गाँव में हलचल शुरू हो गई थी। वे लोग इसे वापस हथियाना चाहते थे। कल शाम तक तुम्हें इसे तीनगुइत छोड़ना है। बीस किलोमीटर से तुम्हारे-जैसे हट्टे-कट्टे नौजवान को डरना नहीं चाहिए। उसके बाद आफत खत्म। तुम वापस अपने बच्चों के साथ मजे की ज़िन्दगी गुज़ारना।"

दीवार के पीछे से घोड़े के हिनहिनाने की और खुर मारने की आवाज़ आई। दारू खिड़की से बाहर देख रहा था। मौसम अब साफ हो रहा था, और उस बर्फ से ढके पठार पर रोशनी बढ़ती जा रही थी। जब सारी बर्फ पिघल जाएगी, सूरज फिर उस चट्टानी मैदान में पूरी शक्ति से चमकेगा। कुछ दिनों से आसमान लगातार बिना बदले, अपना सूखा प्रकाश इस निर्जन विस्तार में बहा रहा है, जहाँ मनुष्य से किसी भी चीज़ का सम्बन्ध नहीं है।

"आखिर," उसने बालदुची की तरफ मुड़ते हुए कहा, "इसने किया क्या है?" और इससे पहले कि सिपाही कुछ कह पाता, उसने फिर पूछा, "ये फ्रांसीसी बोलता है?"

"नहीं, एक शब्द भी नहीं। इसकी एक महीने से तलाश थी। लेकिन उन लोगों ने इसे छुपा रखा था। इसने अपने चचेरे भाई को मार डाला है।"

"क्या यह हमारे खिलाफ है?"

"मैं तो ऐसा नहीं समझता। लेकिन यह कभी पक्का नहीं कहा जा सकता।"

"इसने उसे क्यों मारा?"

"घरेलू लड़ाई-झगड़ा, मेरे खयाल से। ऐसा लगता है, एक को दूसरे से कुछ गेहूँ लेने थे। ठीक से कुछ नहीं मालूम। खैर, मोटी बात ये है कि इसने अपने भाई को, हँसिए से, एक ही वार में मार डाला। समझे तुम, भेड़ की तरह खिंचिक..."

बालदुची ने अपनी गर्दन पर तलवार चलाने का इंगित किया, और वह अरब घबराकर बड़े ध्यान से उसकी तरफ देखने लगा। सहसा दारू इस आदमी के विरुद्ध रोष से भर गया, तमाम मानव-जाति के विरुद्ध, उनकी क्षुद्र दुष्टता के विरुद्ध, कभी खत्म न होनेवाली नफरत के विरुद्ध, उनकी खूनी प्यास के विरुद्ध।

लेकिन स्टोव पर रखी केतली सीटी लगा रही थी। उसने बालदुची को फिर से चाय दी। कुछ रुककर उस अरब को भी दी, जिसने उसे दुबारा भी उसी अधीरता से पी लिया। उसकी बाँहें उठने से जेलाबा खुल गया और मास्टर को उसकी पतली गठीली छाती दिखी।

"मेहरबानी, बच्चे," बालदुची बोला, "और अब मैं चलता हूँ।"

वह उठा और जेब से एक रस्सी निकालता हुआ उस अरब की तरफ गया। दारू ने रूखी आवाज़ में पूछा, “क्या कर रहे हो?”

बालदुची ने घबराकर उसे रस्सी दिखाई।

“इसकी कोई ज़रूरत नहीं है।”

बुड्ढा सिपाही कुछ हिचकिचाया, “जैसा तुम चाहो। तुम्हारे पास कुछ हथियार तो है ना?”

“मेरे पास छोटी बन्दूक है।”

“कहाँ?”

“बक्से में।”

“उसे निकालकर तकिए के नीचे रखना चाहिए।”

“क्यों? मुझे किसी से कोई डर नहीं है।”

“तुम तो पागल हो बेटे! अगर कोई दंगा-फसाद हो गया तो कोई भी जोखिम से खाली नहीं होगा, हम सब एक ही नाव में सवार हैं।”

“मैं अपने आपको बचा लूँगा। उनको आते देखने के बाद, मेरे पास समय होगा।”

बालदुची हँसने लगा, फिर मूँछों ने अचानक सफेद दाँतों को ढक दिया।

“तुम्हारे पास वक्त होगा? ठीक है। यही तो मैं कह रहा था। तुम हमेशा से ही कुछ सिरफिरे रहे हो। इसीलिए तो मैं तुम्हें इतना चाहता हूँ, मेरा बेटा भी ऐसा ही था।”

साथ ही उसने अपना रिवॉल्वर निकाला और मेज़ पर रख दिया।

“इसे रख लो, मुझे यहाँ से अल-अमैर् तक जाने के लिए दो हथियारों की ज़रूरत नहीं।”

मेज़ के काले रंग पर रिवॉल्वर चमक रहा था। सिपाही जब उसकी तरफ आया, मास्टर को उसमें से चमड़े और घोड़े की बू आई।

"देखो, बालदुची," दारू अचानक बोला, "इन सब चीज़ों से मुझे बड़ी चिढ़ हो रही है, और सबसे ज़्यादा तुम्हारे इस लड़के से। लेकिन इसे मैं पुलिस के सुपुर्द नहीं करूँगा। लड़ सकता हूँ ज़रूर अगर ज़रूरी हुआ। लेकिन ये काम नहीं।"

वह बुड्ढा सिपाही उसके सामने खड़ा रहा और उसे गुस्से से देखता रहा।

"तुम बेवकूफी कर रहे हो," वह धीरे-से बोला, "मैं भी यह सब पसन्द नहीं करता। एक आदमी को रस्सी से बाँधना—चाहे कितने ही वर्षों से किया हो—इसकी आदत नहीं पड़ती, बल्कि और शर्म आती है। लेकिन इन्हें अपनी मर्ज़ी से कुछ भी करने की छूट भी तो नहीं दे सकते।"

"मैं इसे वहाँ नहीं सौंपूँगा," दारू ने दोहराया।

"यह एक आदेश है, बेटे! और यह मैं तुम्हारे लिए दोहरा रहा हूँ।"

"ठीक है। उनसे जाकर वही कह दीजिए जो मैं आपसे कह रहा हूँ। मैं इसे उनके हवाले नहीं करूँगा।"

बालदुची ने एक बार फिर ध्यान से सोचा। वह अरब को और दारू को देखता रहा। आखिर में उसने तय कर लिया।

"नहीं! मैं उनसे कुछ नहीं कहूँगा। अगर तुम हमें छोड़ना चाहते हो, तुम्हें पूरी छुट्टी है, मैं तुम्हारी शिकायत नहीं करूँगा। मुझे हुक्म मिला था इस बन्दी को यहाँ छोड़ने का, मैंने वह कर दिया। अब तुम इन कागज़ों पर साइन कर दो।"

"इसकी क्या ज़रूरत है? मैं मुकरूँगा नहीं कि तुमने इसे मेरे पास छोड़ा था।"

"अब मेरे साथ बेवकूफी मत करो। मैं जानता हूँ कि तुम सच बोलोगे। तुम यहाँ के हो, तुम एक इनसान हो। लेकिन तुम्हें ये साइन करना पड़ेगा, यही कानून है।"

दारू ने अपनी दराज़ खोली, एक छोटी, चौकोर, बैंगनी स्याही भरी दवात निकाली, लाल लकड़ी का बना हुआ होल्डर पैन जिस पर 'सार्जेंट-मेजर' लिखा था, निकाला। यह उसके लेखन-कला के नमूने बनाने व साइन करने के काम आता था। बुड्ढे सिपाही ने बड़ी सावधानी से वह कागज़ तह किया और अपने बटुए में रख लिया। फिर वह दरवाज़े की तरफ जाने लगा।

"मैं आपको छोड़ने चलता हूँ," दारू ने कहा।

"नहीं," बालदुची ने जवाब दिया, "अब यह तकल्लुफ करने की कोई ज़रूरत नहीं है। तुम मेरी बेइज़्ज़ती कर चुके हो।"

उसने अरब की तरफ देखा, जो बुत की तरह एक जगह खड़ा था। उसने झुँझलाकर साँस ली, और दरवाज़े की तरफ बढ़ गया। "बॉय-बॉय बेटे," उसने कहा। दरवाज़ा उसके निकलते ही बन्द हो गया। दूसरे क्षण बालदुची खिड़की में दिखा और फिर गायब हो गया। उसके कदमों की आहट बर्फ में दब गई। दीवार के पीछे घोड़ा उछलने लगा, मुर्गियाँ डरकर पंख फड़फड़ाने लगीं। एक क्षण बाद, बालदुची घोड़े की लगाम पकड़े हुए खिड़की के सामने से फिर गुज़रा। वह बिना पीछे देखे अपने रास्ते पर चल रहा था। एक बड़े पत्थर के धीरे-से गिरने की आवाज़ आई। दारू अपने बन्दी के पास आया जो ज़रा भी नहीं हिल रहा था, लेकिन आँखें उस पर गड़ाए हुए था। "ठहरो," मास्टर ने अरबी में कहा और कमरे में चला गया। देहरी पर पहुँचकर उसने कुछ सोचा, मेज़ तक गया। रिवॉल्वर उठाया

और अपनी जेब में रख लिया। फिर बिना पीछे मुड़े हुए वह अपने कमरे में चला गया।

वह बहुत देर अपने दीवान पर लेटा रहा, धीरे-धीरे घिरते आसमान को देखते हुए, उस नीरवता को सुनते हुए। यही वह नीरवता थी जो लड़ाई के बाद यहाँ पहुँचने पर शुरू-शुरू के दिनों में उसे इतनी दूभर लगती थी। उसने उन पहाड़ों की तलहटी में, जो मरुस्थल को ऊँचे पठारों से अलग करते थे, उस छोटे शहर में काम माँगा था। वहाँ की चट्टानी दीवारें, उत्तर में हरी और काली, दक्षिण में गुलाबी या बैंगनी, अनन्त ग्रीष्म की सरहद को चिन्हित करती थीं। उसे उत्तर की तरफ काम मिला, हालाँकि उसी पठार पर। शुरू में, सिर्फ पत्थरों से आबाद इस जगह का अकेलापन और खामोशी उसे बहुत खलते थे। कभी-कभी खाँचों को देखकर खेती-बाड़ी का संकेत मिलता था, लेकिन वह उन पत्थरों को खोदकर निकालने से बन गई थीं, जो मकान आदि बनाने के लिए बहुत मूल्यवान थे। यहाँ तो सिर्फ छोटे-छोटे पत्थरों की ही फसल हो सकती थी। पहले कई बार गड्ढों में जमी मिट्टी को खोदकर पतली-सी सादा बगिया लगाई थी। इसी तरह इस ज़मीन का तीन-चौथाई हिस्सा चट्टानों से भरा हुआ था। शहर यहाँ जन्मते थे, आबाद होते थे, फिर मिट जाया करते थे। आदमी वहाँ आते थे, एक-दूसरे को या तो प्यार करते थे, या खा जाने को तैयार रहते थे, और मर जाते थे। इस वीरान में, न वह, न उसका अतिथि, कोई मायने रखते थे। और फिर भी दारू जानता था, इस वीराने से बाहर उन दोनों में से कोई भी जी नहीं सकता था।

जब वह उठा, क्लास-रूम में से बिलकुल कोई आवाज़ नहीं आ रही थी। उसे बड़ा आश्चर्य हुआ अपने अन्दर एक सच्चा आनन्द महसूस करके, सिर्फ इतना-सा सोचने पर कि शायद वह अरबी भाग

गया हो और वह फिर से अकेला हो किसी भी निर्णय लेने के बन्धन से पूर्णतया मुक्त। लेकिन वह कैदी वहीं था। स्टोव और मेज़ के बीच वह लम्बा होकर लेट गया था। खुली आँखें वह छत में गड़ाए पड़ा था। इस मुद्रा में सिर्फ उसके मोटे-मोटे होंठ दिख रहे थे, जिन्हें देखकर लगता था कि वह गुस्से में है। "इधर आओ," दारू ने कहा। अरब उठा और उसके पास आ गया। कमरे में मास्टर ने उसे खिड़की के नीचे, मेज़ के पास पड़ी हुई एक कुर्सी दिखाई। अरब, बिना अपनी आँखें उस पर से हटाए, कुर्सी पर बैठ गया।

"तुम्हें भूख लगी है?"

"हाँ," वह बोला।

दारू ने दो जनों के लिए टेबल लगाई। उसने मैदा ली और तेल लिया। एक थाली में मिलाकर बड़ी-सी चपाती बनाई, फ्राइंगपैन में डाला और बूटागैस का स्टोव जलाया। जबकि चपाती पक रही थी, वह चीज़, अंडे, खजूर और कंडैंस्ड दूध लेने बाहर गया। जब चपाती पक गई, उसने ठंडी होने के लिए खिड़की में रख दी, कंडैंस्ड दूध में पानी मिलाकर गर्म किया और आखिर में अंडों का ऑमलेट बनाया। इसी बीच एक बार उसका हाथ अपनी दाहिनी जेब में अटके रिवॉल्वर पर पड़ गया। उसने वह कटोरा वहीं रखा, क्लास-रूम में गया और रिवॉल्वर अपनी मेज़ की दराज़ में रख दिया। जब वह अपने कमरे में लौटा, रात हो गई थी। उसने बत्ती जलाई और अरब को खाने को दिया। "खाओ," उसने कहा। उसने चपाती का एक कौर तोड़ा, जल्दी से मुँह तक ले गया और रुक गया।

"और तुम?" वह बोला।

"तुम्हारे बाद! मैं भी खा लूँगा।"

वे मोटे होंठ कुछ खुले। वह ज़रा-सा हिचकिचाया, फिर एकमन से चपाती खाने में जुट गया।

खाना खत्म करके अरब ने मास्टर की तरफ देखा।

"तुम ही जज हो?"

"नहीं, मैं तो तुम्हें सिर्फ कल तक के लिए रख रहा हूँ।"

"तुम मेरे साथ क्यों खा रहे हो?"

"मुझे भूख लग रही है।"

वह चुप हो गया। दारू उठा और बाहर गया। शेड में से एक फोल्डिंग बेड[1] लेकर आया और उसे मेज़ और स्टोव के बीच अपनी चारपाई के दूसरी ओर बिछा दिया। एक बड़े-से सूटकेस में से, जो एक कोने में रखा था और चादरों की अलमारी के काम आता था, उसने दो कम्बल निकालकर फोल्डिंग बेड पर लगा दिए। फिर वह रुक गया, और कुछ काम नहीं देखकर, अपने बिस्तर पर बैठ गया। अब कोई काम उसके करने को नहीं था, न कोई तैयारी करनी थी। इस आदमी पर नज़र रखनी थी। तो वह उसे देखने लगा, अपनी कल्पना से यह अन्दाज़ा लगाता हुआ कि गुस्से में यह चेहरा कैसा लगता होगा। पर वह असफल रहा। उसे सिर्फ उसकी काली और चमकदार आँखें और जानवरों-जैसे होंठ दिख रहे थे।

"तुमने उसे क्यों मारा?" अपनी आवाज़ के रूखेपन पर वह ताज्जुब कर रहा था। अरब दूसरी तरफ देखने लगा। "वह भाग निकला। मैं उसके पीछे भागा।"

वह फिर से दारू की तरफ देखने लगा। उसकी आँखें दुख से भरी हुई, उससे कुछ पूछ रही थीं।

---

1. सफरी चारपाई, जिसे तह किया जा सकता है।

"अब वे मेरा क्या करेंगे?"

"तुम्हें डर लग रहा है?"

वह फिर दूसरी तरफ देखने लगा और तनकर बैठ गया।

"तुम्हें दुख है?"

अरब मुँह फैलाए उसकी तरफ देखने लगा। जाहिर था, वह समझ नहीं पाया है। दारू का गुस्सा अब बढ़ता जा रहा था। साथ ही, दो बिस्तरों के बीच अपनी स्वस्थ देह लेकर फँसा हुआ वह कुछ अटपटा-सा महसूस कर रहा था। "तुम वहाँ सो जाओ," उसने कुछ झल्लाकर कहा, "वह तुम्हारा बिस्तर है।"

वह अरब हिला भी नहीं। उसने दारू को सम्बोधित किया, "बताओ!"

मास्टर उसकी तरफ देखने लगा।

"वह सिपाही कल वापस आएगा?"

"मुझे नहीं मालूम।"

"तुम हमारे साथ चलोगे?"

'मुझे नहीं मालूम। क्यों?"

वह कैदी उठा और कम्बल के ऊपर ही, खिड़की की तरफ पैर फैलाकर लेट गया। बिजली की रोशनी सीधी उसकी आँखों में पड़ रही थी। उसने तभी आँखें बन्द कर लीं।

"क्यों?" बिस्तर पर खड़े होकर दारू ने प्रश्न दोहराया। अरब ने चौंध लगती हुई बिजली में आँखें खोलीं और उसकी तरफ देखने लगा, बिना पलक झपकाए। "हमारे साथ चलना," उसने कहा।

आधी रात बीत चुकी थी। दारू अभी तक सोया न था। वह सब कपड़े उतारकर बिस्तर में गया था। आदतन वह नंगा ही सोया करता था। लेकिन कमरे में जब उसने अपने आपको बिना कपड़ों के पाया तो वह कुछ झिझका। वह अपने आपको कमज़ोर महसूस करने लगा और उसे फिर से कपड़े पहनने की इच्छा हुई। फिर उसने कन्धे उचकाए; उसने और बहुत देखे थे और ज़रूरत हुई तो वह अपने दुश्मन को दो में चीर सकता था। अपने बिस्तर से वह उसे देख सकता था, बिस्तर पर सीधा लेटा हुआ, एकदम निश्चल, और तेज़ लाइट में आँखें बन्द। जब दारू ने बत्ती बुझाई तो अँधेरा एकदम और गहरा हो गया। धीरे-धीरे रात में फिर जान आई और खिड़की से बाहर बिना सितारों का आसमान आहिस्ता-आहिस्ता डोलने लगा। मास्टर को अपने पैरों की तरफ पड़ा शरीर अच्छी तरह दिख रहा था। अरबी आदमी बिलकुल स्थिर था, लेकिन उसकी आँखें खुली लग रही थीं। स्कूल के चारों तरफ हल्की हवा टहल रही थी। शायद वह बादलों को ठेल दे, और सूरज फिर से निकल आए।

रात को हवा बढ़ गई। मुर्गियाँ कुछ चहचहाईं, फिर चुप हो गईं। अरब ने करवट ली, दारू की तरफ पीठ कर ली। उसे लगा अरब कराह रहा है। फिर उसने उसकी साँस के और नियमित और गहरी होने का इन्तज़ार किया। वह अपने इतने पास इस साँस की आवाज़ सुनता रहा, पड़ा-पड़ा कुछ सोचता रहा, सो न सका। अपने कमरे में, जहाँ वह एक साल से अकेला सो रहा था, एक और जने की उपस्थिति उसे अच्छी नहीं लग रही थी। उसकी बेचैनी की एक और भी वजह थी। यह उपस्थिति उस पर एक तरह का भ्रातृत्व लाद रही थी जोकि मौजूदा हालात में वह अस्वीकार कर रहा था, लेकिन इसे वह समझता

अच्छी तरह था। वे आदमी जो एक ही खिलवत में हों, सिपाही या बन्दी, एक अजीब-से अपनेपन में बँध जाते हैं, जैसे कि अपने कपड़ों के साथ कवच भी उतारकर, वे हर शाम साथ-साथ बैठते हों, अपने भेदभावों से ऊपर, सपनों और क्लान्ति की पुरातन साझेदारी में एक। लेकिन दारू करवट बदलता रहा, उसे यह फालतू खयाल अच्छे नहीं लग रहे थे, सोना ज़रूरी था।

कुछ देर बाद भी, जब अरब नामालूम-सा हिला, मास्टर सो नहीं पाया था। कैदी के दूसरी बार हिलने पर वह चौकन्ना होकर सीधा लेट गया। अरब धीरे-धीरे अपनी बाँहों पर उठा, इस तरह, जैसे कि नींद में चल रहा हो। बिस्तर में एकदम स्थिर बैठकर, बिना दारू की तरफ देखे, पूरे ध्यान से वह कुछ सुनने लगा, जैसे किसी का इन्तज़ार कर रहा हो। दारू ज़रा भी नहीं हिला : उसे अभी-अभी खयाल आया कि उसका रिवाल्वर उसकी मेज़ की दराज़ में ही रह गया है। इस वक्त उसे एकदम उठ जाना चाहिए था। बहरहाल, वह कैदी को देखना रहा, जिसने अब उसी दबे क्रम से ज़मीन पर पैर रखे। फिर एक बार ध्यान से सुना, उसके बाद धीरे-धीरे सीधा खड़ा हो गया। दारू उसे आवाज़ ही देनेवाला था कि वह चलने लगा। इस बार सामान्य गीत में, लेकिन असाधारण रूप से चुपचाप। वह पीछे के दरवाज़े की तरफ गया जो शेड में खुलता था। उसने बड़े ध्यान से चटखनी खोली और बाहर निकलकर दरवाज़ा फेर दिया, चटखनी नहीं लगाई। दारू ज़रा भी नहीं हिला। लगता है, ये भाग रहा है, 'वह सिर्फ सोच रहा था 'अच्छा पीछा छूटा!' फिर भी उसने कान लगाए। मुर्गियाँ चुप थीं। इसका मतलब वह पठार पर था। उसे पानी गिरने की मन्द-सी आवाज़ सुनाई दी, जो वह तब समझ सका, जब वह

अरब दुबारा दरवाज़े में आ खड़ा हुआ। उसने दरवाज़ा ध्यान से बन्द किया और कोई आवाज़ किए बिना फिर से आकर सो गया। अब दारू ने उसकी तरफ कमर की, और सो गया। बाद में उसे गहरी नींद में स्कूल के चारों तरफ दबे कदमों से तेज़ भागने की आवाज़ आती रही। 'मैं सपना देख रहा हूँ,' 'सपना देख रहा हूँ,' वह बुदबुदाया और फिर सो गया।

जब वह सोकर उठा, आसमान एकदम साफ था; बेढंगी-सी बन्द खिड़की में से ठंडी और ताज़ा हवा अन्दर आई। वह अरब सो रहा था इस बार कम्बलों के नीचे सिकुड़कर, मुँह खुला हुआ, एकदम चिन्तारहित। लेकिन जब दारू ने उसे हिलाया, वह बुरी तरह चौंक गया और पागलों की तरह आँखें फाड़-फाड़कर दारू को ऐसे देखने लगा जैसे पहचानता ही न हो और इतना भयभीत कि दारू एक कदम पीछे हट गया। "डरो मत। मैंने तुम्हें जगाया है। कुछ खा लो।" अरब ने सिर हिलाया और बोला, "हाँ।" उसकी शक्ल अब फिर से शान्त हो गई थी, लेकिन भाव उस पर अभी तक खोया-खोया-सा, कुछ हैरानी का था।

कॉफी तैयार हो गई थी। दोनों ने मिलकर फोल्डिंग बेड पर बैठकर कॉफी पी और साथ में चपाती खाई। उसके बाद दारू अरब को शेड में ले गया और नल दिखाया, जहाँ वह नहाता था। फिर वह अपने कमरे में आ गया। कम्बलों को और फोल्डिंग बेड को तह करके रखा, अपना खुद का बिस्तर बनाया और कमरा ठीक किया। स्कूल से होकर फिर वह खुली जगह में आ गया। नीले आकाश में सूरज काफी चढ़ चुका था, एक कोमल और खिलते हुए प्रकाश से वीरान पठार अब बुरी तरह भर गया था। रास्ते में, बीच-बीच में

बर्फ पिघल रही थी। पत्थर अब फिर से दिखने लगे थे। पठार के एक किनारे पर बैठकर मास्टर, वीरान विस्तार को ध्यान से देख रहा था। उसका ध्यान बालदुची की तरफ गया। उसने उसकी भावनाओं को चोट पहुँचाई थी, उसने उसे इस तरह वापस कर दिया था जैसे कि वह उसके साथ एक ही नाव में चढ़ना न चाहता हो। उसे अभी तक उसके जाते समय कहे हुए शब्द सुनाई दे रहे थे, बिना किसी बात के उसने अपने आपको असाधारण तरीके से शून्य और कमज़ोर पाया। तभी स्कूल के दूसरे कोने में वह कैदी खाँसा। दारू ने न चाहते हुए भी उसे सुना फिर गुस्से में एक छोटा पत्थर फेंका, जो हवा को काटता हुआ बर्फ में घुस गया। इस आदमी का मूर्खतापूर्ण अपराध उसके अन्दर अरुचि भर रहा था, लेकिन उसे पुलिस के हवाले कर देना उसकी इज़्ज़त के खिलाफ बात थी। उसके बारे में सोचने मात्र से वह अपमान से पागल हो उठता था। और वह एक साथ कोस रहा था उन अपनों को, जिन्होंने यह अरब उसके पास भेज दिया था और उसे जिसने जान लेने की हिम्मत की थी और भाग नहीं पा रहा था। दारू उठा, वहाँ खुले में चारों तरफ एक चक्कर लगाया, खड़ा रहा, निश्चल, फिर स्कूल में चला गया।

अरब आदमी रोड की सीमेंट की हुई ज़मीन पर झुका हुआ दो उँगलियों से अपने दाँत साफ कर रहा था। दारू ने उसे देखा, फिर कहा, "इधर आओ।" कैदी के आगे-आगे वह अपने कमरे में लौट आया। उसने अपने स्वेटर के ऊपर एक शिकारी कोट पहना और पैदल चलने के जूते पहने। फिर इन्तज़ार किया अरब के अपने सैंडल पहनने का और सिर पर शैश दुबारा लगाने का। वे स्कल में गए और मास्टर ने अपने साथी को बाहर जाने का रास्ता दिखाया। "जाओ," उसने कहा।

वह हिला नहीं। "मैं आ रहा हूँ" दारू फिर बोला। अरब बाहर निकला। दारू वापस कमरे में आया और थोड़े-से बिस्कुट, चीनी और खजूर एक पैकेट में बाँध लिये। बाहर निकलने से पहले क्लास-रूम में, अपनी मेज़ के पास वह कुछ क्षण रुका, फिर तेज़ी से स्कूल की देहरी पार कर गया और दरवाज़े को कुंडी लगा दी। "इधर से चलो," उसने कहा। वह पूर्व की तरफ चल पड़ा, कैदी उसके पीछे-पीछे। लेकिन स्कूल से कुछ ही दूर जाकर उसे अपने पीछे हल्की-सी आवाज़ सुनाई दी। वह उलटे पैरों लौटा, स्कूल के चारों तरफ अच्छी तरह देखा, वहाँ कोई नहीं था। अरब उसे ध्यान से देख रहा था, लेकिन कुछ समझ नहीं पा रहा था। "चलो चलें," दारू ने कहा।

एक घंटा चलने के बाद वे एक सफेद-सी चोटी पर ठहर गए। बर्फ और जल्दी-जल्दी पिघल रही थी, सूरज उतनी ही जल्दी उन छोटी-छोटी पोखरों को सोख रहा था, पूरी शाक्त से उस मैदान को साफ कर रहा था जो धीरे-धीरे सूखता जा रहा था और खुद हवा की तरह हिलने लगा था। जब उन्होंने दुबारा चलना शुरू किया, उनके पैरों के नीचे ज़मीन गूँजने लगी थी! थोड़ी-थोड़ी देर बाद कोई चिड़िया उनके सामने का अन्तरिक्ष अपनी आनन्दपूर्ण चीख से काट देती थी। दारू लम्बी-लम्बी साँस लेकर, वह सौम्य प्रकाश पी रहा था। इस जाने-पहचाने विशाल अन्तरिक्ष में, जो नीले आकाश के गुम्बद के नीचे अब करीब-करीब पीला हो गया था, दारू के अन्दर एक तरह का प्रोल्लास उमड़ पड़ा। वे एक घंटे और चले, दक्षिण की तरफ उतरते हुए। वे भुरभुरी चट्टानों से बनी एक तरह की समतल ऊँचाई पर पहुँचे। यहाँ से अब पठार पूरब की तरफ ढलता था, एक निचाट मैदान की तरफ, जहाँ इक्का-दुक्का सूखे पेड़ दिख रहे थे और दक्षिण में उभरी

हुई चट्टानों के उस ढेर पर जो वहाँ के प्राकृतिक दृश्य को एक बड़ा कष्टपूर्ण पहलू प्रदान कर रहा था।

दारू ने दोनों दिशाओं का अच्छी तरह निरीक्षण किया। क्षितिज में सिर्फ आकाश ही दिख रहा था, कहीं कोई आदमी नज़र नहीं आता था। वह अरब आदमी की तरफ मुड़ा जो उसे हैरानी से देख रहा था। दारू ने उसे एक पैकेट दिया : "लो," उसने कहा, "ये कुछ खजूर हैं, रोटी है, चीनी है। तुम्हारे दो दिन निकल जाएँगे। और ये एक हज़ार फ्रैंक[1] भी लो।" अरब ने पैकेट और फ्रैंक दोनों ले लिये, लेकिन सबकुछ अपने हाथों में भरकर छाती से चिपकाए खड़ा रहा, जैसे कि जानता न हो कि जो कुछ उसे मिला है, उसने वह क्या करे। "देखो सुनो," मास्टर ने पूरब की तरफ इशारा करते हुए उससे कहा, "ये है तीनगुइत का रास्ता। तुम दो घंटे में वहाँ पहुँच जाओगे। तीनगुइत में सरकारी दफ्तर है, और पुलिस है, और वहाँ तुम्हारा इन्तज़ार हो रहा है।" अरब पूरब की तरफ देखता रहा। उसने वह पैकेट और रुपये अभी तक कसकर पकड़े हुए थे। दारू ने उसकी बाँह पकड़ी और बिना किसी सहृदयता के, दक्षिण की तरफ उसे खींचा। उस ऊँचाई के तले जहाँ वे इस समय खड़े थे, एक अस्पष्ट-सी पगडंडी दिख रही थी। "और ये, ये पगडंडी पठार के दूसरी तरफ ले जाती है। यहाँ से एक दिन लगातार चलने के बाद तुम्हें खुले चरागाह मिलेंगे और कुछ खानाबदोश। वे अपने रिवाज के अनुसार तुमसे मिलेंगे, और तुम्हें रहने को जगह देंगे।" अरब आदमी अब फिर से दारू की तरफ देख रहा था, उसके चेहरे पर एक तरह का डर और तहलका मचा हुआ था, "सुनो," वह बोला। दारू ने सिर हिलाया, "नहीं, तुम चुप हो

1. फ्रांसीसी करेंसी।

जाओ, मैं अब तुम्हें छोड़कर जा रहा हूँ।" उसने उसकी तरफ पीठ की, स्कूल की तरफ दो बड़े कदम उठाए, झिझकते हुए, निश्चल खड़े अरब पर एक नज़र डाली और वापस चल पड़ा। कुछ क्षण, ठंडी ज़मीन पर धम-धम पड़ते उसे सिर्फ अपने ही कदमों की आवाज़ सुनाई दी और उसने सिर पीछे नहीं मोड़ा। थोड़ी देर बाद उसने पीछे सिर मोड़ा। अरब अभी तक वहीं खड़ा था, पहाड़ी के कोने पर, हाथ अब लटका रखे थे, और मास्टर की तरफ देख रहा था। दारू को अपना गला रुँधता हुआ लगा। लेकिन उसने गुस्से में कुछ कहा, ज़ोर-ज़ोर से हाथ हिलाए और फिर चल पड़ा। अब वह काफी दूर जा चुका था। वह एक बार फिर रुका और पीछे मुड़कर देखा। पहाड़ी पर अब कोई नहीं दिख रहा था।

दारू कुछ रुक गया। सूरज अब आसमान में काफी ऊँचा चढ़ गया था और अब उसके माथे पर बुरी तरह लग रहा था। मास्टर उलटे पैरों लौट पड़ा, पहले कुछ संशय से, फिर दृढ़ निश्चय होकर। जब वह छोटी पहाड़ी के पास पहुँचा, तो पसीने में लथपथ था। वह उस पर जितनी तेज़ी से चढ़ सकता था, चढ़ा; फिर रुक गया, चोटी पर चढ़कर उसकी साँस भी फूल गई थी। दक्षिण में चट्टानों के मैदान, नीले आसमान के नीचे साफ-साफ दिख रहे थे, लेकिन दूसरी तरफ, पूरब में, ज़मीन से गर्म भाप उठनी शुरू हो गई थी। इस हल्की धुंध में दारू ने भारी मन से देखा, वह अरब धीरे-धीरे जेल की तरफ चला जा रहा था।

कुछ देर बाद, क्लास-रूम की खिड़की के बाहर खड़े होकर मास्टर बिना उसे देख हुए, आसमान से निकली, पठार के समूचे क्षेत्र पर फैलती नई रोशनी को देख रहा था। तभी, अपने पीछे श्याम पट्ट

पर, टेढ़ी मेढ़ी बहती फ्रांसीसी नदियों के बीच, अनपढ़ हाथों द्वारा चॉक से लिखा यह नुस्खा उसे दिखा : 'तुमने हमारे भाई को उनके हवाले किया है। तुम्हें इसकी कीमत देनी पड़ेगी।' दारू ने आसमान की तरफ देखा, पठार देखा और अतीत में वह अदृश्य भूमि, जो समुद्र तक फैल रही थी। इस इतनी विस्तृत धरती पर, जिसे उसने इतना चाहा, वह अकेला था।

जोनास या कला-लीन चित्रकार की दिनचर्या

मुझे समुद्र में फेंक दो...क्योंकि मैं जानता हूँ
कि मेरे ही कारण तुम पर ये तूफान आया है।

जोनास, 1, 12

जिलबैर जोनास, चित्रकार, को अपने सितारों में बड़ा विश्वास था। उसका विश्वास इनमें अटल था, वैसे औरों के धर्म के प्रति उसके मन में सम्मान था और एक तरह की श्रद्धा भी। हालाँकि उसके अपने धर्म में गुणों की कोई कमी नहीं थी, क्योंकि किन्हीं गूढ़ कारणोंवश वह यह स्वीकृति देता था कि उसे बिना कभी किसी योग्य हुए भी बहुत कुछ मिलेगा। और, जब उसके पैंतीसवें साल में, कोई दस आलोचक उसकी प्रतिभा खोज निकालने की ख्याति के दावे पर अचानक आपस में बहस करने लगे, उसने कोई आश्चर्य नहीं दिखाया। लेकिन उसकी प्रशान्तता, जिसका कारण कुछ लोग उसकी पर्याप्तता समझते थे, वास्तव में, उसकी सहज शालीनता की एक निर्मल अभिव्यक्ति थी। जोनास

हर बात का श्रेय अपनी योग्यता को न देकर अपने बुलन्द सितारों को दिया करता था।

चित्रों के एक विक्रेता ने जब उसके सामने प्रतिमास धन-प्रेषण का प्रस्ताव रखा, जिससे कि वह अपनी समस्त चिन्ताओं से छुटकारा पा सकता था तो उसे बड़ा आश्चर्य हुआ। व्यर्थ ही आर्किटेक्ट[1] रातो ने, जो उसे और उसकी किस्मत को बचपन से चाहता था, उसे यह विश्वास दिलाने की कोशिश की कि ये मासिक राशि उसके साधारण जीवन-यापन के लिए भी मुश्किल से पूरी पड़ेगी, और उस विक्रेता को कोई नुकसान नहीं होगा। "फिर भी," जोनास बोला। रातो, जो भी काम करता था उसमें सफल तो होता था, लेकिन बड़ी मुश्किल से अपने मित्र को डाँटने लगा, "फिर भी का क्या मतलब? तुम्हें ठीक से तय करना चाहिए।" कुछ हुआ नहीं। जोनास ने मन-ही-मन अपने सितारों को सराहा और चित्र-विक्रेता से कह दिया, "जैसा तुम चाहोगे वैसा ही होगा।" और उसने, वह सब काम, एकदम छोड़कर, जो वह अपनी पैतृक प्रकाशन संस्था में सँभाला करता था, अपने आपको पूरी तरह चित्र बनाने में लगा दिया। वह मन में खुश हुआ, 'मेरे सितारे चमक रहे हैं।'

उसने वास्तव में भी सोचा, 'मेरा भाग्य शुरू से ही मेरी मदद करता रहा है।' अपनी याददाश्त में, जहाँ तक वह याद कर सकता था, उसे लगा कि उसका भाग्य सदा से उस पर अहसानमन्द रहा है। इसी आत्मसन्तोष में वह अपने माता-पिता के प्रति विशेष रूप से कृतज्ञ हो रहा था। पहले तो इसलिए कि उन्होंने उसकी परवरिश बड़ी उदासीनता से की, जिससे उसे दिवास्वप्न देखने को खूब समय मिल जाता था,

1. वास्तुकार, जो भवन-निर्माण के लिए नक्शे बनाता है।

दूसरा कि वह व्यभिचार के आरोप पर अलग हो गए। वैसे उसके पिता ने इस बहाने का सहारा तो लिया था, लेकिन वे यह बताना भूल गए थे कि यह व्यभिचार एक निहायत खास तरीके का था। उसे अपनी पत्नी का औरों के लिए परोपकार बर्दाश्त नहीं था, हृदय से सन्त, औरों की सेवा में कोई बुराई न देखकर उसकी माता ने अपने आपको पीड़ित मनुष्य जाति की सेवा में समर्पित कर दिया था। लेकिन यह पति अपने आपको, अपनी पत्नी के समस्त सद्गुणों का अकेला हकदार समझता था। "बस बहुत हो चुका," ऑथेलो[1] कहा करता था, "मैं इसे अब और नहीं बाँट सकता गरीबों के साथ।"

यह गलतफहमी जोनास के लिए फायदेमन्द साबित हुई। उसके माता-पिता, बहुत-से ऐसे क्रूर खूनियों के बारे में पढ़कर या सुनकर, जो अलग हुए माता-पिता की सन्तान थे, एक-दूसरे से मुकाबला करने लगे, उस पर लाड़ बिखेरने का, जिससे इस अप्रिय सम्भावना का अंकुर बढ़ने से पहले ही नष्ट हो जाए। उनके विचार में, अन्तःकरण पर गुज़रे सन्दर्भों का असर, ऊपर जितना कम दिखता है उतना ही अन्दर ज़्यादा गहरा होता है, इसलिए वह और ज़्यादा फिकर करते थे। इसका मतलब अप्रत्यक्ष घाव सबसे ज़्यादा गम्भीर होने चाहिए। जोनास का सिर्फ इतना-सा कहना होता था कि वह अपने आप से खुश है या अपने दिन से सन्तुष्ट है, और उसके माता-पिता की साधारण चिन्ता एक असीमित पागलपन में बदल जाती थी। उनकी तवज्जो चौगुनी हो जाती थी और उस बच्चे के पास माँगने को फिर कुछ भी नहीं बचता था।

जोनास को अपने कल्पित दुर्भाग्य से, अन्त में पुरस्कार-स्वरूप, अपने मित्र रातो में एक निष्ठाशील भाई मिला। रातो के माता-पिता

1. शेक्सपियर की इसी नाम की विख्यात त्रासदी के नायक।

प्राय: उसके स्कूल के नन्हे दोस्त को, उसकी बदकिस्मती पर तरस खाकर अपने घर बुला लिया करते थे। उनकी सहानुभूतिपूर्ण बातचीत से, उनके शक्तिशाली और प्रफुल्लचित्त पुत्र के मन में इस बच्चे को, जिसकी निस्पृह सफलताएँ वह पहले से ही बहुत पसन्द करता था, अपने संरक्षण में लेने की इच्छा हो गई। तारीफ और देखभाल के भाव से मिलकर एक गहरी दोस्ती बन गई, जो जोनास को, बाकी और चीज़ों की तरह, एक हौसला बढ़ाने वाली सहजता के रूप में मिली।

जब जोनास ने, बिना किसी विशेष परिश्रम के, अपनी शिक्षा पूरी कर ली, उसके पास अपने पिता की प्रकाशन संस्था में सम्मिलित होकर अपने लिए स्थान प्राप्त करने का, और फिर परोक्षत: चित्रकार बनने की अपनी अभिलाषा को पूरा करने का मौका था। फ्रांस के प्रमुख प्रकाशक, जोनास के पिता के विचार में, किताबें इस समय पहले से कहीं ज़्यादा और विशेषतौर से वर्तमान सांस्कृतिक क्रान्ति के कारण, भविष्य का स्वरूप थीं। "इतिहास बताता है," वे कहा करते थे, "कि जब लोग किताबें कम पढ़ते हैं, तब खरीदते ज़्यादा हैं।" इसीलिए वह मुश्किल से ही उसके पास जमा करवाई हुई पांडुलिपियों में से कोई पढ़ता था और केवल लेखक के व्यक्तित्व या विषय के सामयिक कौतूहल के आधार पर उसे छापने का निर्णय कर लिया करता था (इस दृष्टिकोण से सेक्स में, जो हमेशा ही, और अब भी, एक बहुचर्चित विषय रहा, इस प्रकाशक ने विशेष दर्जा प्राप्त कर लिया था) और अपना समय असाधारण फॉरमेट[1] और नि:शुल्क प्रचार सँजोने में लगाया करता था। तब, इन परिस्थितियों में, जोनास को

1. किताब का आकार, रूप।

पांडुलिपि पढ़ने के विभाग के साथ-साथ बहुत फालतू समय भी मिल गया, जिसका उपयोग करना उसके लिए ज़रूरी हो गया। इस तरह उसकी भेंट चित्रकारी से हुई।

पहली बार उसने अपने अन्दर एक आकस्मिक, अनथक, अविरत उत्कंठा महसूस की और शीघ्र अपने पूरे-पूरे दिन चित्र बनाने में लगा दिए और हमेशा बिना खास मेहनत किए, इस अभ्यास में अतिश्रेष्ठता पाई। बाकी कुछ भी उसको आकर्षित करता प्रतीत नहीं होता था और ये भी मुश्किल दिखता था कि वह उचित आयु में शादी कर लेगा, चित्रकारी ने उसे सम्पूर्णतया अपने वश में कर लिया था। लोगों के, और ज़िन्दगी के साधारण हालात के लिए उसने एक मेहरबान मुस्कान महफूज कर रखी थी, जो उसे उनके प्रति बाकी सब फिकरों से छुटकारा दिला देती थी। उस मोटरसाइकिल की, जो रातो अपने मित्र को पीछे बैठाकर, बहुत तेज़ चलाया करता था, एक दुर्घटना की ज़रूरत पड़ी जिससे कि जोनास, सीधा हाथ प्लास्तर में बन्द, और उकताए हुए, प्रेम की तरफ आकर्षित हो सके। यहाँ, इस भयंकर दुर्घटना में उसे अपने नक्षत्रों के अच्छे प्रभाव दिखे। उसके बिना उसे कैसे ध्यान आता, लुइज़ पूलों की तरफ वैसे देखने का, जिसके वह योग्य थी।

यों रातो के विचार से तो लुइज़ देखने के भी काबिल नहीं थी। छोटे कद का और खुद हृष्ट-पुष्ट उसे सिर्फ लम्बी औरतें अच्छी लगती थी। "मुझे समझ में नहीं आता, इस चींटी में तुम्हें क्या दिखता है!" वह कहा करता था। लुइज़ सचमुच में छोटे कद की थी। उसकी चमड़ी, पलकें, और आँखें काली थीं लेकिन आकर्षक, और देखने में बड़ी मनमोहक। जोनास, लम्बा और ठोस, उस चींटी पर उतना ही मुग्ध हो गया था जितनी वह परिश्रमी थी। लुइज़ का लक्ष्य था काम।

यह लक्ष्य जोनास के आलस्य के लिए विशेष प्रेम और उसके फायदों से बड़ी अच्छी तरह मेल खाता था। लुइज़ ने सबसे पहले तो अपने आपको पूरी तरह से साहित्य को अर्पित कर दिया, कम-से-कम तब तक, जब तक उसे यह भ्रम रहा कि जोनास को प्रकाशन-कार्य में रुचि है। वह बिना किसी क्रम के सबकुछ पढ़ने लगी, और कुछ ही सप्ताह में किसी भी विषय पर बातचीत करने के काबिल हो गई। जोनास को यह बहुत पसन्द आया और उसने पक्की तरह से अपने आपको पढ़ने के काम से छुट्टी दे दी, क्योंकि अब लुइज़ उसे पर्याप्त जानकारी दे दिया करती थी, और अब उसके लिए सभी समकालीन प्रकाशनों के बारे में तात्विक अंश जानना सम्भव हो गया था। लुइज़ बड़े दावे से कहा करती थी, "यह कभी नहीं कहना चाहिए कि अमुक व्यक्ति दुराचारी या अधम है, बल्कि यह कि वह दुराचारी या अधम बनता है।" यह सूक्ष्म अर्थान्तर बड़ा महत्त्वपूर्ण था और जैसा रातो ने बतलाया, मनुष्य-जाति की निन्दा की तरफ ले जा सकता था। लेकिन लुइज़ ने ये विवाद निश्चित रूप से यह कहकर बन्द कर दिया कि यह सत्य, भावुक प्रचार और दर्शनिक पुनर्विचार के द्वारा एक साथ प्रकाशित हो जाने के कारण सार्वभौमिक है और अब इस पर कोई बहस नहीं की जा सकती। "जैसे तुम चाहोगी वही होगा," जोनास ने कहा, जो यह क्रूर स्पष्टीकरण भी एक बार फिर अपने सितारों में खो जाने के लिए तत्काल भूल गया था।

लुइज़ ने यह मालूम होते ही साहित्य त्याग दिया कि जोनास का एकमात्र शौक चित्रकारी है। वह तुरन्त पूरी लगन से मूर्तिकला में लग गई, म्यूज़ियम और प्रदर्शनियाँ देखने गई, वहाँ जोनास को भी घसीटकर ले गई, जो समकालीन चित्रकारों की कृतियाँ समझता नहीं था और

उन्हें अपनी कलात्मक सरलता में बेकार की इल्लत महसूस करता था। बहरहाल, उन सभी विषयों पर जो उसकी कला से सम्बन्ध रखते थे, इतनी अच्छी जानकारी पाकर वह बहुत खुश होता था। यह सच है कि अगले ही दिन वह उस कलाकार का नाम तक भूल जाता था जिसके चित्र देखकर आया था। लेकिन लुइज़ ठीक कहती थी, जब वह उसे अपने साहित्यकाल में चुने हुए कुछ असन्दिग्ध तथ्यों में से एक बड़े अनिवार्य रूप से बतलाया करती थी कि वास्तव में हम कभी कुछ भी नहीं भूलते। उसके नक्षत्र, निश्चित रूप से, जोनास की रक्षा कर रहे थे, जो इस तरह बिना अपनी अन्तरात्मा को किसी प्रकार का कष्ट पहुँचाए, याद रखने के पक्के विश्वास और भूलने के सुख संकलित कर सकता था।

लेकिन आत्म-बलिदान के बहुमूल्य रत्न, जो लुइज़ उस पर बिखेर रही थी, जोनास के दैनिक जीवन में सबसे ज़्यादा प्रतिभा से चमक रहे थे। वह भली आत्मा उसके लिए जूते, कपड़े, चादर आदि खरीदने का काम बचा दिया करती थी, जिससे किसी भी सामान्य पुरुष की, पहले से ही छोटी ज़िन्दगी के दिन और भी छोटे हो जाते हैं। उसने समय काटने की मशीन के सैकड़ों आविष्कारों को पक्की तरह से अपने हाथों में लिया, सामाजिक सुरक्षा से लेकर निरन्तर बदलने वाले वित्त-विभाग के अज्ञात ब्रोशरों को छपवाने तक। "ठीक है," रातो कहा करता था, "मैं मानता हूँ। लेकिन दाँत के डॉक्टर के पास तुम्हारी जगह वह नहीं जा सकती।" वह वाकई वहाँ जा नहीं सकी, लेकिन उसने वहाँ टेलीफोन किया, सहूलियत के समय पर अपाइंटमेंट लिया। उसने ये सब ज़िम्मेदारियाँ सँभाल लीं—उसकी छोटी, 4 सी.वी. गाड़ी में तेल बदलना, छुट्टी जाने के लिए होटल में जगह बुक करना, घर में कोयला

खरीदना; जो उपहार जोनास देना चाहता था, वह खुद खरीद दिया करती थी, उसकी तरफ से चुनकर फूल भेज दिया करती थी, और फिर भी कुछ शामों को समय निकाल लिया करती थी, उसकी अनुपस्थिति में उसके घर आकर उसका बिस्तर बनाने का, जिससे उस रात सोने से पहले उसे बिस्तर न खोलना पड़े।

उसी उत्साह से, बड़े विश्वास से वह इस बिस्तर में घुसी, फिर मेयर[1] के साथ अपाइंटमेंट लिया, जोनास को उसकी कला मशहूर होने से दो साल पहले वहाँ ले गई, हनीमून का ट्रिप ऐसे बनाया कि सारे म्यूज़ियम देखे जा सकें। ये सब, पहले से ही, घर मिलने की दिक्कत के बावजूद, तीन कमरों का एक फ्लैट ढूँढ़े बिना नहीं, जहाँ लौटने पर ये रहने लगे। इसके बाद उसने एक के ऊपर एक, दो बच्चे पैदा किए, एक लड़का और एक लड़की। उसकी तीन बच्चों तक जाने की योजना, जोनास के पूरी तरह चित्रकारी में जुट जाने के लिए, प्रकाशन संस्था छोड़ देने के बाद पूरी हो गई।

अब जैसे ही वह माँ बनी, लुइज़, अपने बच्चे को और फिर बच्चों को सँभालने से ज़्यादा और कुछ नहीं कर पाती थी। वह अब भी अपने पति का हाथ बँटाना चाहती थी, लेकिन उसके पास समय नहीं होता था। बेशक जोनत्स का ध्यान न रख पाने का उसे बड़ा दुःख था, लेकिन उसका स्वभाव इस तरह की मजबूरियों को लेकर समय जाया करने का नहीं था। "जो भी है, ठीक है," वह कहा करती थी, "हरेक के पास अपना-अपना काम है।" ऐसा कहना जोनास को बहुत भाया, क्योंकि अपने जमाने के सभी कलाकारों की तरह वह भी अपने आपको कारीगर कहलाना पसन्द करता था। इस कारीगर की

1. महापौर।

परवाह, अब कुछ कम हो गई थी, और उसे अपने जूते ख़ुद खरीदने पड़े थे। फिर भी, इसको छोड़कर बाकी सब अपने तरीके में ठीक था और जोनास अब भी अपने आपको बधाई देता रहता था। बेशक, उसे दुकानों तक जाने के लिए परिश्रम करना पड़ता था, लेकिन यह परिश्रम दाम्पत्य जीवन को इतना अमूल्य सुख प्रदान करनेवाले अकेलेपन के घंटों में से एक से ही पुरस्कृत हो जाया करता था। रहने के स्थान की समस्या, उनकी घरेलू बाकी सभी समस्याओं से कहीं ज़्यादा थी, क्योंकि उनके पास समय और स्थान एक साथ ही सिकुड़ रहे थे। बच्चों के जन्म जोनास के नए काम, उनके सँकरे मकान, और मासिक आमदनी की अत्यल्पता के कारण, जो उन्हें एक बड़ा मकान खरीदने से रोकती थी, उन दोनों—जोनास और लुइज़—को अपने कामों के लिए सिर्फ एक ही छोटा कमरा मिल पाया था। उनका फ्लैट राजधानी के एक पुराने हिस्से में, 18वीं सदी के एक भूतपूर्व होटल की पहली मंज़िल पर था। इस बस्ती में बहुत-से कलाकार रहते थे, इस सिद्धान्त के प्रति वफादार कि कला में नवीनता की खोज पुराने ढाँचे में ही हो सकती है। जोनास, जो कि इस धारणा में विश्वास रखता था, इस बस्ती में रहने में बहुत खुश था।

पुराना तो, हर हालत में, उसका मकान था ही। लेकिन कुछ अति आधुनिक सज्जा ने उसे एक बहुत मौलिक वातावरण दे दिया था, जो खासतौर से इस बात से अनुभव होता था कि यह इतनी कम जगह में बना होकर भी, रहनेवालों को बहुत बड़ी मात्रा में हवा देता था। वे कमरे, निराले ढंग से ऊँचे, खूबसूरत खिड़कियों से अलंकृत, अगर उनके भव्य सामंजस्य को देखकर कहा जाए, तो अवश्य ही वैभवशाली स्वागत और समारोह के लिए बनाए गए होंगे। लेकिन नगरीय भीड़-

भाड़ की आवश्यकताओं और घर-जायदाद की आमदनी ने उत्तरोत्तर मकान-मालिकों को इन अत्यधिक बड़े कमरों को पार्टीशन लगाकर बहुत सारे छोटे-छोटे खाने बनाने पर मजबूर कर दिया था, जिन्हें वे बेहिसाब भाड़े पर अपने किराएदारों की मंडली को देने लगे। वे इन्हें 'हवा का ज़रूरी धन-कक्ष' कहने लगे थे, इससे उनकी कीमत घटती नहीं थी। इस फायदे से इनकार करना मुश्किल था। ये मकान-मालिकों की, उन कमरों को ऊँचाई में भी छोटे करने की असम्भवता का कारण दिखाते थे। नहीं तो वे आवश्यक त्याग करके इस युग की बढ़ती हुई आबादी को, खासतौर से जो इस समय शादी करने और बच्चे पैदा करने में लगे हुए थे, कुछ और रहने के कमरे मुहैया करने में कतई नहीं हिचकिचाते। वैसे इन हवाकक्षों से सिर्फ फायदे ही थे। इनकी वजह से सर्दियों में कमरे गर्म करने में दिक्कत होती थी, इससे दुर्योगवश मकान-मालिक गर्म करने का हर्जाना बढ़ाने पर मजबूर हो जाते थे। गर्मियों में इतने ज़्यादा शीशे लगे होने के कारण ये फ्लैट सचमुच में रोशनी से उल्लंघित होते थे, वेनिशियन ब्लाइंड्स[1] तो थे नहीं। मकान-मालिकों ने उन्हें लगवाना ज़रूरी नहीं समझा था, निश्चय ही खिड़कियों की ऊँचाई और लगवाने की कीमत से निरुत्साहित होकर। मोटे परदे भी तो वह ज़रूरत पूरी कर सकते थे और उससे किराए पर भी कोई असर नहीं पड़ता था, क्योंकि वह किराएदार की ज़िम्मेदारी बनती थी। यूँ मकान-मालिक किराएदारों की मदद करने से इनकार नहीं करते थे और ये परदे वे अपनी दुकान से खरीद की दर पर देने को तैयार थे। अपनी जायदाद से लोकहित तो उनका खास शौक था। सामान्य ज़िन्दगी में ये नए राजपुत्र, सूती और मखमली कपड़ा बेचते थे।

---

1. एक तरह के परदे।

जोनास फ्लैट के फायदों पर भावातिरेक से भर जाता था और उसकी खामियाँ बिना किसी परेशानी के मानता था। "जैसा आप चाहेंगे, हो जाएगा," उसने फ्लैट गर्म करने के हर्जाने के बारे में मकान-मालिक से कहा। परदों के बारे में वह लुइज़ से सहमत था, जिसके खयाल में सिर्फ सोने के एक कमरे में परदे लगा लेना काफी था और बाकी खिड़कियाँ खाली छोड़ी जा सकती थीं। "हमारे पास छिपाने को तो कुछ है नहीं," वह निर्मल हृदय बोला। जोनास सबसे बड़े कमरे पर, विशेष रूप से मोहित था, जिसकी छत इतनी ऊँची थी कि बिजली लगाने का कोई बन्दोबस्त करना मुश्किल था। प्रवेश सीधे इस कमरे में और एक सँकरे कॉरिडोर में, जो कि एक ही लाइन में दो ओर बहुत छोटे कमरों से जुड़ा हुआ था, एक साथ होता था। फ्लैट के एक छोर पर किचिन[1] था, उसी के साथ लगी हुई सुविधाएँ और एक तरफ सजाया हुआ कोना, गुसलखाने के नाम पर। वास्तव में उसे यह मान भी लिया जाता अगर वहाँ एक शॉवर लगा होता, सीधी लम्बाई में, और वह सुहावना फव्वारा, ठीक उसके नीचे एकदम निश्चल खड़े होकर लिया जा सकता।

इन छतों की असाधारण ऊँचाई और कमरों की तंगी के योग से ये फ्लैट, समान्तर षट्फलकों का एक विचित्र समुदाय प्रतीत होता था, करीब-करीब सब तरफ काँच लगे हुए, सभी दरवाज़ों में, सभी खिड़कियों में। यहाँ फर्नीचर रखने को कोई दीवार नहीं मिल सकती थी और यहाँ आदमी तेज़ और सफेद रोशनी में ऐसे नज़र आया करते थे जैसे सीधे खड़े एक्वेरियम[2] में तिरती आकृतियाँ। इसके अतिरिक्त,

1. रसोईघर के लिए प्रचलित अंग्रेजी शब्द।
2. जलजीवशाला।

सारी खिड़कियाँ आँगन में खुलती थीं। दूसरे शब्दों में, कुछ ही फासले पर उसी तरह की खिड़कियों की कतार के सामने, जिनके ठीक पीछे नई खिड़कियों की ऊँची कतारें, जो एक ओर आँगन में खुलती थीं, दिखाई दे रही थीं। "ये शीश महल है," आनन्द में डूबा जोनास कहा करता था। रातो की सलाह से उन दोनों के सोने का कमरा एक छोटे कमरे में शिपट कर दिया गया वह सामने का कमरा आनेवाले शिशु के लिए हो गया। बड़ा कमरा दिन में जोनास के स्टूडियो के काम आता था, शाम को, और खाने के समय, सबके बैठने के लिए। यूँ तो खाना किचिन में भी खाया जा सकता था, बशर्ते जोनास और लुइज़ खड़े होकर खाने को तैयार होते। रातो ने अपने बुद्धि-कौशल से अपने रहने की जगह को बढ़ा लिया था। उसने सरकनेवाले दरवाज़ों, खींचकर खुलनेवाले शेल्फ और फोल्डेबिल मेजों के सहारे फर्नीचर की कमी पूरी कर ली थी, इस विचित्र फ्लैट के आश्चर्य-भरे पिटारे की प्रतिभा को कायम रखते हुए।

जब कमरे चित्रों और बच्चों से भर गए तब बिना और देर किए, रहने की नई जगह का इन्तज़ाम करने के लिए सोचना ज़रूरी हो गया। तीसरे बच्चे के जन्म से पहले, वास्तव में, जोनास बड़े कमरे में काम करता था, लुइज़ उनके सोने के कमरे में बुनाई करती थी, जबकि दोनों बच्चे आखिरी कमरे में खेलते थे वहाँ खूब गड़बड़ करते थे और ज़रूरत पड़ने पर सारे घर में भाग-दौड़ मचा देते थे। आखिर में नए बच्चे को स्टूडियो के एक कोने में रखना तय हुआ, जिसे जोनास ने एक के ऊपर एक कैनवस, स्क्रीन की तह जमाकर अलग कर दिया। पास में होने से बच्चे की आवाज़ सुनाई देना भी सरल था और ज़रूरत पड़ने पर उसे सँभाला जा सकता था। यूँ तो जोनास को कभी परेशान होने की ज़रूरत

नहीं पड़ती थी, लुइज़ सब देख लेती थी। वह स्टूडियो में आने के लिए बच्चे के रोने तक नहीं ठहरती थी, यद्यपि दुनिया-भर की सावधानियों के साथ और हमेशा पंजों के बल चलकर। इतने ध्यान दिए जाने से पिघलकर जोनास ने एक दिन लुइज़ से कहा था कि वह इतना नाजुक मिज़ाज नहीं है और वह उसके पैरों की आवाज़ के साथ बखूबी काम कर सकता है। लुइज़ ने जवाब दिया था कि वह बच्चे को भी तो नींद से जगाना नहीं चाहती। जोनास माँ की इस ममता को देखकर प्रशंसा से भर गया और अपनी गलतफहमी पर दिल खोलकर हँसा। अब उसकी यह कहने की हिम्मत भी नहीं रही कि उसे लुइज़ का बीच-बीच में इतना सावधानी-भरा प्रवेश, एक बार धड़ाके से अन्दर आने के बनिस्बत ज़्यादा तंग करता था। सबसे पहले तो इसलिए कि यह लम्बा हुआ करता था और दूसरा इसलिए कि यह एक तरह का मूक अभिनय होता था, जिसमें लुइज़, हाथ आगे को फैलाए, धड़ कुछ पीछे को किए हुए और टाँग सामने को ऊँची उठाए हुए, अद्रष्ट नहीं रह पाती थी। यह तरीका उसकी अपनी स्पष्ट इच्छाओं के विपरीत था, क्योंकि लुइज़ का, किसी भी पल किसी चित्र में, जिनसे कि स्टूडियो भरा हुआ था, उलझ जाने का डर रहता था। उस शोर से बच्चा उठ जाया करता था और अपना असन्तोष, अपने काफी जोरदार तरीकों में ज़ाहिर किया करता था। पिता अपने सुपुत्र के फेफड़ों की क्षमता पर मोहित होकर उसे दुलारने के लिए दौड़ पड़ता था, किन्तु शीघ्र ही उसकी पत्नी उसे कार्य मुक्त कर देती थी। जोनास फिर अपने चित्र उठाकर, ब्रश हाथ में पकड़कर मुग्ध, अपने बेटे की राजसी और आग्रही आवाज़ सुनता रहता था।

यही वह समय भी था, जब जोनास की सफलता से उसे काफी मित्र मिल गए थे। ये मित्र या तो टेलीफोन पर बात करते थे या बिना

बताए कभी भी मिलने आ जाते थे। टेलीफोन, जो काफी सोच-विचार के बाद स्टूडियो में रखा था, बहुत बार बजता था, हमेशा बच्चे की नींद से झगड़कर, जो अपनी चिल्लाहट टेलीफोन की आदेशक घंटी में मिला दिया करता था। अगर इत्तेफाक से लुइज़ उस वक्त बाकी दोनों बच्चों को सँभाल रही होती थी तो उन्हें भी साथ लिये टेलीफोन की तरफ दौड़ती थी, लेकिन ज़्यादातर उसे वहाँ जोनास एक हाथ में छोटा बच्चा और दूसरे में ब्रशों के साथ रिसीवर लिये खड़ा मिलता था, जो उसे किसी का खाने के लिए प्यार भरा निमंत्रण पहुँचा रहा होता था। जोनास हमेशा ताज्जुब करता था कि लोग उनके साथ खाना खाना पसन्द करते हैं, हालाँकि उनकी बातचीत बड़ी अनाकर्षक होती है। लेकिन वह शाम को ही बाहर जाना पसन्द करता था, जिससे कि काम करने के समय में बाधा न पड़े। ज़्यादातर दुर्भाग्य से वह दोस्त दोपहर के खाने के लिए ही खाली होता था और सिर्फ उसी एक दिन। वह चाहता था कि उस दिन उसका प्रिय जोनास जरूर ही आए। ऐसे में उसका प्रिय जोनास मान लिया करता था, 'जैसा तुम चाहो।' और रिसीवर रखने के बाद, लुइज़ को बच्चा सँभालाते हुए कहा करता था, "कितना सहृदय है ये!" दुबारा वह अपने काम में लग जाता था, जल्दी ही दोपहर या शाम के खाने के लिए फिर से काम बन्द करने के लिए। उसे अपने चित्र वहाँ से हटाने पड़ते थे, वह खास मेज़ खींचकर लम्बी करनी पड़ती थी और बच्चों के साथ बैठ जाना पड़ता था। खाना खाने के साथ-साथ जोनास एक आँख उस चित्र पर रखता था, जो उस समय बना रहा होता था। और शुरू-शुरू में उसे लगता था कि उसके बच्चे खाना चबाने और सटकने में बहुत ज़्यादा समय लगा रहे हैं, इससे खाना बेहद ज़्यादा लम्बा हो जाया करता था। लेकिन

जब उसने अखबार में पढ़ा कि खाना पचाने के लिए ठीक से चबाकर और धीरे-धीरे खाना चाहिए, तब से हरेक खाना लम्बे आमोद-प्रमोद कर अवसर बन गया।

कई बार उसके नए दोस्त उससे मिलने आ जाते थे। रातो तो हमेशा रात के खाने के बाद आता था। दिन में वह अपने दफ्तर में होता था और उसके बाद, वह जानता था कि चित्रकार दिन की रोशनी में ही काम करते हैं। लेकिन जोनास के करीब-करीब सभी नए मित्र कलाकार या आलोचक वर्ग के सदस्य थे। कुछ चित्रकारी कर चुके थे, कुछ करने जा रहे थे, और आखिर में वे थे, जो इस बात का ब्योरा रखते थे कि क्या-क्या पेंट हो चुका है, और क्या होने जा रहा है। सभी, नि:सन्देह कला की साधना को बहुत ऊँचा समझते थे और आधुनिक समाज की कार्य-प्रणाली पर असन्तोष प्रकट करते थे, जिसमें इन कलाओं का अभ्यास करना, कला-विषयों पर मनन-अध्ययन करना, जोकि कलाकारों के लिए अपरिहार्य था, इतना मुश्किल कर दिया था। ये शिकायतें वे दोपहर-भर करते रहते थे, बिना इस बात की ज़रा भी चिन्ता किए हुए कि वे लोग मौजूद हैं, जोनास से लगातार अपना काम करते रहने के लिए आग्रह करते रहते थे। कहते थे, उन लोगों से उसे बिना किसी तकल्लुफ के हर बात करनी चाहिए, क्योंकि वे लोग असंस्कृत नहीं थे, बल्कि भली-भाँति समझते थे कि एक कलाकार के समय का क्या मूल्य होता है। जोनास, ऐसे मित्रों को पाकर, जो खुद उसके साथ अपने होते हुए भी उसे अपना काम करते रहने के लिए कहें, बहुत खुश होकर अपने चित्र पर लौट जाता था, उस हर सवाल का जवाब देते हुए जो वे उससे कर रहे होते थे, और उन वाकियात पर हँसते हुए जो वे उसे सुना रहे होते थे।

इतने सुलभ स्वभाव से उसके मित्र और भी आराम में आ जाते थे। उनकी प्रफुल्लता इतनी खालिस होती थी कि उन्हें खाना खाने के समय का ध्यान ही नहीं रहता था। उनके बच्चों की याददाश्त उनसे अच्छी थी। वे भागते हुए अन्दर आते थे, सबसे मिलते थे, खुशी में चिल्लाते थे, मिलनेवालों की गोदी में चले जाते थे और हाथों-ही-हाथों में खेलते थे। आखिर में आसमान के उस चौकोर हिस्से में जो आँगन में दिखता था, रोशनी कम हो गई, जोनास ने ब्रश रख दिए। अब सिवाय मित्रों को, जो भी कुछ तैयार था, मिलकर खाने के लिए बुलाने के और कुछ काम नहीं था; और रात को देर तक उनसे बातें करने के, निश्चित रूप से सिर्फ कला से सम्बन्धित, किन्तु उन चित्रकारों के बारे में जो वहाँ मौजूद नहीं थे और जिनमें किसी तरह की प्रतिभा नहीं थी, न अपनी न चुराई हुई। जोनास को सुबह जल्दी उठने का शौक था, जिससे कि सुबह के पहले-पहले प्रकाश में वह काम कर सके। उसे मालूम था कि यह मुश्किल होगा, सुबह का नाश्ता समय पर तैयार नहीं हो सकेगा और वह बहुत थक जाएगा। लेकिन एक ही शाम में इतनी चीज़ें देखकर उसे बहुत खुशी हुई, जोकि उसके लिए हितकारी थीं, यद्यपि अप्रत्यक्ष रूप में, उसकी कला के लिए। "कला में, प्रकृति की ही तरह कभी कुछ नष्ट नहीं होता," वह कहा करता था, "ये भी भाग्य से ही होता है।"

मित्रों के साथ-साथ कई बार उसके शिष्य भी आ जाते थे। जोनास ने अब स्कूल खोल लिया था। शुरू में वह उन्हें देखकर आश्चर्य में पड़ गया, यह न समझ सका कि उससे वे लोग क्या सीख पाएँगे, उसे तो अभी स्वयं ही बहुत कुछ सीखना था, उसके अन्दर का कलाकार तो अभी खुद ही अँधेरे में चल रहा था; वह किसी को सही रास्ता कैसे

दिखा सकता था? लेकिन वह बहुत शीघ्र समझ गया कि शिष्य आवश्यक रूप से, कुछ सीखने का खास इच्छुक नहीं होता। उसके विपरीत, बहुत बार, कुछ लोग शिष्य बन जाते हैं अपने गुरु को पढ़ाने का निष्काम आनन्द लूटने के लिए। तब से, बड़ी विनम्रता से, वह इन सम्मानों की प्रचुरता स्वीकार करने लगा। जोनास के शिष्य उसे विस्तार से बतलाया करते थे कि उन्होंने क्या चित्रित किया है और क्यों। इस तरह जोनास ने अपनी कृतियों में बहुत से ऐसे उद्‌देश्य पाए, जिन्हें देखकर उसे कुछ आश्चर्य हुआ और ढेर सारी ऐसी चीज़ें जिन्हें उसने उनमें कभी बनाया ही नहीं था। वह अपने आपको बहुत गरीब समझता था, लेकिन, शिष्यों के कारण अचानक उसने अपने आपको बहुत धनवान पाया। अनेक बार इतनी बहुलता के बीच, यद्यपि अभी तक असम्मानित, जोनास के बदन में अभिमान की एक सिहरन दौड़ जाती थी। 'कुछ भी हो, यह सच तो है,' वह मन में सोचा करता था, 'पार्श्व में यह मुखाकृति अलग ही दिखती है। मुझे यह अच्छी तरह समझ में नहीं आता जब वे अप्रत्यक्ष मानवीकरण की बात करते हैं तो उनका क्या अभिप्राय होता है। फिर भी इस प्रभाव से मुझे काफी सम्मान मिलेगा।' किन्तु दूसरे ही क्षण वह इस बेचैन प्रवीणता को अपनी किस्मत पर डाल देता था। 'ये तो किस्मत है,' वह कहा करता था, 'जो ऊँची जाएगी। मैं तो यहीं रहूँगा, लुइज़ और बच्चों के साथ।'

शिष्यों में एक और गुण था : उन्होंने जोनास को अपने ऊपर बहुत सख्त नियंत्रण रखने पर मजबूर कर दिया था। उन्होंने उसे अपनी प्रशंसा में इतना ऊँचा बैठा दिया था, खासतौर से उसकी अन्तरात्मा और काम करने की शक्ति से सम्बन्धित बातों पर कि इसके बाद उसे कोई कमज़ोरी स्वीकार्य नहीं थी। इस तरह उसे अपना कोई मुश्किल काम

खत्म कर लेने पर और दुबारा काम शुरू करने के समय एक टुकड़ा मिश्री या चॉकलेट खाने की पुरानी आदत छोड़नी पड़ी। अकेलेपन में सब चीज़ों के बावजूद, वह छिपकर अपनी कमज़ोरी के सामने झुक जाता। लेकिन उसे अपनी इस नैतिक प्रगति में अपने शिष्यों और मित्रों की प्राय: निरन्तर उपस्थिति से मदद मिली, जिनके सामने उसे चॉकलेट खाने में बड़ी झेंप होती और वैसे भी इतनी छोटी-सी सनक के लिए वह उनकी दिलचस्प बातचीत में हस्तक्षेप नहीं कर सकता था।

इसके अतिरिक्त, उसके शिष्यों ने यह तकाज़ा किया कि वह अपने कला-विज्ञान के प्रति वफादार रहे। जोनास को, जो बहुत विस्तार से चित्रण करता था, कभी-कभी कोई भूली-भटकी कौंध पकड़ पाता था जिसमें यथार्थता, अचानक एक पल के लिए, नई रोशनी में उसके सामने स्फुटित होती थी, अपने कला-विज्ञान के बारे में बड़ी अस्पष्ट धारणा थी। दूसरी तरफ, उसके शिष्यों के पास इस बारे में बहुत विचार थे, सुनिश्चित और विरोधी; वे इस विषय पर बिना उचित महत्त्व दिए बात नहीं करते थे। जोनास ने कभी, कलाकार के विनम्र साथी अपने मन की मौज में भटकना चाहा होगा। लेकिन उन तसवीरों को देखने पर, जिनमें वह उनकी धारणा से परे हो गया था, उसके शिष्यों की चढ़ी हुई भौंहें उसे अपनी कला पर कुछ ध्यान देने पर मजबूर करती थीं और यह सब उसके हित में था।

अन्त में, वे शिष्य जोनास की एक और तरीके से मदद करते थे, उसे उनकी अपनी रचनाओं पर अपने विचार देने के लिए विवश करके। वास्तव में एक भी दिन ऐसा नहीं निकलता था जब कोई, अपना मुश्किल से शुरू ही किया हुआ चित्र लाकर, उसकी उस समय चल रही कृति और जोनास के बीच में न रख देता हो, इस तरह कि

उस पर रोशनी सब तरफ से ठीक पड़े। उस पर राय देना ज़रूरी होता था। इस समय तक जोनास किसी भी कलाकृति को आँकने में अपनी गहरी असमर्थता पर हमेशा एक अप्रकट झेंप महसूस किया करता था। उन कुछ चित्रों को छोड़कर, जो उस पर बहुत गहरा प्रभाव डालते थे, या वे जो बिलकुल ही रंग थोपे हुए लगते थे, बाकी सब उसे समान रूप से साधारण और ध्यान देने लायक लगते थे। अब उसके लिए कलात्मक निर्णयों का एक भंडार जुटाना ज़रूरी हो गया, इतना विविध जितने कि उसके शिष्य थे, क्योंकि उस मुख्य नगर में सभी कलाकारों में गुण का कुछ न कुछ अंश तो था ही, और जब वे सब उपस्थित होते थे तो प्रत्येक को खुश करने के लिए उसे सूक्ष्म विभिन्नता के भेद अच्छी तरह समझाने पड़ते थे। इस सुखकर कर्तव्य ने उसे अपनी कला पर बहुत सारी राय और शब्दभंडार जमा करने पर विवश कर दिया। मगर इस प्रयास से उसकी स्वाभाविक सौजन्यता में कोई कमी नहीं आई। वह बहुत शीघ्र समझ गया कि उसके शिष्य उससे आलोचना नहीं माँग रहे, उसका क्या उपयोग है, वे नहीं जानते थे, लेकिन सिर्फ प्रोत्साहन और अगर वह कर सके, तो प्रशंसा। बस इतना ज़रूरी था कि प्रत्येक प्रशंसा भिन्न हो। जोनास अपनी यथास्वभाव सामान्य सुशीलता से सन्तुष्ट न था। अब वह ऐसा बड़ी चतुरता से करने लगा।

इस प्रकार जोनास का समय निकलता गया, जो अब अपने ईज़ल[1] के चारों तरफ गोल चक्कर में रखी हुई कुर्सियों पर बैठे अपने मित्रों और शिष्यों के मध्य चित्र बनाने लगा था। प्राय: सामने की खिड़कियों में पड़ोसी आकर उसकी दर्शक जनता की संख्या और बढ़ा देते थे।

1. लम्बी ऊँची मेज़, जिस पर कैनवस रखकर चित्रकार चित्र बनाता है।

वह बात करता रहता था, विचार-विमर्श करता रहता था, अपने सामने निर्णयार्थ रखे चित्रों को जाँचता जाता था, वहाँ से गुज़रती हुई लुइज़ की तरफ देखकर मुस्करा देता था, बच्चों से एक-दो बात करता था, और बड़े स्नेह से टेलीफोन पर बात करता था, बिना कभी ब्रश हाथ से छोड़े हुए, जिन्हें बीच-बीच में वह; शुरू किए हुए चित्र पर एक-दो बार मार दिया करता था। एक तरह से उसका जीवन परिपूर्ण था, उसके समय का हरेक घंटा बहुत अच्छी तरह उपयोग होता था, और वह अपनी किस्मत को सराहता रहता था, जिसने उसे ऊबने से बचाया। दूसरी तरफ, एक चित्र को भरने के लिए बहुत बार ब्रश लगाना ज़रूरी होता है और वह प्राय: सोचता था कि ऊबने में यह अच्छाई है कि कड़ी मेहनत से ही उसे निकाला जा सकता है। परन्तु जोनास का काम शिथिल हो गया, उसी अनुपात में जिसमें कि उसके मित्रों की दिलचस्पी बढ़ गई थी। उन कुछ घंटों में भी, जब वह एकदम अकेला होता था, जल्दी-जल्दी काम करने के लिए अपने आपको बहुत थका हुआ महसूस करता था। और इन घंटों में वह सिर्फ किसी ऐसी नई योजना की कल्पना करता रहता था जो मैत्री के सुखों और ऊबने के गुणों का समन्वय कर सके।

उसने अपने दिल की बात लुइज़ से कही, जो खुद ही अपने दोनों बड़े बच्चों के बड़े होने और उनके कमरे के सँकरेपन की समस्या में डूबी हुई थी। उसने उन्हें बड़े कमरे में लाने का, उनके पलंग, स्क्रीन की आड़ में करके, और छोटे बच्चे को छोटे कमरे में रखने का प्रस्ताव रखा, जिससे कि टेलीफोन से उसकी नींद न खराब हो। चूँकि छोटा बच्चा तो मुश्किल से ही कुछ जगह लेता, जोनास छोटे कमरे में अपना स्टूडियो बना सकता था। फिर बड़ा कमरा दिन में लोगों को बैठाने के

काम आ सकता था, जोनास वहाँ चल-फिर सकता था, अपने मित्रों से मिल सकता था, या अपना काम कर सकता था, अपनी अकेलेपन की ज़रूरत समझ लिये जाने पर निश्चिन्त। और फिर, दोनों बच्चों को सुलाने की आवश्यकता से वह अपनी शामें कुछ छोटी कर सकते थे। 'बहुत बढ़िया,' जोनास ने कुछ सोचते हुए कहा। और फिर लुइज़ बोली, "अगर तुम्हारे मित्र कुछ जल्दी चले जाया करेंगे तो हम दोनों को साथ बैठने का ज़्यादा वक्त मिल सकेगा।" जोनास ने ध्यान से उसकी तरफ देखा। उदासी की एक परछाईं लुइज़ के चेहरे पर छा गई थी। भावावेश में उसने लुइज़ को अपने सीने से लगा लिया, पूरी शक्ति से उसे प्यार किया। लुइज़ उसकी बाँहों में, अपने आपको भूल गई और कुछ समय के लिए उन दोनों ने वही खुशी अनुभव की जो शादी के बाद शुरू-शुरू में किया करते थे। लेकिन वह दूर हट गई; वह कमरा जोनास के लिए शायद बहुत छोटा था। लुइज़ ने झट से एक मेजरिंग टेप लिया और उन्होंने देखा कि उसके और उसके शिष्यों के चित्र, जिनकी संख्या अब बहुत बढ़ गई थी, वहाँ रखने से वह साधारण तौर से, उसे अभी मिलनेवाली जगह से मुश्किल से ही कुछ बड़ी जगह में काम करता रहा है। जोनास, बिना समय गँवाए कमरे बदलने में लग गया।

जितना वह काम कम करता था, उसकी ख्याति, इत्तेफाक से उतनी ही ज़्यादा फैल रही थी। हर प्रदर्शनी का इन्तज़ार आतुरता से होता था और पहले से ही प्रशंसा हो जाती थी। यह सच है कि कुछ आलोचकों ने, जिनमें कि स्टूडियो में प्राय: आनेवाले दो दर्शक भी शामिल थे, अपने विचार कुछ नियंत्रण के साथे व्यक्त किए थे, लेकिन शिष्यों के रोष ने इस दुर्भाग्य का क्षतिपूर्ति से भी ज़्यादा प्रतिकार कर

दिया था। निस्सन्देह ये लोग बड़ा ज़ोर लगाकर कहते थे कि प्रारम्भिक समस्त कृतियाँ बाद की रचनाओं से कहीं ज़्यादा महत्त्वपूर्ण थीं, किन्तु वर्तमान प्रयोग एक वास्तविक क्रान्ति का पूर्वाभास देते थे। जोनास प्रत्येक बार किसी के भी द्वारा अपनी प्राथमिक कृतियों की प्रशंसा सुनकर झुँझलाने के लिए अपने आप को दोष दिया करता था और उन्हें बहुत प्रचुरता से धन्यवाद दिया करता था। सिर्फ रातो बड़बड़ाता रहता था—"अजीब आदमी हैं...वे तुम्हें मूर्तिरूप में पसन्द करते हैं, गतिहीन। उनके विचार से जीना वर्जित है!" लेकिन जोनास अपने शिष्यों का पक्ष लेता था—"तुम समझ नहीं पा रहे," वह रातो से कहा करता था, "तुम्हें तो मैं जो भी बनाता हूँ अच्छा लगता है।" रातो हँस जाया करता या—"बेशक! तुम्हारे चित्र थोड़े ही पसन्द हैं मुझे। मेरा प्रेम तो तुम्हारी कला से है।"

बहरहाल, चित्र लोगों को पसन्द आते रहे और एक प्रदर्शनी के बाद, जिसे लोगों ने बड़ी गर्मजोशी से देखा, उस व्यापारी ने अपने आप ही मासिक राशि में बढ़ोतरी का प्रस्ताव रखा। जोनास ने आभार व्यक्त करते हुए उसे स्वीकार कर लिया। "आपकी बात सुनकर," व्यापारी बोला, "कोई भी सोचेगा कि आप पैसे को बहुत महत्त्व देते हैं।" इतनी उदारता ने चित्रकार का हृदय पूरी तरह जीत लिया था। तथापि, क्योंकि वह विक्रेता से एक चित्र, धर्मार्थ बिक्री में देने की अनुमति माँग रहा था, उसने यह जानने की इच्छा प्रकट की कि यह धर्मदान 'लाभकारी था या नहीं?' जोनास यह नहीं जानता था। विक्रेता ने तब उससे कॉन्ट्रैक्ट की शर्तों पर, जिनके अनुसार बिक्री का पूरा लाभ उसके हक में था, ईमानदारी से अमल करने को कहा। "जो बात पक्की हो गई, वो हो गई," उसने कहा। इनके समझौते में

धर्मदान का कोई नियोजन नहीं था। "आप जो चाहेंगे, वही होगा," चित्रकार ने कहा।

इस नई व्यवस्था से जोनास को फायदे-ही-फायदे हुए। अब वह, सचमुच में, बहुत बार उन अगणित पत्रों का जवाब देने के लिए, जिन्हें शिष्टाचारवश बिना उत्तर दिए नहीं रखा जा सकता था, अकेला बैठने लगा। कुछ जोनास की कला के बारे में होते थे, बाकी बहुत अधिक अंशों में, लिखनेवाले से ही सम्बन्ध रखते थे, या तो वह अपनी कला-साधना में उससे प्रेरणा चाहता था, या किसी बारे में सलाह या आर्थिक सहायता की माँग होती थी। चूँकि जोनास का नाम गज़ट में निकलता था, दुनिया के और लोगों की तरह ही उससे भी घोर अन्यायों की भर्त्सना करने के लिए अनुरोध किया जाता था। जोनास जवाब दिया—करता था, कला के बारे में लिखता था, शुक्रिया अदा करता था, अपनी राय देता था, एक छोटी-सी आर्थिक सहायता भेजने के लिए अपने आपको टाई से वंचित रखता था, और उसके विचारार्थ प्रस्तुत किए विरोध-पत्रों पर हस्ताक्षर करता था। "तुम क्या अब राजनीति में भाग लेने लगे हो? यह छोड़ो, लेखकों और बूढ़ी, अविवाहित औरतों के लिए," रातो कहा करता था। नहीं, उसने सिर्फ उन पत्रों पर हस्ताक्षर किए थे जिनका किसी भी राजनीतिक दल से किसी प्रकार का सरोकार नहीं था। लेकिन सभी इस खूबसूरत स्वतंत्रता का दावा करते थे। हफ्तों, जोनास चिट्ठियों से भरी जेबें लिये, बिना उन पर ध्यान दिए, जेब को और चिट्ठियों से भरते हुए घूमता रहता था। वह बहुत ज़रूरी पत्रों के, जो ज़्यादातर अपरिचितों से आते थे, जवाब दे दिया करता था, और वे पत्र जो आराम से बैठकर लिखा हुआ लम्बा जवाब माँगते थे, उन्हें फिर कभी फुर्सत से लिखने के

लिए रख लिया करता था। ये पत्र मित्रों के होते थे। इतने सारे दायित्व उसे आन्तरिक लापरवाही और फालतू वक्त गँवाने से बचाए रखते थे। वह हमेशा अपने आपको काम और समय से दबा महसूस करता था, हमेशा अपने आपको दोष देता रहता आ, समय-समय पर अपने सामने आया हुआ काम कर रहा होता था, तब भी।

लुइज़ दिन-ब-दिन अपने बच्चों के काम में और ज़्यादा जुटती गई, बिलकुल थक गई घर में वह सबकुछ करने से जो साधारण परिस्थितियों में वह कर सकता था। इससे वह बहुत क्लान्त था। कुछ भी हो, वह काम करता था अपना शौक पूरा करने के लिए, जबकि लुइज़ को सब काम करने पड़ते थे ज़रूरत के लिए। इसका आभास उसे भली प्रकार हो जाता था, जब वह बाज़ार गई हुई होती थी। "टेलीफोन।" बड़ावाला चिल्लाता था और जोनास अपना चित्र छोड़कर वहाँ भागता था, वापस लौटता था, खाने के लिए एक और निमंत्रण स्वीकार करके खुश, शान्त हृदय से अपने काम में लगने के लिए। "गैसवाला!" कोई आदमी दरवाज़े में से चिल्ला रहा था, जो किसी बच्चे ने उसकी आवाज़ सुनकर खोल दिया था। "आ रहा हूँ, आ रहा हूँ!" जैसे ही जोनास टेलीफोन रखता था या दरवाज़े से लौटता था, तो कोई मित्र या शिष्य, या कभी-कभी दोनों उसके साथ-साथ छोटे कमरे तक आ जाते थे, शुरू की हुई बात खत्म करते-करते। धीरे-धीरे सभी कॉरिडोर के बहुत आदी हो गए। वे वहाँ खड़े होकर आपस में बात करते रहते थे, जोनास को दूर से ही शामिल कर लेते थे या कुछ क्षणों के लिए छोटे कमरे में बेतकल्लुफी से घुस जाया करते थे। "यहाँ, कम-से-कम," वह अन्दर आते-आते कहते थे, "तुमसे कुछ मिला तो जा सकता है और बिना जल्दबाज़ी के।" जोनास यह सुनकर बड़ा द्रवीभूत हो जाया करता था।

"हाँ, यह बात तो है," वह कहता था, "आखिर हम लोग कभी मिल ही नहीं पाते।" उसे यह भी अच्छी तरह मालूम था कि जिनसे वह मिल नहीं पाता था, बहुत निराश होते थे और इसका उसे भारी दुख था। कई बार ये लोग उसके परिचित ही हुआ करते थे, जिनसे मिलना वह चाहता था। लेकिन उसके पास समय की कमी रहती थी, उसके लिए सबसे मिलना सम्भव नहीं था। इससे उसकी प्रतिष्ठा कम होने लगी। "अब इसे बहुत अभिमान हो गया है," लोग कहने लगे थे, "जबसे इसका नाम हुआ है, ये किसी से मिलता ही नहीं है।" या फिर..."उसे अपने सिवा और कोई अच्छा नहीं लगता।" नहीं, उसे अपने चित्रों से प्यार था, और लुइज़ से, अपने बच्चों से, रातो और कुछ और लोगों से, और हमदर्दी उसे सभी से थी। लेकिन ज़िन्दगी छोटी होती है, समय तेज़ और उसकी अपनी शक्ति सीमित थी। दुनिया का, आदमियों का चित्रण करना, और साथ-साथ उनके समीप भी रहना मुश्किल था। दूसरी तरफ, अपने रास्ते की रुकावटों के बारे में न तो वह शिकायत कर सकता था, न उन्हें स्पष्ट ही कर सकता था, क्योंकि अब लोग उसके कन्धे थपथपाकर कहा करते थे, "किस्मतवाले हो! ये तो नाम होने की कीमत है!"

डाक अब जमा होने लगी थी, उसके शिष्य ज़रा भी ढील बर्दाश्त करने को तैयार नहीं थे, और अब सभी लोग उसके चारों तरफ भीड़ लगाने लगे थे। जोनास चित्रकला में उनकी इतनी रुचि की दाद देता था, जबकि वे किसी की भी तरह इंग्लैंड के राज-परिवार की गतिविधियों में या खाने-पीने के शौक में मशगूल हो सकते थे। वास्तव में, इस भीड़ में ज़्यादातर वे अनुभवी महिलाएँ थीं जिनकी आदतें खालिस सीधी-सादी थीं। वे खुद ये चित्र कभी नहीं खरीदती थीं, लेकिन अपने दोस्तों को

कलाकार के घर इस उम्मीद में, जो प्राय: गलत साबित हो जाती थीं, लाती थीं कि वे उसके चित्र खरीदेंगे। बदले में वे लुइज़ा की मदद कर दिया करती थीं, खासतौर से, आए हुए मेहमानों के लिए चाय बनाने में। कप, एक हाथ से दूसरे में होते हुए पूरे कॉरिडोर में घूम जाया करते थे, फिर किचिन से बड़े कमरे में, और वहाँ से छोटे स्टूडियो में वापस रखे जाने के लिए, जहाँ जोनास कुछ गिने-चुने मित्रों और आगन्तुकों के बीच, जो वह कमरा भर देने के लिए काफी थे—तब तक पेंटिंग करता रहता था, जब तक कि वह किसी विशेष आकर्षक व्यक्ति द्वारा, खासतौर से, उसके लिए भरा हुआ कप आभारपूर्वक स्वीकार करने के लिए ब्रश रख नहीं देता था।

वह चाय पीता रहता था, ईज़ल पर लगे उस चित्र के खाके को देखता जाता था जो उसके एक शिष्य ने तभी वहाँ रखा था; अपने मित्रों के साथ हँसी-मज़ाक करता रहता था, बीच-बीच में किसी एक से रात को जो ढेर सारे पत्र उसने लिखे थे, उन्हें डालने के लिए कहता था, फिर अपने दूसरे बच्चे को, जो उसकी टाँगों पर गिर गया था, गोद में उठाकर एक फोटो खिंचवाता था और तभी : "जोनास, तुम्हारा टेलीफोन!" वह तेज़ी से चाय का प्याला रखता, कॉरिडोर में खड़े लोगों को चीरता हुआ, उनसे प्रचुरता से माफी माँगता हुआ, अन्दर जाता, वापस लौटता, तसवीर का एक कोना पेंट करता, एक क्षण रुकता, पास खड़ी एक सलोनी युवती से यह वायदा करने के लिए कि उसका चित्र वह अवश्य बनाएगा, और अपने ईज़ल पर वापस पहुँच जाता। वह काम करता रहता था, लेकिन "जोनास, एक दस्तखत!"..."ये क्या है?" वह पूछता था, "कोई रजिस्टर्ड चिट्ठी...?"..."नहीं, कश्मीर के मुज़रिम!"..."आया, अभी आया!" अब वह दरवाज़े की

तरफ भागता था, इन लोगों के एक युवा हितैषी से मिलने और उसका प्रत्याख्यान सुनने के लिए, कुछ चिन्ता व्यक्त करके कि इसके पीछे कोई राजनीतिक कारण तो नहीं है, इस बारे में पूर्ण विश्वास दिए जाने के बाद, कलाकार होने के नाते उसके ज़िम्मे हुए इन विशेष कर्तव्यों पर आपत्ति करते हुए हस्ताक्षर कर दिया करता था, और दुबारा बाहर आता था, उससे मिलने आए हुए किसी वास्तविक बॉक्सिंग चैम्पियन या विदेश से आए विख्यात नाटककार का, बिना उनका नाम भली प्रकार समझे हुए, अभिवादन करने के लिए। नाटककार उसके सामने पाँच मिनट तक खड़ा रहता, आँखों में वह भाव भरे हुए जो उसकी फ्रांसीसी भाषा की अज्ञानता को शब्दों में व्यक्त होने से रोक लिया करती थी। जोनास सच्चे सौहार्द से सिर हिलाकर यह सद्भावना स्वीकार कर लेता था। सौभाग्य से यह निरुपाय स्थिति आखिरी क्षण में अचानक एक मंत्रमुग्ध कर देनेवाले पादरी के आ जाने से सुलझ गई जो महान् चित्रकार से मिलना चाहता था। जोनास ने खुश होकर कहा कि उससे मिलकर वह वास्तव में बहुत खुश था। उसने अपनी जेब में पत्रों का पुलिंदा टटोला, ब्रश सँभाले, और वह काम करने के लिए तैयार ही हुआ था कि ध्यान आया पहले उसे भेजी हुई सैटर्स[1] की जोड़ी के लिए धन्यवाद देना है। वह उन्हें अपने सोने के कमरे में बन्द करके आया, और उस उदार महिला का खाने के लिए दिया निमंत्रण स्वीकार करके, फिर से बाहर गया। लुइज़ का ये चिल्लाना सुनकर कि वे कुत्ते घर में रहना नहीं जानते थे, वह उन्हें गुसलखाने में ले गया जहाँ वे लगातार इतना चिल्लाए कि उसे अपने कान बन्द करने पड़े। थोड़ी-थोड़ी देर में आगन्तुकों के सिरों के ऊपर से उसे लुइज़ की आँखें दिखती रहती

1. कुत्तों की एक जाति।

थीं, उसे लगा ये आँखें बहुत उदास थीं। अन्त में दिन खत्म होता था, आने वाले विदा लेते थे, लेकिन कुछ और बड़े कमरे में इन्तज़ार करते थे, और बड़ी सहृदयता से लुइज़ को देख रहे थे, बच्चों को सुलाते हुए, एक सजी-धजी औरत की विनम्र मदद से, जो अत्यन्त खिन्न थी, थोड़ी देर बाद अपने होटल में लौट जाने की अनिवार्यता सोचकर, जहाँ ज़िन्दगी दो मंजिलों में बिखरी हुई, जोनास के घर के मुकाबले में इतनी कम आत्मीय और कम हार्दिक थी।

एक शनिवार की दोपहर को रातो लुइज़ के लिए एक बढ़िया कपड़े सुखानेवाला लेकर आया जो कि किचिन की छत में लगाया जा सकता था। उसे घर पूरी तरह भरा मिला, और छोटे कमरे में, कुछ विशेष कला-प्रेमियों से घिरा हुआ जोनास, कुत्ते देनेवाली महिला का चित्र बना रहा था और स्वयं एक सरकारी कलाकार के द्वारा चित्रित किया जा रहा था। वह, जैसा लुइज़ ने बताया, एक सरकारी आदेश का पालन कर रहा था। इसका शीर्षक होगा 'कला में लीन कलाकार।' रातो अपने मित्र को देखने के लिए, जो अपने काम में पूरी तरह तन्मय था, एक कोने में खड़ा हो गया। वहाँ उपस्थित विशेषज्ञों में से एक ने, जिसने रातो को पहले कभी नहीं देखा था, उसकी तरफ झुकके कहा : "देखने में तो ये अच्छा लगता है!" रातो ने कोई जवाब नहीं दिया। "आप चित्रकारी करते हैं," उसने बात जारी रखी। "मैं भी। लेकिन मेरी बात मानिए, अब इनकी कृति में फर्क आ गया है।" "अभी से?" रातो बोला। "हाँ! ये इतना नाम हो जाने से हुआ है। नाम से कोई बच नहीं सकता। अब ये खत्म हो गया।" "इसकी कला गिर गई, या यह खत्म हो गया?" "जिस कलाकार की कला गिरने लगे, वह खत्म हो जाता है। देखिए, अब उसके पास चित्रित

करने को कुछ और है ही नहीं। अब तो उसका खुद का चित्र बन रहा है जिसे दीवार पर लटका दिया जाएगा।"

कुछ समय बाद, आधी रात को, उनके सोने के कमरे में, लुइज़, रातो और जोनास,—जोनास खड़ा हुआ और बाकी दोनों बिस्तर के एक कोने में बैठे हुए, चुपचाप एक-दूसरे को देख रहे थे। बच्चे सो रहे थे, कुत्ते फार्म पर भेज दिए गए थे, लुइज़ अभी वे ढेर सारे बर्तन धोकर चुकी थी जो जोनास और रातो ने पोंछकर सुखाए थे, तीनों खूब थक गए थे। "एक नौकरानी रख लो," रातो ने चिनी हुई प्लेटों को देखकर कहा था। लेकिन लुइज़ ने बड़ी उदासी से जवाब दिया था "कहाँ रखेंगे उसे हम?" अब वो सब चुप हो गए थे। "क्या तुम खुश हो?" अचानक रातो ने पूछा। जोनास मुस्कराया लेकिन उसका चेहरा बहुत थका हुआ था। "ही! सारी दुनिया मुझसे बड़े स्नेह से बात करती है।"—"नहीं," रातो ने कहा। "तुम गलती कर रहे हो। सभी लोग अच्छे नहीं होते।"—"कौन?"—"उदाहरण के तौर पर तुम्हारे मित्र कलाकार।"—"मैं जानता हूँ?" जोनास बोला। "लेकिन ज़्यादातर कलाकार ऐसे ही हैं। वे कब तक बने रहेंगे उन्हें कभी पक्का मालूम नहीं होता, बड़े कलाकारों को भी नहीं। फिर वे प्रमाण ढूँढ़ते हैं, निर्णय करते हैं, निन्दा करते हैं। इससे वे मज़बूत होते हैं, यह उनके अस्तित्व की शुरुआत होती है। वे सब अकेले होते हैं।" रातो सिर हिला रहा था। "यकीन करो," जोनास बोला, "मैं उन्हें जानता हूँ। उन्हें प्यार करना चाहिए।"—"और तुम," रातो कह रहा था, "तुम क्या अपना अस्तित्व पा चुके हो? तुमने कभी किसी की बुराई नहीं की।" जोनास हँसने लगा : "ओह! मैं बहुत बार उनकी बुराई सोचता हूँ। सिर्फ भूल जाता हूँ।" वह गम्भीर हो गया : "नहीं,

आजकल मुझे लोग जानते हैं, मैं निश्चित रूप से नहीं कह सकता। लेकिन मेरा नाम रहेगा, इसका मुझे विश्वास है।"

रातो ने इस बारे में लुइज़ से उसकी राय पूछी। थकान कम होने पर उसने पुष्टि की, जोनास ठीक कह रहा था। उसने मिलने आनेवालों के विचार कोई महत्त्व नहीं रखते थे। सिर्फ जोनास का काम ज़रूरी था। और वह अच्छी तरह जानती थी कि उनके सबसे छोटे बच्चे से अब उसे अड़चन हो रही थी। वह बड़ा हो रहा था, उसके लिए दीवान खरीदना ज़रूरी था जो और ज़्यादा जगह घेरेगा। जब तक दूसरा बड़ा घर नहीं मिल जाता, कैसे काम चलाएँ। जोनास सोने के कमरे को ध्यान से देखने लगा। बेशक वह आदर्श कमरा नहीं था, पलंग बहुत चौड़ा था। लेकिन कमरा पूरे दिन खाली रहता था। यह बात उसने लुइज़ से कही, जो सोच में पड़ गई। सोने के कमरे में, कम-से-कम जोनास के काम में हस्तक्षेप तो न होगा; लोग उनके बिस्तर में बेखटके लेट तो नहीं सकेंगे। "तुम्हारा क्या खयाल है?" लुइज़ ने अब रातो से पूछा। वह जोनास की तरफ देखने लगा। जोनास की नज़र सामनेवाली खिड़कियों पर जमी हुई थी। कुछ देर बाद उसकी आँखें तारकहीन आकाश की तरफ उठीं, और वह परदे खोलने के लिए उठ गया। जब वह लौटा तो रातो की तरफ मुस्कराकर बिस्तर के ऊपर उसके पास, बिना कुछ कहे बैठ गया। लुइज़ ने बहुत उकताकर कहा कि वह अब नहाने जा रही है। जब दोनों मित्र अकेले रह गए, जोनास ने रातो का कन्धा अपने कन्धे को स्पर्श करता हुआ महसूस किया। उसने उसकी तरफ बिना देखे कहा, "मुझे अपनी कला से प्रेम है। मैं अपनी पूरी ज़िन्दगी, बस चित्रकारी करना चाहता हूँ, रात और दिन। क्या यह मेरा सौभाग्य नहीं है?"

रातो ने उसकी तरफ सौहार्दता से देखा "हाँ," उसने कहा, "यह तुम्हारा सौभाग्य है।"

बच्चे बड़े हो रहे थे और जोनास उन्हें प्रसन्न और स्वस्थ देखकर बहुत खुश था। वे पढ़ने जाते थे और चार बजे लौट आते थे। जोनास उन्हें शनिवार दोपहर और बृहस्पतिवार को भी घर में देखता था और बार-बार हुई और लम्बी छुट्टियों में पूरे दिन। वे अभी इतने बड़े नहीं हुए थे कि चुपचाप समझदारी से खेल सकें, बल्कि घर को अपने लड़ाई-झगड़े और हँसी से भरने के लिए काफी उधमी थे। उन्हें चुप कराना ज़रूरी था, धमकाना पढ़ता था, कभी-कभी पिटाई कर देने का भी डर देना पढ़ता था। कपड़े धोकर साफ रखने का काम था, टूटे बटन दुबारा लगाने पड़ते थे; लुइज़ अब इतना नहीं कर पाती थी। क्योंकि नौकर को घर में रखने की जगह नहीं थी, न ही वे जिस घनिष्ठ, निजी वातावरण में रहते थे, उसमें उसे लाना चाहते थे। जोनास ने लुइज़ की बहन रोज़ को, जो विधवा होने के बाद से अपनी एक बड़ी लड़की के साथ रहती थी, बुलाने का सुझाव दिया। "हाँ," लुइज़ ने कहा, "रोज़ के साथ कोई दिक्कत नहीं होगी और उसे, जब भी ज़रूरत होगी, वापस भेज सकेंगे।" जोनास इस हल के निकलने से बहुत खुश हुआ, इससे लुइज़ को भी राहत मिलेगी और उसकी अन्तरात्मा को भी, जो अपनी पत्नी को इतना थका हुआ देखकर अपने-आपको दोषी ठहरा रही थी। यह आराम उस समय और भी बढ़ जाता था, जब उसकी बहन, अपने साथ अपनी बेटी को ले आया करती थी। दोनों ही बहुत नेक हृदय थीं, सद्गुण और निःस्वार्थता उनके सच्चे स्वभाव में अलग ही चमकते थे। वे वहाँ उनकी मदद करने आने के लिए कुछ भी करने को तैयार थीं, और अपना समय खुले मन से

दिया करती थीं। उनके अकेले जीवन की उकताहट, और लुइज़ के साथ होने से मिली ख़ुशी से उन्हें इस काम में सहायता मिलती थी। जैसे पहले देखा जा चुका है, इस इन्तज़ाम से किसी को भी एतराज़ नहीं था और वे दोनों रिश्तेदार पहले ही दिन से उसे सचमुच में अपना घर समझने लगीं। बड़ा कमरा सभी कामों में आने लगा—कभी खाने का कमरा, कभी कपड़े रखने का, कभी बच्चों के खेलने का। छोटा कमरा, जहाँ सबसे छोटा बच्चा सोता था, चित्र रखने के काम आता था। वहीं एक फोल्डेबिल चारपाई डाल दी थी, जिस पर रोज़ जब भी अकेली होती, सो जाया करती थी।

जोनास सोने के कमरे में काम करता था और उनके पलंग और खिड़की के बीच की जगह में बैठता था। उसे सिर्फ बच्चों के कमरे के बाद अपना कमरा तैयार हो जाने तक रुकना पढ़ता था। उसके बाद उसे कोई तंग नहीं करता था, सिवाय धुलाई के कपड़े वहाँ से निकालने के लिए : घर की एकमात्र अलमारी इसी कमरे में थी। मिलनेवालों ने, हालाँकि पहले से संख्या में कम, अपनी आदतें अलग बना ली थीं और, लुइज़ की आशा के विपरीत, जोनास से आराम से बात करने के लिए, उनके सोने के बिस्तर में बिना हिचकिचाहट के लेट जाया करते थे। बच्चे भी अपने पिता को प्यार करने वहीं आते थे। "चित्र हमें दिखा दो।"

जोनास जो चित्र बना रहा होता था उन्हें दिखा देता था और उन्हें प्यार से चूम लिया करता था। उन्हें छोड़ते हुए उसे लगता था कि उसके दिल की सारी जगह बिना किसी प्रतिबन्ध के उन्होंने ले रखी है। बिना उनके, अपनी ज़िन्दगी में उसे सिर्फ खालीपन और अकेलापन ही दिखता था। वह उन्हें इतना ही चाहता था जितना

अपनी कला को, क्योंकि दुनिया में वे भी इतने ही जानदार थे जितनी उसकी कला।

अब जोनास कम काम कर रहा था, बिना यह समझ पाए कि क्यों। वह परिश्रम तो अब भी उतना ही करता था लेकिन अब उसे चित्र बनाने में मुश्किल होती थी, अकेले समय में भी। यह समय अब वह शून्य आकाश की तरफ देखने में निकाल दिया करता था। अपने ही में लीन, खोया-खोया तो वह हमेशा ही था, अब स्वप्नचारी भी हो गया। चित्र बनाने के बजाय, वह चित्रकला के बारे में सोचने लगा था, अपने लक्ष्य के बारे में सोचने लगा था। 'मुझे चित्र बनाना बहुत पसन्द है,' यह वह अब भी कहता था और वह हाथ जिसमें उसने ब्रश पकड़ा हुआ था, उसके बदन के सहारे लम्बा लटक रहा था, जबकि उसका ध्यान दूर से आ रही रेडियो की आवाज़ में था।

उन्हीं दिनों उसकी ख्याति कुछ गिर गई। लोगों ने उसे लेख दिखाए, कुछ मितार्थक, कुछ अप्रिय, और कोई-कोई इतने आपत्तिजनक कि उसका दिल बिलकुल निचुड़ गया। किन्तु वह सोचने लगा किं इन आक्षेपों से उसे फायदा भी तो होता था, ये उसे और बेहतर काम करने के लिए मजबूर करते थे। वे लोग जो अब भी उसके पास आते रहते थे, उससे बिना किसी तकल्लुफ के बात करते थे, जैसे कोई पुराना मित्र, जो उसे पसन्द था। जब वह अपने काम पर वापस जाने की इच्छा करता था तो वे कह दिया करते थे, "ओह हो! बहुत टाइम है तेरे पास!" जोनास को लगता वे एक खास तरीके से, अपनी निजी असफलता में उसे शामिल कर रहे हैं। लेकिन दूसरी तरह देखने से इस नवीन समेकता में कुछ सद्‌भावना निहित थी। रातो ने कन्धे उचकाए : "तुम तो बिलकुल बेवकूफ हो। वे तुम्हारी कोई परवा नहीं

करते"—"वे मुझे अब थोड़ा-सा प्यार करते हैं," जोनास ने जवाब दिया। "थोड़ा-सा प्यार, ये ज़रूरी बात है। कैसे मिलता है, इससे कोई फर्क नहीं पढ़ता!" तो वह इसी तरह बात करता रहा, पत्र लिखता रहा। जैसे भी होता, चित्र बनाता रहा। समय-समय पर, विशेषकर रविवार दोपहर को जब बच्चे लुइज़ और रोज़ के साथ बाहर चले जाते थे, वह सचमुच अच्छे चित्र बना लिया करता था। शाम को चित्र पर हुई थोड़ी-सी प्रगति पर वह खुश हुआ करता था। इस समय वह आकाश का चित्रण करता था।

जिस दिन विक्रेता ने उसे बताया कि उसे खेद है कि बिक्री में खासी गिरावट आ जाने के कारण, उसे उसका मासिक प्रेषण कम कर देना पड़ेगा, तो जोनास मान गया, लेकिन लुइज़ ने चिन्ता जाहिर की। सितम्बर का महीना चल रहा था। बच्चों के स्कूल के कपड़े बनने थे[1] वह अपनी स्वभावजन्य हिम्मत के साथ खुद लग पड़ी इस काम में, और फिर घबरा गई। रोज़ जो मरम्मत कर सकती थी, और बटन लगा सकती थी, सिलाई नहीं जानती थी। लेकिन उसके पति की चचेरी बहन सिलाई जानती थी, वह लुइज़ की मदद करने आ गई। ज़रूरत पड़ने पर, वह जोनास के कमरे में, कोने की एक कुर्सी पर बैठ जाती थी, जहाँ यह निःशब्द आत्मा चुपचाप अपना काम करती रहती थी। इतनी चुप कि लुइज़ ने जोनास से एक 'श्रमिका' का चित्र बनाने के लिए कहा। "अच्छा ख़याल है," जोनास ने जवाब दिया। उसने कोशिश की, दो कैनवस खराब किए, उसके बाद एक शुरू किए हुए आकाश पर काम करने लगा। अगले दिन वह घर में देर तक चहलकदमी करता रहा और फिर से चित्र बनाने की जगह के बारे में सोचता रहा।

1. फ्रांस में नई क्लास सितम्बर में शुरू होती है।

तभी एक शिष्य बहुत उत्तेजित, उसे एक लम्बा लेख दिखाने लाया, जो अन्यथा उसने नहीं पढ़ा होता, जिससे उसे मालूम हुआ कि उसके चित्र अत्यधिक काम करे हुए होने के साथ-साथ पिछड़े हुए भी हैं; विक्रेता ने उसे फोन किया, बिक्री और भी गिर जाने पर उसे अपनी बढ़ती हुई चिन्ता जताने के लिए। तथापि वह सपने देखता रहा, मनन करता रहा। उसने अपने शिष्य से कहा कि लेख में ठीक ही लिखा है, लेकिन वह यानी जोनास अभी आनेवाले बहुत सालों के काम पर भरोसा कर सकता है। विक्रेता को उसने जवाब दिया कि वह उसकी चिन्ता को समझता था लेकिन उसे मानता नहीं। अभी तो उसे एक महान् कृति, सच्चे अर्थ में नवीन, बनानी है, फिर से सबकुछ शुरू होनेवाला है। बात करते हुए उसने अनुभव किया कि वह ठीक कह रहा था और उसका सितारा वहाँ मौजूद था। सिर्फ काम करने का एक अच्छा क्रम बनाना ज़रूरी था।

बाद के दिनों में उसने कॉरिडोर में काम करने की कोशिश की, अगले दिन गुसलखाने में तेज़ बिजली की रोशनी में, उसके अगले दिन रसोई में। लेकिन पहली बार उसे लोगों से मिलना जो हर जगह मिल जाते थे, खराब लगने लगा—कुछ जिन्हें वह मुश्किल से थोड़ा-सा जानता था, और वे जो उसकी रिश्तेदारी में थे, और जिन्हें वह चाहता था। कुछ समय के लिए उसने काम करना बन्द कर दिया और ध्यान से सोचने लगा। अगर मौसम अनुकूल होता तो वह प्राकृतिक दृश्य का चित्रण करता। दुर्भाग्यवश जाड़े शुरू हो गए थे, और बसन्त से पहले कोई मोहक दृश्य बनाना मुश्किल था। फिर भी उसने कोशिश की, और छोड़ दी। शीत उसके हृदय तक पहुँच चुका था। उसने अपने चित्रों के साथ बहुत दिन निकाल दिए, उनके पास बैठकर, या ज़्यादातर खिड़की

में खड़े होकर, उसने कोई नए चित्र नहीं बनाए। अब उसने सुबह के वक्त बाहर जाने का नियम बना लिया। हर रोज़ वह अपने आपको, किसी भी चीज़ के सूक्ष्म विवरण की बाहरी रेखा बनाने का काम दे दिया करता था—कोई पेड़, कोई बेढंगा-सा मकान, रास्ते में देखी हुई कोई रूपरेखा। दिन के आखिर तक वह कुछ भी नहीं कर पाता था। छोटे-से-छोटा प्रलोभन, अखबार, कोई परिचित, दुकानों के सजे हुए शीशे, कॉफीहाउस की गरमाई, उसका ध्यान दूसरी तरफ खींच लेते थे। हर शाम, अपनी दूषित अन्तरात्मा को, जो उसे छोड़ती नहीं थी, वो एक अच्छा बहाना दे दिया करता था। वह चित्र बनाएगा, यह निश्चित था, और पहले से बेहतर बनाएगा, इस प्रत्यक्ष निष्फल समय के बाद। यह सब योजना उसके अन्दर बन रही थी, बस, उसका सितारा फिर से धुलकर, उज्ज्वल चमकता हुआ उन काले बादलों में से बाहर आएगा। इन्तज़ार के दिनों में उसने कॉफीहाउस जाना नहीं छोड़ा। जब भी वह अपने चित्रों के बारे में उस लगाव और आत्मीयता से सोचता था, जो वह सिर्फ अपने बच्चों के लिए ही महसूस करता था, उसने देख लिया कि शराब उसे उतना ही उल्लास दे सकती है जितना कि गहन परिश्रम से भरे दिन। कोनियक[1] के दूसरे पैग के साथ ही वह उस मर्मस्पर्शी भाव से भर जाता था जो उसे समस्त संसार का मालिक और गुलाम एक साथ ही बना दिया करता था। वस्तुत: वह इस भावना का आनन्द बिन कुछ किए, खाली बैठकर लिया करता था। फिर भी, यह उस आन्तरिक उल्लास के बहुत निकट था जिसे पाने के लिए वह जी रहा था, और अब वह धुएँ और शोर भरी जगहों में बैठकर सपने देखते हुए घंटों निकाल दिया करता था।

1. एक तरह की शराब।

बहरहाल, अब वह उन मकानों और रास्तों से कतराने लगा जहाँ कलाकार प्राय: आया करते थे। जब भी उसे कोई ऐसा परिचित मिल जाता, जो उसके चित्रों के बारे में बात शुरू कर देता था तो वह एक तरह की दहशत में जकड़ जाता था। वह वहाँ से भाग जाना चाहता था, इस भाव को वह छिपा नहीं पाता था, और इस तरह वह बात करने से बच जाया करता था। उसे मालूम था कि उसकी पीठ-पीछे वे क्या कहने लगे थे। यह अपने आपको रौम्ब्रौंट[1] समझता है," और इससे उसकी क्लान्ति और बढ़ जाया करती थी। उसने मुस्कराना बिलकुल बन्द कर दिया, यह देखकर उसके पुराने मित्रों ने एक अनोखा लेकिन अपरिहार्य निष्कर्ष निकाला "उसने अगर मुस्कराना बिलकुल बन्द कर दिया है, तो इसका मतलब वह अपने आपसे बहुत सन्तुष्ट है।" यह सुनकर वह और भी बचने लगा और कच्चादिल हो गया। किसी भी कॉफीहाउस में घुसने पर उसके लिए इतना-सा सोच लेना काफी था कि वहाँ किसी ने उसे पहचान लिया है और उसके अन्दर सबकुछ काला हो जाता था। एक सेकंड वह वहाँ खड़ा रहता था, निर्बलता और एक अजीब-सी उदासी से भरा हुआ; उसका अभेद्य चेहरा मन की व्याकुलता और एक आकस्मिक, लोलुप मैत्री की चाह छिपाए हुए होता था। उसे रातो की सद्भावनाभरी नज़र का ध्यान आया और वह तेज़ी से बाहर निकल गया। "पीने की भी हद होती है," एक दिन निकलते-निकलते, उसने किसी को कहते सुना।

अब वह सिर्फ उन बहिर्वर्ती जगहों में जाने लगा जहाँ उसे कोई पहचानता न था। वहाँ वह बात कर सकता था, मुस्करा सकता था, उसकी मिलनसारिता वापस आ गई, वहाँ उससे कोई कुछ पूछता नहीं

1. बहुत मशहूर फ्रांसीसी चित्रकार।

था। उसने कुछ नए मित्र बनाए जो उससे कुछ नहीं माँगते थे। उनमें से एक का साथ उसे खासतौर से पसन्द था जो उसे स्टेशन के बूफे[1] पर, जहाँ वह प्राय: जाता रहता था, खाना खिलाता था। इस लड़के ने उससे पूछा था कि वह क्या काम करता था। 'पेंटर,' जोनास ने जवाब दिया था।—"कलाकार पेंटर या मकानों का पेंटर?"—"कलाकार!"—"आहा!" उसने कहा, "वह तो मुश्किल होता है।" और उसके बाद उन दोनों ने इस बारे में दुबारा कभी बात नहीं की। हाँ, वह मुश्किल तो होता है, लेकिन जोनास उसे सँभाल लेगा, जैसे ही उसने ये पक्का किया कि काम अब किस तरह करना है।

बेतरतीब दिनों और शराब के प्यालों के बीच उसकी बहुत-सी मुलाकातें हुईं, औरतों ने उसकी मदद की। वह उनसे, प्यार करने से पहले या बाद में बात कर सकता था, और खासतौर से थोड़ी-बहुत अपनी डींग हाँक लिया करता था, जिसमें चाहे वे विश्वास न करती हों, मान लिया करती थीं। कई बार उसे लगा कि उसकी पुरानी शक्ति वापस आ गई है। एक दिन अपनी सहेलियों में से एक के कहने पर उसने पक्का इरादा कर लिया। वह अपने घर लौटा, दर्जिन के अनुपस्थित होने के कारण अपने कमरे में नए सिरे से काम करने की कोशिश की। लेकिन एक घंटा खत्म होते-होते, अपने चित्र बनाने का सामान वापस रखा, लुइज़ की तरफ दूर से मुस्कराया और बाहर चला गया। पूरे दिन शराब पीता रहा और रात अपनी एक सहेली के साथ गुज़ारी, बिना उसके लिए, किसी तरह की इच्छा होते हुए। सुबह, साक्षात दर्द और उसकी विकृत शक्ल ने लुइज़ के व्यक्तित्व में उसकी अगवानी की। वह जानना चाहती थी कि क्या उसने इस औरत को ले लिया था। जोनास

1. खड़े-खड़े खाना।

ने कहा कि बहुत शराब पी लेने के कारण, उसने ऐसा कुछ नहीं किया था, लेकिन, पहले, और औरतों को ले चुका था। और पहली बार, बहुत पीड़ित दिल से, उसने लुइज़ के चेहरे पर वे भाव देखे जो किसी डूबती हुई शक्ल पर होते हैं, आश्चर्य और हद से ज़्यादा वेदना। उसे ध्यान आया कि इस पूरे दरमियान उसने लुइज़ के बारे में बिलकुल नहीं सोचा और इस पर वह बहुत शर्मिन्दा हुआ। उसने लुइज़ से माफी माँगी, यह सब खत्म हुआ, कल से पहले की तरह फिर काम शुरू होगा। वह कुछ बोल नहीं पग रही थी और अपने आँसू छिपाने के लिए चेहरा दूसरी तरफ घुमा लिया था।

एक दिन बाद जोनास बहुत तड़के बाहर चला गया। बारिश हो रही थी। जब वह लौटा तो पानी में तर, उसने बहुत सारे लकड़ी के फट्टे उठा रखे थे। उसके घर दो पुराने मित्र, जो उसका हालचाल जानने आए हुए थे, बड़े कमरे में बैठकर कॉफी पी रहे थे। "जोनास ने अपनी तकनीक बदल ली है। अब वह लकड़ी पर चित्र बनाएगा," उन्होंने कहा। जोनास मुस्कराया : "ये बात नहीं है। मैं एक नई चीज़ शुरू कर रहा हूँ।" वह उस छोटे कॉरिडोर में गया जो गुसलखाने, शौचालय और रसोईघर को जोड़ता था। उस कोने में जहाँ दोनों कॉरिडोरों के मिलने से समकोण बनता था, वह रुका और देर तक ऊँची, काली छत तक जाती हुई दीवारों को ध्यान से देखता रहा। उसे एक सीढ़ी की ज़रूरत थी जिसे लेने वह नीचे कॉनसियर्ज[1] के पास गया।

जब वह वापस ऊपर आया, कुछ और लोग उसके घर आ गए थे, और अब वह, उससे मिलनेवालों के उसके लिए प्यार, उनसे मिलने की खुशी, और घरवालों के कॉरिडोर के दूसरी तरफ जाने की वजह

---

1. फ्रांस में बड़ी इमारत की प्रबन्धक।

पर किए हुए सवालों के बीच, कशमकश में फँस गया था। इसी समय उसकी पत्नी रसोई से बाहर आई। जोनास ने सीढ़ी रखते हुए उसे कस के सीने से लगा लिया। लुइज़ उसे ध्यान से देख रही थी, "मैं तुमसे विनती करती हूँ" वह बोली, "ये सब अब दुबारा मत शुरू करो!"—"नहीं, नहीं," जोनास ने कहा। "मैं चित्र बनाऊँगा। मुझे चित्र बनाने चाहिए।" लेकिन ऐसा लग रहा था कि वह अपने-आपसे बातें कर रहा है, उसकी दृष्टि अन्यत्र खोई हुई थी। वह काम में जुट गया। दीवार की आधी ऊँचाई पर उसने एक छत बनाई, जिससे एक सँकरी, पर ऊँची और गहरी अटारी तैयार हो गई। दोपहर के अन्त तक सब काम खत्म हो गया था। सीढ़ी का सहारा लेकर जोनास इस छत को पकड़कर लटक गया और उसकी मज़बूती परखने के खयाल से कुछ चिन-अप[1] किए। फिर वह सबके साथ आकर बैठ गया, और हरेक के मन में फिर से इतना स्नेह देखकर उसे बहुत खुशी हुई। शाम को, जब घर अपेक्षाकृत खाली था, जोनास ने मिट्टी के तेल का एक लैंप लिया, एक कुर्सी, एक स्टूल और एक चौखटा। ये सबकुछ उसने, तीनों औरतों और बच्चों की कौतूहल-भरी आँखों के सामने अटारी में चढ़ा दिए। "अब," उस ऊँचाई पर चढ़े-चढ़े उसने कहा, "मैं बिना किसी के बीच में आए अपना काम करूँगा।" लुइज़ ने पूछा कि क्या उसे इस पर पूरा-पूरा विश्वास था। "पक्की तरह से," उसने कहा, "थोड़ी ही जगह की ज़रूरत होती है। मैं भी ज़्यादा स्वतंत्र रहूँगा। बहुत बड़े-बड़े कलाकार हुए हैं जिन्होंने मोमबत्ती की रोशनी में चित्र बनाए, और...।"—"छत मज़बूत है?" वह देख चुका था। "फिक्र मत करो," जोनास बोला, "यह बहुत बढ़िया हल निकल आया।" और वह नीचे उतर आया।

1. एक तरह की कसरत।

अगले दिन, बहुत जल्दी वह अटारी पर चढ़ गया, बैठ गया, चौखटे को स्टूल पर रखा, दीवार के सहारे खड़ा हो गया, और बिना लैंप जलाए, राह देखने लगा। जो कुछ आवाज़ें वह सुन रहा था, वे सीधी रसोई से या शौचालय से आ रही थीं। बाकी शोर बहुत दूर मालूम होता था और लोगों का आना, बाहर की या टेलीफोन की घंटी, आना-जाना, बातचीत, उसके पास आधी दबी आवाज़ में पहुँच रहे थे जैसे कि दूर किसी रास्ते से या दूसरे आँगन से आ रहे हों। इसके अलावा, जबकि सारे घर में धृष्ट रोशनी बुरी तरह भरी होती थी, इस अटारी का अँधेरा बड़ा आरामदायक था। कभी-कभी कोई मित्र आ जाता था और अटारी के नीचे जम जाता था। "तुम वहाँ क्या कर रहे हो, जोनास?"—"मैं काम कर रहा हूँ"—"बिना रोशनी के?" "हाँ।" इस वक्त वह पेंट नहीं कर रहा था, लेकिन सोच रहा था। इस अँधेरे और अपूर्ण स्तब्धता में जो, अब तक के गुज़ारे हुए वक्त की तुलना में, उसे वीरान या कब्र का ध्यान दिलाते थे, वह अपने हृदय की आवाज़ सुन रहा था। जो आवाज़ें अटारी तक पहुँचती थीं उनसे वह विलग हो गया था, चाहे वे उसे ही सम्बोधित हों। वह उन लोगों के जैसा हो गया था जो अकेले अपने घर में, गहरी नींद में भर जाते हैं, और सुबह सदैव के लिए बहरे शरीर के ऊपर, निर्जन घर में, व्याकुल और आग्रही टेलीफोन की घंटी बजती रहती है। परन्तु वह जी रहा था, वह अपने अन्दर इस निस्तब्धता को सुन रहा था, वह अपने सितारे के निकलने का इन्तज़ार कर रहा था जो अभी तक आच्छन्न था, लेकिन अब फिर से ऊपर उठने की तैयारी कर रहा था, अचानक प्रकट होने की, बिना बदले हुए, इन अकारथ दिनों की अव्यवस्था से ऊपर उठे हुए। चमक-चमक, वो प्रार्थना किया करता था। "मुझे अपने प्रकाश से

वंचित मत कर।" वह फिर से निकलेगा, इस पर उसे पूरा भरोसा था। लेकिन आवश्यक था कि वह अभी कुछ और समय गहरा मनन करे, जबकि उसे बिना अपने परिवार से अलग हुए यह सुअवसर मिला है। उसे अभी वह चीज़ खोजनी बाकी थी जिसे वह अब तक अच्छी तरह समझ नहीं पाया था, हालाँकि हमेशा से वह इसे जानता रहा था, और चित्र बनाता रहा था, यह समझकर कि वह इसे समझता है। वह अब अच्छी तरह देख चुका था कि अभी उसे वह रहस्य समझना बाकी है जो सिर्फ कला से ही सम्बन्धित नहीं था। इसीलिए उसने लैंप नहीं जलाया था।

अब जोनास, हर रोज़ अटारी पर चढ़ने लगा। मिलनेवाले बहुत कम हो गए थे, काम में निमग्न लुइज़ा के उनकी बातचीत में कम ध्यान देने से। जोनास खाने के लिए नीचे उतरता था और फिर अपनी मचान पर चढ़ जाता था। वह पूरे दिन, अँधेरे में, चुपचाप बैठा रहता था। रात को, अपनी पहले से सोई हुई पत्नी के साथ आकर सो जाता था। कुछ दिनों के बाद उसने लुइज़ा से उसे खाना ऊपर ही दे देने के लिए कहा, जो उसने इतने प्यार से माना कि जोनास बहुत ही भावोन्मत्त हो गया। लुइज़ा को, आगे से तकलीफ न देने के विचार से उसने प्रस्ताव रखा कि, कुछ खाने-पीने का सामान वह ऊपर ही रख ले। धीरे-धीरे उसने दिन में नीचे आना बिलकुल बन्द कर दिया। लेकिन खाने का सामान उसने छुआ तक नहीं।

एक शाम को उसने लुइज़ा को बुलाकर कुछ कम्बल माँगे : "मैं रात यहीं निकालूँगा।" लुइज़ा पीछे को सिर लटकाकर, उसे देखती रह गई। उसने कुछ कहने के लिए मुँह खोला, फिर बन्द कर लिया। वह सिर्फ जोनास को चिन्ता और दुख-भरे भाव से देखती रही। अकस्मात्

जोनास ने देखा कि वह कितनी बुढ़ा गई है, और उनकी ज़िन्दगी की थकान ने उस पर भी कितना गहरा आघात किया है। अब उसने अनुभव किया कि वास्तव में उसने लुइज़ की मदद कभी की ही नहीं। लेकिन इससे पहले कि वह कुछ कहता, लुइज़ उसकी तरफ इतने प्यार से मुस्कराई कि उसका दिल मसोस गया। "जैसे तुम्हारी मर्ज़ी, जान," उसने कहा।

तब से वह अपनी रातें ऊपर अटारी में बिताने लगा, जहाँ से वह मुश्किल से ही नीचे उतरता था। परिणामस्वरूप घर मिलने आनेवालों से खाली हो गया, क्योंकि अब जोनास से न तो दिन में मिला जा सकता था, न शाम को। कुछ से कहा कि बह बाहर गया हुआ है, औरों से, जिनसे झूठ बोलना मुश्किल होता था, यह कि उसने एक स्टूडियो बना लिया है। सिर्फ, रातो वफादारी से आता रहा। वह सीढ़ी चढ़ जाया करता था जब तक कि उसका भला, बढ़ा-सा सिर छत की ऊँचाई से ऊपर नहीं हो जाता था, "कैसा चल रहा है?" वह पूछा करना था—"बहुत बढ़िया!"—"तू काम कर रहा है?"—"हाँ, एक ही बात है।"—"लेकिन तेरे पास कोई कैनवस तो है नहीं?"—"मैं फिर भी काम कर रहा हूँ।" सीढ़ी से अटारी के बीच इस बातचीत को जारी रखना मुश्किल होता था। रातो सिर गिराकर उतर जाया करता था, लुइज़ की क्यूज लगाने या कोई ताला वगैरह ठीक करने में मदद किया करता था, फिर, सीढ़ी पर बिना चढ़े, नीचे से ही जोनास से विदा ले लेता था, जो अँधेरे में ही चिल्ला दिया करता था, "नमस्कार मेरे भाई।" एक शाम को, जोनास ने अपने नमस्कार में धन्यवाद भी जोड़ा। "धन्यवाद किसलिए?"—"क्योंकि तुम मुझे प्यार करते हो।"—"कितनी बड़ी खबर है!" रातो ने कहा और चला गया।

एक दिन शाम को जोनास ने रातो को बुलवाया जो भागा हुआ आया। लैंप पहली बार जलाया गया था। जोनास ने व्याकुल भाव लिये हुए अटारी से मुँह बाहर झुकाया, "मुझे एक कैनवस दे दो," उसने कहा।—"लेकिन तुम्हें क्या हो गया है? तुम बहुत दुबले हो गए हो, तुम तो भूत जैसे लगने लगे हो"—"मैंने काफी दिनों से खाना नहीं के बराबर खाया है। यह कोई खास बात नहीं है, ज़रूरी यह है कि मैं काम करूँ।"—"पहले कुछ खाओ।" "नहीं, मुझे भूख नहीं है।" रातो एक कैनवस लेकर आया। अटारी में घुसते हुए जोनास ने उससे पूछा: "वे सब कैसे हैं?"—कौन?"—"लुइज़ और बच्चे।" "सब ठीक हैं। तुम अगर उनके साथ होते तो और अच्छा रहता।"—"मैं उन्हें छोड़ नहीं रहा। उन्हें यह ज़रूर बता देना कि मैं उन्हें छोड़ नहीं रहा।" और वह गायब हो गया। रातो अपनी चिन्ता पर लुइज़ से बात करने आया। उसने स्वीकार किया कि वह तो खुद काफी दिनों से इसी फिक्र में मरी जा रही है। "क्या करें?—आह! काश! मैं उसकी जगह काम कर सकती!" दुख से भरी हुई वह रातो के सामने खड़ी थी। "मैं उसके बिना जी नहीं सकती?" उसने कहा। उसके चेहरे पर छोटी बच्ची का भोलापन था जिसे देखकर रातो स्तम्भित रह गया। वह झेंपकर लाल हो गई थी, यह रातो ने देख लिया था।

लैंप, अगले दिन की पूरी रात और पूरे दिन जलता रहा। उनमें से जो भी वहाँ गया, रातो या लुइज़, जोनास ने सिर्फ इतना ही कहा : "छोड़ो, मैं काम कर रहा हूँ।" दोपहर को उसने कुछ मिट्टी का तेल माँगा। लैंप जो धुआँ देने लग था, अब एक नई, तेज़ रोशनी लेकर शाम तक जलता रहा। रातो, लुइज़ और बच्चों के साथ रात के खाने तक ठहरा। रात को बारह बजे, जाने से पहले उसने जोनास को आवाज़

लगाई। रोशनी से भरी अटारी के बाहर, उसने एक मिनट इन्तज़ार किया, फिर बिना कुछ कहे चला गया। अगले दिन सुबह, जब लुइज़ उठी, लैंप बराबर जल रहा था।

एक खूबसूरत दिन निकला था, लेकिन जोनास यह न देख पाया। उसने कैनवस दीवार के सहारे लगा लिया था। नि:सत्व, वह प्रतीक्षा कर रहा था, बैठकर हाथ घुटनों पर रखे हुए। वह सोच रहा था कि अब कभी वह काम नहीं कर सकेगा, वह खुश था। वह अपने बच्चों का बड़बड़ाना, पानी गिरने की आवाज़ बर्तनों का खनखनाना सुन रहा था। लुइज़ किसी से बात कर रही थी, बुलवार्ड पर से एक बड़ी गाड़ी गुज़री, खिड़कियों के बड़े-बड़े काँच खड़क उठे। यहाँ अभी दुनिया थी, युवा, काम्य : जोनास उस मधुर गुंजन को सुन रहा था जो बहुत से आदमियों के कहीं एक जगह इकट्ठे होने से आती है। इतनी दूर से वह, प्रतिरोध न कर सकी, उसके अन्दर उद्भूत इस आनन्द-भरी शक्ति का, उसकी कला का, और उसके उन विचारों का, जो वह व्यक्त नहीं कर पाया था, हमेशा के लिए मौन, लेकिन जिन्हें वह सब चीज़ों से ऊपर रखा करता था, एक बन्धनरहित और सशक्त वातावरण में। बच्चे एक से दूसरे कमरों में भाग रहे थे, छोटी बच्ची हँस रही थी, अब लुइज़ भी, जिसकी हँसी की आवाज़ वह बहुत दिनों से नहीं सुन पाया था। वह इन्हें प्यार करता था। वह इन्हें कितना प्यार करता था! उसने लैंप बुझाया और, उस वापस फैले अन्धकार में, उसी जगह, क्या वह उसका सितारा नहीं था, जो अब भी चमक रहा था? वह वही था, वह उसे पहचान चुका था, हृदय में कृतज्ञता भरे, और वह उसे ही एकटक देख रहा था जब वह गिर पड़ा, बिना आवाज़ के।

"कोई खास बात नहीं है," कुछ देर बाद उस डॉक्टर ने कहा, जिसे बुलाया गया था, "ये बहुत ज़्यादा काम करते हैं। एक सप्ताह में उठ खड़े होंगे"—"ये ठीक हो जाएँगे, आपको विश्वास है ना?" लुइज़ पूछ रही थी, रुआँसी शक्ल लिये—"वो बिलकुल ठीक हो जाएगा।" दूसरे कमरे में, रातो नई कृति को देख रहा था, बिलकुल खाली, सिर्फ उसके केन्द्र में जोनास ने बहुत सूक्ष्म अक्षरों में, एक शब्द लिखा था, जिसका अर्थ तो निकाला जा सकता था, लेकिन यह समझ में नहीं आ रहा था कि वहाँ क्या लिखा गया था, एकता या एकान्त।

वर्द्धमान पत्थर

गाड़ी लाल बजरी बिछे रास्ते में, जो इस समय कीचड़ से भरा था, भारीपन से मुड़ी। रात की गहराई में अचानक दो तेज़ लाइटें रास्ते के एक किनारे में चमकीं, फिर दूसरे में, जैसे दो लकड़ी के बैरक लोहे की चादर से ढके हुए। दूसरी के पास, सीधे हाथ को, हल्के कोहरे में मोटी बल्लियों से बनी एक मीनार नज़र आती थी। मीनार की चोटी से ताँबे का एक केबल निकलता था, अपने शुरू होने के बिन्दु पर अदृश्य लेकिन उसके बाद कार की तेज़ रोशनी में नीचे उतरकर सड़क के बीच में जाकर खो जाता हुआ, दिख रहा था। गाड़ी कुछ धीमी हुई और उन बैरकों से कुछ मीटर दूर रुक गई।

ड्राइवर के सीधे हाथ वाली सीट से जो व्यक्ति बाहर निकला, उसे निकलने में काफी मेहनत करनी पड़ी। एक बार खड़े होने के बाद उसका विशाल शरीर कुछ लड़खड़ा पड़ा। गाड़ी के पास, छाया में, थकान से निढाल, ज़मीन पर पूरी ताकत से जमा हुआ, वह गाड़ी के इंजन का धीरे-धीरे रुकना सुन रहा था। फिर वह सड़क के बीच में

बने फुटपाथ की तरफ गया और गाड़ी की लाइटों से बने प्रकाश के शंख में पदार्पण कर गया। वह रास्ते की चोटी पर पहुँचकर रुक गया, उसकी विस्तृत पीठ की रूपरेखा रात्रि पर अंकित हो रही थी। एक क्षण बाद, वह वापस मुड़ा। ड्राइवर की काली शक्ल डैशबोर्ड के ऊपर चमक रही थी और मुस्करा रही थी। उस आदमी ने कुछ इशारा किया, ड्राइवर ने इंजन का तार निकाल दिया। तत्काल, एक विस्तृत, शीतल शान्ति ढलान और जंगल पर छा गई। अब पानी के गिरने की आवाज़ साफ सुनाई दे रही थी।

वह व्यक्ति नीचे बहती नदी को देखता रहा, जो कि अँधेरे की घनता के हिलने से दिख रही थी, बीच-बीच में चमकती हुई मछलियों से चिन्हित। एक और ज़्यादा गहरा और स्थिर अँधेरा दूर, दूसरे छोर पर, उसका किनारा होगा। हालाँकि ध्यान से देखने पर, इस निश्चल किनारे पर एक पीली-सी लौ, जैसे कहीं दूर एक छोटा-सा लैंप जल रहा हो, दिखाई दे रही थी। वह भीमकाय व्यक्ति गाड़ी की तरफ मुड़ा और उसने सिर हिलाया। ड्राइवर ने गाड़ी की सामने की लाइटें बन्द कर दीं, फिर से जलाईं, और इसके बाद उन्हें लगातार झपकाता रहा। मेंड़ पर वह व्यक्ति प्रकट, अप्रकट हो रहा था, प्रत्येक पुनर्जीवन पर पहले से ज़्यादा बड़ा और विशाल। अचानक नदी के दूसरे किनारे पर अदृश्य हाथ से लटकती हुई एक लालटेन खुली हवा में बार-बार ऊपर-नीचे हुई। चौकस करनेवाले आदमी के आखिरी संकेत पर ड्राइवर ने लाइटें बिलकुल बन्द कर दी। गाड़ी और वह आदमी रात्रि में अदृश्य हो गए। गाड़ी की बत्तियाँ बुझने के बाद, नदी फिर भी दिख रही थी, या कम-से-कम उसकी कुछ लम्बी, बहती हुई धाराएँ जो बीच-बीच में चमक जाती थीं। रास्ते के दोनों तरफ जंगल के काले झुंड आकाश

में रेखांकित हो रहे थे और बहुत पास दिख रहे थे। वह हल्की-सी बारिश जिसने रास्ते को एक घंटे पहले गीला कर दिया था, अब भी गर्म हवा में मँडरा रही थी, जंगल के बीच इस विस्तृत खुलाव की सौम्यता और स्थिरता को भारी करते हुए। काले आसमान में अस्पष्ट तारे थिरक रहे थे।

लेकिन दूसरे किनारे से जंजीरों की और छपछपाने की दबी आवाज़ आ रही थी। बैरक के ऊपर, उस आदमी के सीधे हाथ को, जो वहाँ हमेशा मौजूद होता है, केबल खिंचा। उसी समय जब कि नदी में से एक शोर उठा, एक साथ विस्तृत और निर्बल, खलबलाते पानी का—उसके चारों तरफ एक धीमी-सी चरमराहट सुनाई देने लगी। वह चरमराहट नियमित हो गई, पानी की आवाज़ और फैली, फिर सुनिश्चित हो गई, उसी समय लालटेन कुछ बड़ी दिखने लगी। इस समय अपने चारों तरफ, उसे पीला-सा प्रकाश स्पष्ट रूप से दिखने लगा। यह प्रकाश धीरे-धीरे बढ़ा, फिर अपने आप कम हो गया, जबकि लालटेन कोहरे के बीच जलती रही, जिससे ऊपर और इर्द-गिर्द रोशनी पड़ी जिसमें चारों कोनों में चार मोटे बाँसों पर सधी हुई, खजूर के सूखे पत्तों की, एक छत सी दिखाई दी। ये कामचलाऊ आश्रय जिसके चारों तरफ अस्पष्ट परछाइयाँ आपस में मिल रही थीं, धीरे-धीरे नदी तट की तरफ अग्रसर होने लगा। जब ये नदी के बीच में पहुँचा, तीन ठिंगने आदमियों की आकृति की रूपरेखा धड़ तक नंगे, करीब-करीब काले, नोकदार हैट पहने हुए, पीली रोशनी में साफ-साफ दिखाई दी। ये एकदम निश्चल खड़े हुए थे, अपनी टाँगें थोड़ी खुली करके, बदन दूसरी तरफ को झुकाए हुए, नदी की उस तेज़ धारा के प्रबल दबाव को कम करने के लिए। जो अपने अप्रकट पानी का समूचा ज़ोर उस बेड़े के किनारे पर लगा रही थी जो

आखिरकार उस अन्धकार और पानी में से बाहर निकला। जब फेरी और पास आई तो उस आदमी ने आश्रय के पीछे, निचली तरफ, दो लम्बे हब्शी देखे जिन्होंने सिर पर चटाई के बड़े-बड़े हैट पहन रखे थे और कपड़ों के नाम पर सिर्फ मोटे सूती कपड़े की पतलून। साथ-साथ उन्होंने बेड़े के पिछले हिस्से में बल्लियों पर, जो पानी में धीरे-धीरे डूबती हैं, पूरे दम से वज़न लगाया, जबकि हब्शी उसी धीमी रफ्तार से, पानी में उलटे इतने नीचे झुक गए जितना सन्तुलन बनाए रखकर उनके लिए सम्भव था। आगे के हिस्से में तीनों मुलैटो[1] निश्चल और चुप पास आते हुए नदी के तट पर दृष्टि जमाए रहे, बिना उसकी तरफ आँखें उठाए जो उनका इन्तज़ार कर रहा था।

फेरी अचानक घाट के एक किनारे से टकराई, जो पानी में निकला हुआ था और जो टक्कर लगने से हिलती हुई लालटेन की रोशनी में अब दिखाई दिया। लम्बे हब्शी बिना हिले-डुले खड़े थे, हाथ सिर के ऊपर से, मुश्किल से गड़ी हुई बल्लियों की चोटी को कसकर पकड़े हुए थे, लेकिन उनकी मांसपेशियों के उभरने का स्पंदन वैसा ही था जो पानी और उसके भार से बनता है। और दूसरे फेरीवालों ने घाट पर गड़ी बल्ली पर जंजीर बाँधी, बेड़े पर कूदे और एक तरह का गैंगबोर्ड[2] नीचे कर दिया जो बेड़े के अगले हिस्से के ऊपर आ गया।

वह आदमी गाड़ी की तरफ लौट गया और उसके अन्दर बैठते ही ड्राइवर ने इंजन स्टार्ट कर दिया। गाड़ी धीरे-धीरे मुंडेर पर चढ़ी, बोनट[3] आसमान की तरफ हुआ और फिर ढलान को पार करते हुए,

---

1. यूरोपीय और हब्शी की सन्तान, संकर नीग्रो।
2. वह तख्ता जो किनारे में नाव तक आने-जाने के लिए जोड़ दिया जाता है।
3. गाड़ी का आगे का हिस्सा।

नदी की तरफ झुक गया। ब्रेक पूरे लगे हुए, वह लुढ़कती रही, कीचड़ में कुछ फिसली, रुकी, फिर चल पड़ी। वह चबूतरे की तरफ इस तरह गड़गड़ाती हुई चली, जैसे कि बड़े-बड़े लकड़ी के फट्टे एक के ऊपर एक लुढ़क रहे हों, और आखिरी सिरे तक पहुँची, जहाँ मुलैटों अभी तक एकदम चुप, दोनों कोनों में खड़े थे, और धीरे-से, बेड़े की तरफ, पानी में उतर पड़ी। बेड़ा, आगे के पहिए ऊपर पड़ते ही सीधा पानी में धँसा और एकदम फिर ऊपर आ गया, गाड़ी का पूरा बोझ सँभालने के लिए। फिर ड्राइवर ने अपनी गाड़ी पीछे जाने दी, चौकोर छत के ठीक सामने तक जहाँ लालटेन लटक रही थी। तुरन्त उन मुलैटों ने झुके हुए बेड़े को फिर से पोतघाट पर धकेल दिया और वे खुद फेरी में कूद पड़े, कीचड़-भरे तट से उसे दूर खींचते हुए। नदी ने बेड़े के नीचे अपने आपको मज़बूत किया और उसे पानी की सतह तक पहुँचा दिया। जहाँ वह ऊपर केबल के साथ लगी लोहे की सलाख के सहारे आहिस्ते-आहिस्ते बहता रहा। भीमकाय हब्शियों ने अपनी मेहनत अब कम कर दी और बल्लियाँ पानी से ऊपर खींच लीं। वह आदमी और ड्राइवर गाड़ी से बाहर निकले और बेड़े के किनारे पर धारा के विरुद्ध दिशा में मुँह करके निश्चेष्ट खड़े हो गए। समूचे स्थिति-परिवर्तन में, किसी ने एक शब्द भी नहीं बोला था और अब भी हरेक अपनी जगह पर जमा रहा, निश्चल और चुप, सिवाय उन भीमकाय हब्शियों में से एक के, जो मोटे कागज़ को गोल करके एक सिगरेट बना रहा था।

वह आदमी उस खुले स्थान का निरीक्षण कर रहा था जिसमें हिलोरें लेती हुई वह नदी घने ब्राज़ीलियन जंगलों में से, यहाँ उनके पास तक पहुँचती थी। इस स्थान पर सैकड़ों मीटर चौड़ी वह नदी,

फेरी के पार्श्व में अपने खलखलाते रेशमी जल को ज़ोर से दबाती थी, फिर दोनों किनारों के बीच बिलकुल निरवरुद्ध बिखर जाती थी और फिर से उन अँधेरे जंगलों में समुद्र और रात्रि की दिशा में अविचलित बहने के लिए एक वेगपूर्ण धारा बन जाती थी। पानी में से या झिरझिरे आकाश में से आई हुई एक निकृष्ट बू हवा में भरी थी। अब फेरी के नीचे से पानी के भारी थपेड़ों की आवाज़ आ रही थी, और बीच-बीच में, मेढकियों की कामातुर पुकार या चिड़ियों का विचित्र चिल्लाना। विशालकाय आदमी ड्राइवर के पास आया। वह छोटा और दुबला एक बाँस के खम्भे के सहारे खड़ा था, हाथ अपनी डाँगरी की जेबों में डाल रखे थे, जो पहले नीली थी लेकिन अब उसी लाल धूल से भर गई थी जो पूरे दिन सबके चेहरों पर उड़ती रही थी, उसके युवा होते हुए भी झुर्रियों से भरे चेहरे पर एक मुस्कान फैल गई, बिना उन्हें वास्तव में देखते हुए उसने अपनी नज़र छिपते सितारों पर जमा रखी थी जो अभी तक आसमान में तैरे जा रहे थे।

लेकिन चिड़ियों की चिल्लाहट अब और तीक्ष्ण हो गई, अपरिचित चहचहाट भी उसी में जा मिली और ठीक उसी समय केबल भी चरमराने लगा। लम्बे हब्शियों ने अपनी बल्लियाँ पानी में डाल दीं और फिर अन्धों की तरह तह टटोलने लगे। वह आदमी उस तट की तरफ वापस मुड़ा, जिसे उन लोगों ने अभी-अभी छोड़ा था। वह तट खुद रात्रि और पानी से ढका हुआ था, अति विस्तृत और रौद्र, वृक्षों के उस महाद्वीप की तरह जो वहाँ से लेकर हज़ारों किलोमीटर दूर तक फैला हुआ था। निकट के महासागर और इस हरियाली के सागर के बीच, एक क्रुद्ध नदी में इस समय विहरते ये मुट्ठी भर लोग, लगता था, अब खो गए हैं। जब बेड़ा दुबारा एक नए पोतघाट

से टकराया तो ऐसा लगा जैसे इतने दिनों की त्रस्त कर देनेवाली यात्रा पूरी करके वे सब रस्सी, जंजीर टूटने के बाद, एक घने, अँधेरे द्वीप पर पहुँचे हों।

धरती पर पहुँचकर आखिर इनसान की आवाज़ तो सुनाई दी। ड्राइवर ने उन्हें पैसे दिए और फिर उस भारी रात में बड़ी विचित्र शोख आवाज़ में, पुर्तगाली में, उन्होंने गाड़ी से विदा ली जो चलने के लिए फिर से स्टार्ट हो चुकी थी।

"उन्होंने कहा था साठ किलोमीटर इगुआप से। तीन घंटे और चल, और बस। सुकरात खुश है," ड्राइवर ने एलान किया।

वह व्यक्ति हँसा, खुले दिल से, विशालता से और अपनेपन से जो उसके अनुरूप था। "मैं भी, सुकरात, मैं भी खुश हूँ। चढ़ाई सख्त है।"

"बहुत भारी, द'अरास्त साहब, तुम बहुत भारी हो," और ड्राइवर भी हँसने लगा, इस तरह जैसे कि उसमें अपने-आपको रोकने की शक्ति ही न हो।

गाड़ी ने अपनी गति अब कुछ तेज़ कर दी थी। वह पेड़ों की ऊँची दीवारों और बेढब हरियाली के मध्य चली जा रही थी, एक हल्की, मिठास-भरी गन्ध के बीच। जंगल के अँधेरे को जुगुनुओं की आर-पार उड़ानें निरन्तर काट रही थीं और, थोड़ी-थोड़ी देर में लाल आँखोंवाली चिड़िया विंडशील्ड[1] पर आकर चोंच मारती थी। अनेक बार, रात की गहराइयों में से एक अजीब-सी गुर्राहट उनके कानों में पड़ती थी और ड्राइवर अपने बराबर में बैठनेवाले की तरफ़ मसखरेपन से आँखें मटकाकर देखने लगता था।

---

1. कार में सामने का बड़ा शीशा जिसे हवा-रोक शीशा कहते हैं।

रास्ता बार-बार मुड़ता था, डगमगाते लकड़ी के फट्टों से बने पुलों पर होकर, छोटी-छोटी नदियों को पार करता था। एक घंटे बाद धुंध घनी होने लगी। कार की बत्तियों को मन्दी करते हुए एक झीनी-सी फुहार पड़ने लगी। द' अरास्त झटकों के बावजूद, बीच-बीच में सोता रहा। अब वह नम जंगल में नहीं चल रहा था, बल्कि फिर से सैरा[1] की बड़ी सड़कों पर, जो उन्होंने सुबह साओ पालो[2] से बाहर निकलते समय पकड़ी थीं। इन कच्चे रास्तों से लाल धूल लगातार उड़ रही थी जिसका स्वाद अभी तक मुँह में था और जो सड़क के दोनों तरफ, जितनी दूर नज़र जा सकती थी, वहाँ की विरल वनस्पति को ढके हुए थी। भारी धूप, पीले और घाटियों से भरे पर्वत, रास्तों में मिलते भूख से सूखे जेबू,[3] और एकमात्र अनुरक्षी, थके हुए जीर्ण-शीर्ण उरुबूओं[4] के एक झुंड के साथ, लम्बा-लम्बा सफर, लाल मरुस्थल में...वह चौंका। गाड़ी रुक गई थी। वे लोग इस समय जापान में थे, रास्ते के दोनों तरफ नाजुक तरीके से बने मकान, और मकानों के अन्दर लुकते-छिपते किमोनो[5]। ड्राइवर एक जापानी से बात कर रहा था, जिसने गन्दा-सा एक सूट पहन रखा था, और सिर पर ब्राजील का चटाई-हैट। गाड़ी फिर से चल पड़ी।

"उसने कहा था सिर्फ चालीस किलोमीटर।"

"हम लोग कहाँ हैं? टोकियो में?"

---

1. जगह का नाम।
2. ब्राजील का एक बड़ा शहर।
3. जेबू-साँड़।
4. अमेरिकी गिद्ध।
5. एक तरह का गाउन जो जापान की महिलाएँ पहनती हैं।

"नहीं। रैजिस्ट्रो[1]—ब्राजील में। सभी जापानी यहाँ आते हैं।"

"क्यों?"

"पता नहीं। वे सब पीली चमड़ी के हैं, तुम जानते हो द' अरास्त साहब।"

परन्तु जंगल अब छँटता जा रहा था और रास्ता आसान होता जा रहा था हालाँकि फिसलना। गाड़ी रेत पर फिसल रही थी। खिड़की में से गर्म, सीली हुई, कुछ खट्टी-सी हवा अन्दर आई।

"तुम्हें खुशबू आई," ड्राइवर ने लार टपकाते हुए पूछा, "ये हैं लज़ीज़ समुद्र। बहुत जल्द इगुआप।"

"बशर्ते हमारे पास पर्याप्त पेट्रोल हो," द' अरास्त ने कहा। और वह दुबारा चैन से सो गया।

अगली सुबह बहुत जल्दी द' अरास्त, अपने बिस्तर में बैठकर, उस कमरे को जहाँ वह अभी-अभी सोकर उठा था, बड़े आश्चर्य से देख रहा था। लम्बी दीवारें, सिर्फ आधी ऊँचाई तक, भूरे रंग व ताज़ा पुती थीं। ऊँचाई पर, कभी पहले उन पर सफेद रंग हुआ होगा, लेकिन अब छत तक जगह-जगह पीली-सी पपड़ी जम रही थी। पलंगों की दो कतारें आमने-सामने लगी थीं। द' अरास्त को अपनी लाइन में आखिर का एक बिस्तर बिना बिछा दिखा और वह बिस्तर खाली था। लेकिन उसे अपनी बाईं तरफ से कुछ आवाज़ सुनाई दी और वह दरवाज़े की तरफ बढ़ा जहाँ सुकरात, दोनों हाथों में खनिजजल की एक-एक बोतल पकड़े, हँसता हुआ खड़ा था। 'मधुर-स्मृति!' वह कह रहा था। द' अरास्त ने अपने आपको झकझोरा। हाँ, वह अस्पताल जहाँ पिछली शाम महापौर ने उनके ठहरने का इन्तज़ाम किया था, 'मधुर-स्मृति' कहलाता

1. ब्राजील के एक शहर का नाम।

था। "निश्चित स्मृति," सुकरात कहे जा रहा था। "पहले उन्होंने मुझसे अस्पताल बनाने को कहा, उसके बाद पानी बनाने को। इसी बीच मधुर स्मृति, ये लो हाथ-मुँह धोने के लिए साँय-साँय करता पानी।" वह हँसता-गाता चला गया, देखने में थकान की ज़रा भी शिकन नहीं, उन उपद्रवी छींकों के कारण जो रात-भर उसे झिंझोड़ती रहीं और जिन्होंने द' अरास्त को आँख बन्द करने तक से वंचित रखा।

अब द' अरास्त पूरी तरह से उठ गया था। लोहे के जँगले लगी खिड़कियों में से, एकदम सामने, उसकी नज़र एक छोटे लाल मिट्टी के आँगन पर पड़ी, जो बारिश के पानी से भरा हुआ था जिसे हम लम्बे ऐलोओ[1] के एक समूह पर, बिना आहट के तेज़ बरसते देख सकते थे। एक महिला वहाँ से गुज़री, अपने सिर पर, हाथ में पीले रंग का एक स्कार्फ पकड़े हुए। द' अरास्त दुबारा लेट गया, फिर एकदम उठा और चारपाई से बाहर निकला जो उसके बोझ से दबकर कराह उठी। तभी सुकरात अन्दर आया, "द' अरास्त साहब, महापौर तुम्हारा इन्तज़ार बाहर कर रहे हैं।" लेकिन द' अरास्त की तरफ देखकर "आराम से आओ, वे कभी जल्दी में नहीं होते।"

खनिजजल से दाढ़ी बनाकर, द' अरास्त बाहर मकान के पोर्च में गया। महापौर, जिसकी आकृति और सोने के फ्रेम के चश्मे के नीचे, चेहरे पर भाव, एक लुभावने से नेवले-जैसे थे, बारिश के बारे में किसी खेदपूर्ण विचार में खोया दिख रहा था। किन्तु द' अरास्त को देखते ही उसके भाव एक मोहक मुस्कान में बदल गए। उसने अपने छोटे कद को पूरा खींचा, तेज़ी से आगे बढ़ा और 'इंजीनियर साहब' के शरीर को अपने हाथों में भरने की कोशिश की। उसी समय, उनके सामने

1. ऐलो-एक तरह का पौधा।

आँगन की डौली के दूसरे पार, एक गाड़ी ने ब्रेक लगाए गीली मिट्टी में फिसली और टेढ़ी होकर रुक गई। "जज साहब!" महापौर ने कहा। जज ने भी, महापौर की तरह, गहरे नीले रंग के कपड़े पहन रखे थे। लेकिन वह उससे कहीं ज़्यादा छोटा था, या कम-से-कम, लगता था, अपने सुरूप गठन और ताज़ा कौतूहल-भरे किशोर चेहरे के कारण। बड़ी खूबसूरती से कीचड़-भरे गड्ढों से बचते हुए उनकी तरफ आने के लिए अब वह आँगन पार कर रहा था। कुछ कदम दूर से ही, उसने अपने हाथ बढ़ाकर द' अरास्त का अभिनन्दन किया। इंजीनियर साहब का स्वागत करने में वह बहुत गौरव महसूस कर रहा था। यह एक सम्मान था जो इंजीनियर साहब उनके गरीब गाँव को बख्श रहे थे, उस अमूल्य उपकार की कल्पना से वह कृतज्ञ था जो इंजीनियर साहब इगुआप[1] पर करने जा रहे थे, एक छोटा-सा बाँध बनाकर जिससे कि ये निचला क्षेत्र, बार-बार आनेवाली बाढ़ के पानी से बचाया जा सकेगा। पानी पर काबू करना, नदियों को नियंत्रण में करना, ओह! कितना महान् कार्य है, और निस्सन्देह, इगुआप के गरीब लोग इंजीनियर साहब का नाम याद रखेंगे और आनेवाले बहुत सालों तक अपनी प्रार्थना में रोज़ उसे दोहराया करेंगे। द' अरास्त ने इतने आकर्षक तरीके और ज़ोरदार शब्दों पर मोहित होकर, उसे धन्यवाद दिया और एक बार भी यह सोचने का साहस नहीं किया कि भला एक जज को बाँध से क्या सरोकार हो सकता है। इसके अतिरिक्त महापौर के अनुसार अब क्लब जाना ज़रूरी था, जहाँ प्रतिष्ठित नागरिक, बाढ़-ग्रस्त होने वाले क्षेत्र के निरीक्षण पर जाने से पहले इंजीनियर साहब का स्वागत करना चाहते थे। कौन थे ये प्रतिष्ठित नागरिक?

---

1. जगह का नाम।

"आ...," महापौर ने कहा, "महापौर होने की हैसियत से मैं खुद, बन्दरगाह के कप्तान श्री कारवालो, जो यहाँ मौजूद हैं, तथा कुछ और, जो इतने ज़रूरी नहीं हैं। वैसे भी, आपको उनकी ज़्यादा फिक्र नहीं करनी चाहिए, उन्हें फ्रांसीसी भाषा बोलनी नहीं आती।"

द' अरास्त ने सुकरात को बुलाया और कहा कि उसे उसकी ज़रूरत सुबह के बाद ही होगी।

"अच्छी बात है," सुकरात बोला, "मैं फव्वारोंवाले बगीचे में चला जाऊँगा।"

"बगीचे में?"

"हाँ, सारी दुनिया जानती है। डरो मत द' अरास्त साहब!"

द' अरास्त ने वहाँ से निकलते हुए देखा कि अस्पताल, जंगल के किनारे पर बनाया गया था, जिसके विशाल फूल-पत्ते उसकी समूची छत पर फैल गए थे। पेड़ों से भरी हुई सारी जगह में अब एक बहुत हल्की-सी फुहार पड़ रही थी जिसे वह घना जंगल बिना किसी शोर के सोख रहा था जैसे एक विशाल स्पंज हो। शहर में सौ के करीब मकान रंग उड़ी हुई टाइल की छतोंवाले, जंगल और नदी के बीच फैले हुए थे, जिसकी हवा अस्पताल तक पहुँचती थी। गाड़ी पहले गीले छोटे रास्तों में घुसी और, तत्काल एक बड़े-से आयताकार चौक में निकल पड़ी, जिसकी लाल मिट्टी में पानी के असंख्य गड्ढों के अलावा टायरों, लोहे के पहियों और घोड़े की नालों के निशान अंकित थे। बहुरंगे प्लास्टर से ढके नीचे मकानों से, वह चौक चारों तरफ से बन्द हो गया था, जिसके पार्श्व में सफेद और नीली, प्राचीन शैली में बनी किसी गिरजे की दो गोल मीनारें दिख रही थीं। इस रिक्त दृश्यपट पर, नदीमुख से उठी हुई, नमक की गन्ध मँडरा रही थी। चौक के

बीच में कुछ भीगे बिम्ब भटक रहे थे। मकानों के पास एक मिली-जुली भीड़ थी—गोशों[1] की, जापानियों की, अमेरिका के वर्णसंकर आदिवासियों की और सजे हुए प्रतिष्ठित लोगों की, जिनके काले सूट यहाँ कुछ अटपटे लग रहे थे और जो छोटे-छोटे कदमों से, धीरे-धीरे हाथ के इशारों से, बात समझाकर चल-फिर रहे थे। वे गाड़ी को जगह देने के लिए, आराम से फुटपाथ पर चढ़ जाते थे, फिर रुककर उसे देखा करते थे। जब कभी कोई गाड़ी चौक के किसी मकान के सामने रुकती थी, उसके चारों तरफ गोशों की एक भीड़ चुपचाप इकट्ठी हो जाया करती थी।

क्लब में, दूसरी मंज़िल पर, बाँस के काउंटर और लोहे की चादर की छोटी-छोटी गोल मेज़ों से सुसज्जित एक तरह की छोटी-सी बार थी, जिसमें बहुत प्रतिष्ठित लोग एकत्र थे। द' अरास्त के सम्मान में गन्ने की शराब पीयी जा रही थी। महापौर ने, हाथ में गिलास लेकर उसका अभिनन्दन किया और उसके लिए दुनिया की सारी खुशियों की कामना की। लेकिन जब द' अरास्त खिड़की के पास बैठा पी रहा था, एक लम्बा, दुबला उजड्ड-सा आदमी, घुड़सवारी की बिरजिस और लैगिंग पहने हुए लड़खड़ाता-सा, उसके पास आया और उसे बड़ी तेज़ी से एक अस्पष्ट भाषण दे डाला जिसका वह इंजीनियर सिर्फ एक ही शब्द पकड़ सका—'पासपोर्ट'। वह पहले हिचकिचाया, फिर उसने पासपोर्ट निकाला, जिसे इस आदमी ने झपटकर छीन लिया। पासपोर्ट के सफे उलटने-पलटने के बाद, इस आदमी ने अपनी नाराज़गी ज़ाहिर की। उसने उस पतली-सी पुस्तिका को इंजीनियर की नाक के नीचे हिलाते हुए अपना भाषण फिर शुरू कर दिया। इंजीनियर ज़रा भी उत्तेजित हुए

1. यूरो-अमेरिकी।

बिना इस क्रुद्ध व्यक्ति को ध्यान से देखने लगा। तभी जज मुस्कराता हुआ पूछने आया कि किस्सा क्या है। शराबी ने क्षण-भर उस दुबले-पतले जीव का निरीक्षण किया जिसे उसने अपने बीच में बोलने की इजाज़त दी थी, फिर और भी भयंकर रूप से लड़खड़ाते हुए, अपने नए संवाद-भागी की आँखों के नीचे पासपोर्ट और ज़्यादा वेग से हिलाने लगा। द' अरास्त शान्ति से एक छोटी मेज़ के पास बैठ गया और इन्तज़ार करने लगा। वार्तालाप बहुत जोशीला हो गया और अचानक जज बहरा कर देनेवाली आवाज़ में चिल्लाया, जो उसमें हो सकती थी, कोई सोच भी नहीं सकता था। बिना कोई संकेत दिए, वह उजड्ड आदमी, अचानक पीछे हट गया, उस बच्चे की तरह जो गलती करता हुआ पकड़ा गया हो। जज के अन्तिम आदेश पर वह तिरछा होकर दरवाज़े की तरफ भागा, सज़ा पाए हुए स्कूल के लड़के की तरह और गायब हो गया।

जज द' अरास्त को अपनी मधुर आवाज़ में, यह बताने तुरन्त वापस आया कि यह गँवार व्यक्ति पुलिस का चीफ[1] था, जिसने ये दिखाने की हिम्मत की थी कि पासपोर्ट के कागज़ ठीक नहीं थे, और उसे इस हुज्जत के लिए सज़ा दी जाएगी। अब श्री कारवालो प्रतिष्ठित व्यक्तियों को सम्बोधित करने लगे जिन्होंने एक गोल बना लिया और वे उनसे कुछ पूछताछ करते से प्रतीत हुए। एक संक्षिप्त बातचीत के बाद, जज ने द' अरास्त से भारी खेद व्यक्त किया और यह स्वीकार करने की प्रार्थना की कि उसके प्रति आदर और कृतज्ञता का जो भाव सारा गाँव महसूस करता है, उसकी इस अवहेलना का कारण सिर्फ शराब का नशा था और अन्त में उससे अनुरोध किया कि इस दुष्ट व्यक्ति को क्या सज़ा दी जाए, इसका निर्णय वह खुद करे। द' अरास्त ने कहा

1. पुलिस विभाग का सबसे बड़ा अफसर।

कि वह उसको कोई सज़ा देना नहीं चाहता, कि यह घटना कोई खास मायने नहीं रखती और, कि वह केवल नदी पर शीघ्र जाने का इच्छुक था। अब महापौर ने आगे बढ़कर, बड़ी सदाशयता दर्शाते हुए, दृढ़ता से कहा कि सज़ा वास्तव में अपरिहार्य थी, कि कसूरवार जेल में बन्द रहेगा, और वे सब, तब तक इन्तज़ार करते रहेंगे जब तक कि उनका सम्मानीय मेहमान उसके भाग्य का फैसला नहीं कर देता। किसी भी तरह का विरोध इस मुस्कराती कठोरता को कम न कर सका और द' अरास्त को वायदा करना पड़ा कि वह इस बारे में सोचेगा। उसके बाद निचला क्षेत्र देखने जाने का निश्चय किया गया।

नदी पहले से ही अपना पीला पानी निचले और फिसलाऊ तटों पर प्रचुरता से फैला रही थी। वे इगुआप के आखिरी घर पीछे छोड़ चुके थे, और अब नदी और एक ऊँचे चबूतरे के मध्य खड़े हुए थे जिस पर मिट्टी और डालियों से बनी झोंपड़ियाँ अटकी हुई थीं। उनके सामने, चबूतरे के किनारे से जंगल फिर शुरू हो जाता था, बिना किसी परिवर्तन के दूसरी तरफ के तट की तरह। लेकिन पानी बहने का खुलाव पेड़ों के बीच तेज़ी से चौड़ा होता गया, एक अस्पष्ट भूरी धारा, ज़्यादा भूरी, कम पीली, जोकि समुद्र था। द' अरास्त बिना कुछ बोले, चबूतरे की तरफ गया जिसकी दीवार पर, चढ़ते पानी के भिन्न ताज़ा निशान अंकित थे। एक कच्चा रास्ता झोंपड़ियों तक जाता था। अपनी झोंपड़ियों के सामने काले लोग खड़े थे, चुप, आए हुए लोगों को देखते हुए। कुछ दम्पतियों ने एक-दूसरे के हाथ पकड़े हुए थे, और उस चबूतरे के बिलकुल किनारे पर, वयस्कों के सामने एक लाइन छोटे हब्शी बच्चों की थी, जिनके पेट गुब्बारे की तरह फूले हुए थे, टाँगें सूखी हुई थीं, और जो गोल-गोल आँखों से एकटक ताक रहे थे।

झोंपड़ियों के सामने पहुँचकर द' अरास्त ने इशारे से बन्दरगाह के कप्तान को बुलाया। वह एक हट्टा-कट्टा हँसता हुआ काला आदमी था, सफेद यूनिफार्म पहने हुए। द' अरास्त ने उससे स्पेनी भाषा में कुछ पूछा कि क्या किसी झोंपड़ी में जाना सम्भव है। कप्तान इस बारे में बिलकुल निश्चिंत था, बल्कि उसको तो लगा कि यह बड़ा अच्छा इरादा है, और कि इंजीनियर साहब को वहाँ काफी दिलचस्प चीज़ें देखने को मिलेंगी। वह द' अरास्त और नदी की तरफ बार-बार इशारा करके कालों से बहुत देर तक बात करता रहा। बाकी सब, बिना एक शब्द भी बोले सुनते रहे। जब कप्तान बात खत्म कर चुका, एक आदमी भी वहाँ से नहीं हिला। वह दुबारा बोलने लगा, उतावली आवाज़ में। फिर, उसने उनमें से एक आदमी को बुलाया जिसने कि सिर हिला दिया। अब कप्तान ने आदेशसूचक तरीके में चन्द शब्द कहे। वह व्यक्ति समूह से अलग होकर, द' अरास्त के एकदम सामने आ गया और इशारे से उसे रास्ता दिखाया। लेकिन उसकी दृष्टि में बैर-भाव था। यह व्यक्ति काफी उम्र का था, सिर छोटे-छोटे सफेद होते बालों से भरा हुआ, पतला और मुरझाया हुआ चेहरा, हालाँकि बदन अब भी जवान, सूखे मज़बूत कन्धों के साथ और मांसपेशियाँ, उसकी सूती मोटे कपड़े की पतलून और फटी कमीज़ में से दिखती हुई। वे आगे बढ़े, पीछे-पीछे कप्तान और काले आदमियों की भीड़ और, एक नए चबूतरे पर चढ़ गए जो बाकियों से ज़्यादा सीधी चढ़ाईवाला था, जहाँ मिट्टी लोहे की चादरों, और सरकंडों के घर इतनी मुश्किल से ज़मीन पर खड़े हो रहे थे किए उनकी नींव को बड़े-बड़े पत्थरों से दबाकर मज़बूत करना ज़रूरी हो गया था। रास्ते में उन्हें एक औरत मिली, जो कई बार अपने नंगे पैरों पर फिसलते हुए, सिर पर पानी से भरा लोहे

का ड्रम रखे नीचे उतर रही थी। फिर वे एक छोटे-से चौक में पहुँचे जिसके तीन किनारे तीन घरों से बन्द थे। वह व्यक्ति उनमें से एक की तरफ बढ़ा, और बाँस के दरवाज़े को धक्का देकर खोला जिसके कब्ज़े लायना[1] के बने थे। वह बिना कुछ कहे एक तरफ खड़ा हो गया, इंजीनियर को उसी अभिन्न भावशून्य दृष्टि से देखते हुए। झोंपड़ी में, द' अरास्त को शुरू में सिवाय कमरे के ठीक बीच में, ज़मीन पर जलाई हुई, बुझती आग के अलावा और कुछ नहीं दिखा। बाद में पीछे की तरफ एक कोने में उसने देखा, पीतल का एक पलंग जिस पर एक टूटा हुआ, खाली गद्‌दा, दूसरे कोने में एक मेज़, जिस पर मिट्‌टी का एक बर्तन रखा था और, दोनों के बीच में, एक तरह का स्टैंड जिस पर सैंट जॉर्ज की एक रंगीन तसवीर को सजाया हुआ था। बाकी सामान में, अन्दर घुसते ही सीधे हाथ को फटे कपड़े का ढेर था, और छत से कुछ रंग-बिरंगे तहमद आग के ऊपर सूखने के लिए लटक रहे थे। द' अरास्त, निश्चल खड़ा साँस भर रहा था, धुएँ और कष्टदायक बदबू की, जो धरती से उठ रही थी और उसके गले में अटक गई थी। उसके पीछे खड़े कप्तान ने दोनों हाथों से ताली बजाई। इंजीनियर पीछे मुड़ा और देहली पर दिन के उजाले में, उसने सिर्फ एक काली युवा लड़की की सुन्दर छाया अन्दर आती हुई देखी, जो उसकी तरफ कोई चीज़ ला रही थी उसने वह गिलास जल्दी से ले लिया और उसमें भरी गन्ने की गाढ़ी शराब एक घूँट में पी गया। उस युवा लड़की ने खाली गिलास लेने के लिए अपनी ट्रे आगे बढ़ाई और बाहर चली गई, इतने चपल और लचकते कदमों से कि द' अरास्त का मन अचानक उसे बाँहों में भर लेने का हुआ।

1. गर्म देशों के जंगलों में उगनेवाली एक तरह की बेल।

लेकिन उसके पीछे बाहर आने पर वह उसे उन कालों और प्रतिष्ठित लोगों की भीड़ में पहचान न सका, जो झोंपड़ी के चारों तरफ इकट्ठी हो गई थी। उसने वृद्ध व्यक्ति को धन्यवाद दिया, जो उसने बिन कुछ बोले झुककर स्वीकार किया। फिर वह चला गया। उसके पीछे खड़े कप्तान ने अपनी जवाब-तलबी फिर शुरू कर दी और उससे पूछा कि रीओ[1] की यह फ्रांसीसी कम्पनी कब से काम शुरू कर सकेगी और बाँध बारिशों से पहले बन सकेगा या नहीं। द' अरास्त यह नहीं जानता था; सच तो यह है कि वह इस बारे में सोच ही नहीं रहा था। वह नामालूम-सी बारिश में शीतल नदी की तरफ उतर गया। वह अभी तक उस भव्य, व्यापक आवाज़ को सुन रहा था जो यहाँ पहुँचने के बाद से उसे लगातार सुनाई दे रही थी, और जिसके बारे में यह नहीं कहा जा सकता था कि वह पानी की सरसराहट से आ रही थी या पेड़ों की। तट पर पहुँचकर उसने अतीत में समुद्र की अनिश्चित रेखा देखी, हज़ारों किलोमीटर एकल पानी और अफ्रीका, और उससे भी आगे यूरोप जहाँ से वह आया था।

"कप्तान साहब," उसने कहा, "ये लोग, जिनसे हम अभी-अभी मिले हैं किस पर जीते हैं?"

"वे काम करते हैं, जब हमें उनकी ज़रूरत होती है," कप्तान ने कहा। "ये लोग गरीब हैं।"

"ये लोग क्या बहुत गरीब हैं?"

"हाँ, ये लोग बहुत गरीब हैं।"

जज ने, जो इस समय अपने सुन्दर जूतों में हल्केपन से चलता हुआ वहाँ पहुँचा था, कहा कि वे लोग तो अभी से इंजीनियर साहब को बहुत चाहने लगे हैं क्योंकि वे शीघ्र उन्हें काम देनेवाले हैं।

---

1. ब्राजील का एक शहर।

"और आपको मालूम है," उसने कहा, "ये लोग हर रोज़ नाचते-गाते हैं!" उसके बाद बिना किसी भूमिका के, उसने द' अरास्त से पूछा कि क्या उसने सज़ा के बारे में सोच लिया है।

"कौन-सी सज़ा?"

"अरे वही, हमारा पुलिस चीफ।"

"उसे छोड़ दीजिए।"

जज कहने लगा कि यह सम्भव नहीं है और उसे सज़ा ज़रूर मिलनी चाहिए। तब तक द' अरास्त इगुआप की तरफ चल पड़ा था।

बारिश की रिमझिम में रहस्यमय और मधुर, फव्वारोंवाले बगीचे में केले और केवड़े के पेड़ों के बीच विचित्र फूलों के गुच्छे, बेलों के साथ-साथ लटक रहे थे। गीले पत्थरों के ढेर, रास्तों के उस चौराहे को अंकित करते थे जहाँ इस समय विविध प्रकार की मिली-जुली भीड़ आया-जाया करती थी। मैटिस[1], मुलाटो और कुछेक गोशो वहाँ धीमी आवाज़ में गप्प कर रहे थे, या उसी तरह धीमे कदमों से बाँस की गलियों में घुस जाते थे, वहाँ तक, जहाँ कि झाड़ियाँ घनी होकर एकदम दुर्भेद्य हो जाती थीं। यहाँ, बिना किसी परिवर्तन के, जंगल शुरू हो जाता था।

द' अरास्त भीड़ में सुकरात को ही ढूँढ़ रहा था, जब वह पीछे से, उसके सामने आकर खड़ा हो गया।

"आज मेले का दिन है," सुकरात ने हँसते हुए कहा, और द' अरास्त के ऊँचे कन्धों पर लटक गया, बार-बार कूदने के लिए।

"कैसा मेला?"

---

1. गोरे और आदिवासी अमेरिकन की सन्तान।

"अरे!" सुकरात ने आश्चर्य प्रदर्शित किया, जो अब द' अरास्त के सामने खड़ा था, "तुम्हें नहीं मालूम? आज दयावान जेसू का मेला है। साल के साल लोग यहाँ गुफा में आते हैं, हथौड़ी लेकर।"

सुकरात का संकेत किसी गुफा की तरफ नहीं था बल्कि लोगों के एक समूह की तरफ था जो बगीचे के एक कोने में इन्तज़ार करते दिख रहे थे।

"मैं बताता हूँ, एक दिन भगवान् जेसू की मूर्ति समुद्र में से लहरों पर चढ़कर, यहाँ प्रगट हुई और कुछ मछुवारों को मिली। 'कितनी सुन्दर है! कितनी सुन्दर है!' कहते हुए उन्होंने उसे यहाँ गुफा के अन्दर धोया। और अब गुफा के अन्दर एक पत्थर उद्भिद् हो गया है। यही मेला हर साल होता है। हथौड़ी से तुम टुकड़े तोड़ते हो, तोड़ते हो, पवित्र आनन्द पाने के लिए। और वह फिर से बढ़ता रहता है हमेशा, हमेशा तुम तोड़ते हो। यही तो चमत्कार है।"

वे लोग गुफा तक पहुँच गए थे, जिसका अन्दर जाने का नीचा रास्ता वहाँ इन्तज़ार करते लोगों के बीच में से दिख रहा था। अन्दर मोमबत्ती की टिमटिमाती लौ से अँधेरे में जड़ी हुई एक झुकी आकृति, हथौड़ी से चोट मार रही थी। वह आदमी, एक पतला-सा गोशो, लम्बी मूँछोंवाला, उठा और बाहर आ गया, अपनी खुली हथेली में गीले शीस्त[1] का छोटा-सा टुकड़ा रखे हुए। और सबको दिखाते हुए, जिसे कुछ सेकंड बाद और दूर जाने से पहले, उसने सावधानी से अपनी मुट्ठी में बन्द कर लिया। अब एक और आदमी झुकता हुआ अन्दर गया।

द' अरास्त वापस मुड़ गया। उसके चारों तरफ तीर्थयात्री, बिना उसकी तरफ कोई ध्यान दिए, हल्की बारिश की वजह से पेड़ों से हल्के-हल्के गिरते पानी के नीचे निरुद्विग्न भाव से इन्तज़ार कर रहे थे। वह

1. पर्तदार चट्टान जिसमें भिन्न प्रकार के खनिजों की परतें होती हैं।

भी इन्तज़ार करने लगा इस गुफा के सामने पानी की उसकी झिल्ली के नीचे और बिना यह जाने कि काहे का, वास्तव में वह इन्तज़ार किए जा रहा था, लगातार एक महीने से जबसे वह इस देश में आया। वह प्रतीक्षा करता रहा, उमस-भरे दिनों की बेहद गर्मी में, रात के छोटे-छोटे सितारों के तले, उन ज़िम्मेदारियों के बावजूद जो उसे पूरी करनी थीं, बाँध बनाना था, रास्ते खोलने थे, गोया कि जो काम वह यहाँ करने आया था सिर्फ एक बहाना था, मौका था एक आश्चर्य का, किसी से मिलने का, जिसे वह अपनी कल्पना में भी देख नहीं सकता था, लेकिन जिसका इन्तज़ार कर सकता था, शान्तिपूर्वक, सृष्टि के अन्त तक। उसने अपने-आपको झकझोरा, उस छोटे समूह में किसी का ध्यान उस पर न जाए इस तरह दूर हो गया, और सीधा बाहर निकलने के दरवाज़े पर पहुँचा। नदी पर लौटना और काम करना ज़रूरी था।

लेकिन सुकरात उसका इन्तज़ार दरवाज़े पर कर रहा था—एक छोटे, मोटे, तन्दुरुस्त, काली के बनिस्बत पीली चमड़ीवाले आदमी के साथ बेरोक बातचीत में मशगूल। इस आदमी की बिलकुल गंजी खोपड़ी पहले से ही एक खूबसूरत बड़े माथे को और बड़ा कर रही थी, दूसरी तरफ उसकी एकदम और चौकोर कटी दाढ़ी उसके चिकने और चौड़े चेहरे को और सँवार रही थी।

"ये हैं चैम्पियन!" सुकरात ने परिचय के बन्तौर कहा, "कल ये जुलूस में होंगे।"

यह आदमी, जिसने मोटे सर्ज[1] का नाविक सूट और पी-जैकेट[2] के नीचे सफेद और नीली धारियों का एक स्वेटर पहन रखा था,

1. एक तरह का कपड़ा।
2. नाविकों का ओवरकोट।

द' अरास्त को अपनी काली और शान्त आँखों से बड़े ध्यान से देख रहा था। साथ-साथ वह अपने मोटे और चिकने होंठों के बीच बेहद सफेद, सभी दाँत दिखाकर हँस रहा था।

"ये स्पेनी भाषा बोलते हैं," सुकरात ने कहा और, उस अपरिचित की तरफ मुड़कर बोला, "द' अरास्त साहब को बताओ।"

फिर वह नाचता हुआ, एक और जनसमूह की तरफ चला गया। इस आदमी ने अब मुस्कराना बन्द कर दिया और द' अरास्त को एक निष्कपट कौतूहल से देखने लगा।

"इसमें तुम्हें दिलचस्पी है कप्तान साहब?"

"मैं कप्तान नहीं हूँ," द' अरास्त ने कहा।

"कोई बात नहीं। तुम नवाब आदमी हो। सुकरात ने मुझे बताया था।"

"मैं नहीं। लेकिन मेरे दादा थे। उनके पिता भी और, वे सब भी जो उनसे पहले हुए। अब हमारे मुल्क में कोई नवाब नहीं है।"

"ओह!" वह काला आदमी हँसता हुआ बोला, "मैं समझा, सभी लोग नवाब हैं।"

"नहीं, ऐसा नहीं है। अब कोई नवाब नहीं है, कोई रैयत नहीं है।"

वह सोच में पड़ गया, फिर बोला, "कोई काम नहीं करता, कोई तकलीफ में नहीं है?"

"हाँ हैं, हज़ारों आदमी।"

"हाँ तो फिर, ये जनता हुई।"

"इस तरह देखो तो, हाँ, वहाँ भी जनता है। लेकिन उसके मालिक पुलिसवाले हैं या व्यापारी।"

उस मुलाटो का सुशील चेहरा सिकुड़ गया। फिर वह चिढ़कर बोला, "हूँ! खरीदो और बेचो, हैं! क्या गन्दगी है! और पुलिस में तो कुत्ते राज करते हैं।" बिना बात के, वह ठहाका मारकर हँस पड़ा।

"तुम व्यापार नहीं करते?"

"करीब-करीब नहीं। मैं पुल बनाता हूँ, सड़कें बनाता हूँ।"

"अच्छा, ये बात है! मैं जहाज़ पर एक खानसामा हूँ। अगर तुम चाहो तो मैं तुम्हारे लिए काली बीन्स का एक व्यंजन तैयार करूँ?"

"हाँ-हाँ ज़रूर।"

खानसामा द' अरास्त के बहुत पास आ गया और उसका हाथ पकड़ लिया।

"सुनो, तुमने जो बताया, मुझे अच्छा लगा। मैं भी तुम्हें कुछ बताऊँगा। तुम शायद पसन्द करोगे।"

वह उसे अन्दर जानेवाले दरवाज़े तक खींचकर ले गया। बाँस के पेड़ के नीचे लकड़ी की गीली बेंच पर।

"मैं समुद्र में था, इगुआप से दूर एक छोटे जहाज़ पर जो इस घाट के बन्दरगाहों पर सामान बेचता था। उस पर एक बार आग लग गई। मेरी गलती से नहीं! मुझे अपना काम आता है! नहीं, बदकिस्मती से! हम लोगों ने रक्षा-नौकाएँ निकाल ली थीं। गत के अँधेरे में समुद्र में तूफान आया नाव उलटी हो गई, मैं नीचे चला गया। जब मैं वापस ऊपर आया, मेरा सिर नाव में जाकर लगा। मैं बह गया। रात काली थी, अथाह पानी था और फिर मैं तैरना अच्छी तरह नहीं जानता था, मुझे डर लगने लगा। अचानक दूर मुझे एक

रोशनी दिखी, मैंने इगुआप के दयावान जेसू के गिरजे का गुम्बद पहचान लिया था। तब मैंने दयावान जेसू से प्रार्थना की कि अगर आज वह मुझे बचा लेगा तो मैं एक पचास किलो का पत्थर उसके जलसे में अपने सिर पर रखकर चलूँगा। तुम विश्वास नहीं करोगे, लेकिन पानी शान्त हो गया और मेरा हृदय भी। मैं धीरे-धीरे तैरता रहा, मैं खुश था और मैं तट पर पहुँच गया। कल मैं अपना वचन पूरा करूँगा।

उसने द' अरास्त की तरफ अचानक शक की नज़र से देखा।

"तुम हँस नहीं रहे हो न?"

"मैं हँस नहीं रहा। जो वचन दिया हो, पूरा करना चाहिए।"

उसने द' अरास्त का कन्धा थपथपाया।

"अब मेरे घर चलो भाई, नदी के पास। मैं तुम्हारे लिए बीन्स बनाऊँगा।"

"नहीं," द' अरास्त बोला, "अभी मुझे काम है। शाम को, अगर तुम चाहो।"

"ठीक है। लेकिन आज रात को तो बड़ी झोंपड़ी में लोग नाचेंगे, पूजा करेंगे। आज सेंट जॉर्ज का दिन है।"

द' अरास्त ने उससे पूछा कि क्या वह भी नाचता है। खानसामा की शक्ल अचानक कठोर हो गई, पहली बार वह नज़र बचाने लगा।

"नहीं, नहीं, मैं नहीं नाचूँगा। कल पत्थर ले जाना है। वह भारी है। मैं सेंट के समारोह में आज शाम को जाऊँगा ज़रूर, लेकिन ज़रा जल्दी लौट आऊँगा।"

"वह सब बहुत लम्बा चलता है?"

"पूरी रात, सुबह तक।"

उसने द' अरास्त की तरफ कुछ झेंपकर देखा।

"नाच में आ जाओ और बाद में तुम मुझे अपने घर ले जाना। नहीं तो मैं वहीं रह जाऊँगा, नाचता रहूँगा, मैं, शायद, अपने आपको रोक नहीं सकूँगा।"

"तुम्हें नाचना पसन्द है?" खानसामा की आँखों में एक लोलुप चमक फैल गई।

"ओह! हाँ, मुझे बहुत पसन्द है।"

"और फिर वहाँ सिगार होते हैं, सन्त होते हैं, औरतें होती हैं। वहाँ हम सबकुछ भूल जाते हैं, किसी का हुक्म मानने की ज़रूरत नहीं होती।"

"वहाँ औरतें होती हैं? शहर की सारी औरतें?"

"शहर की नहीं, लेकिन झोंपड़ियों की।"

खानसामा फिर मुस्कराने लगा, "चलो कप्तान का कहना मैं हमेशा मानता हूँ। और तुम अपना वचन पूरा करने में कल मेरी मदद करोगे।"

द' अरास्त मन-ही-मन अपने आप पर कुछ झुँझला गया। उसके लिए यह बेतुका वचन क्या मायने रखता है? लेकिन उसने वह पारदर्शी, खूबसूरत चेहरा देखा जो उसकी तरफ पूरे विश्वास से मुस्करा रहा था और जिसकी काली त्वचा स्वास्थ्य और जीवन-शक्ति से चमक रही थी।

"मैं आऊँगा," उसने कहा, "अभी मैं कुछ दूर तुम्हारे साथ चलता हूँ।" इसी समय, न जाने क्यों, वह काली युवा लड़की उसे स्वागत का उपहार देती हुई फिर से दिखी।

वे बगीचे से बाहर निकले, कुछ कीचड़वाली गलियों से होकर, उस ऊबड़-खाबड़ चौक में पहुँचे जो उन मकानों की कम ऊँचाई की वजह से उसके चारों तरफ बने और भी बड़ा लग रहा था। दीवारों के प्लास्टर पर पानी अब बहने लगा था, हालाँकि बारिश बढ़ी नहीं थी। आसमान के स्पंजी विस्तरण में होकर नदी और पेड़ों का कलरव उनके पास बहुत मन्द आवाज़ में पहुँच रहा था। वे कदम मिलाकर चल रहे थे। द' अरास्त भारीपन से, खानसामा मज़बूत लचक से। वह बार-बार सिर उठाकर अपने साथी की तरफ देखकर मुस्करा देता था। उन्होंने गिरजे की तरफ जानेवाला रास्ता लिया जो मकानों के ऊपर दिखाई दे रहा था, चौक के किनारे पर पहुँचे, कीचड़-भरी कुछ और गलियों में चलते रहे, जो अब खाना बनाने की तेज़ खुशबुओं से भरी थीं। बीच-बीच में कोई गृहिणी एक प्लेट या किचिन का और कोई सामान पकड़े हुए किसी दरवाज़े में दिखाई पड़ती थी, एक कौतूहल-भरी शक्ल और तत्काल गायब हो जाती थी। वे गिरजे के सामने से गुज़रे, एक पुरानी बस्ती में घुस गए, नीचे समरूप मकानों के बीच और अचानक बाहर निकले, अदृश्य नदी की कल्लोल पर, झोंपड़ियों की बस्ती के पीछे, जो द' अरास्त पहचानता था।

"अच्छा। अब मैं चलता हूँ। शाम को मिलेंगे," उसने कहा।

"हाँ, गिरजे के सामने।"

लेकिन खानसामा ने द' अरास्त का हाथ पकड़े रखा। वह हिचकिचाया। आखिर में उसने दृढ़ता के साथ पूछा, "और तुम, तुमने कभी कुछ नहीं माँगा, कोई मन्नत नहीं मानी?"

"हाँ, शायद, एक बार।"

"जहाज़ डूबने पर?"

"यही समझ लो।" और द' अरास्त ने तेज़ी से अपना हाथ खींच लिया। लेकिन मुड़ते हुए उसकी आँखें खानसामा की आँखों से मिलीं। वह कुछ हिचकिचाया, फिर मुस्करा पड़ा।

"तुम्हें मैं यह बता सकता हूँ, हालाँकि यह बात कोई खास मतलब नहीं रखती। कोई मेरी गलती से मरनेवाला था। मुझे लगा तब मैंने दुआ माँगी थी।"

"तुमने मन्नत मानी थी?"

"नहीं! मैं मान लेता तो अच्छा रहता।"

"बहुत पुरानी बात है?"

"यहाँ आने से कुछ पहले की।"

खानसामा ने अपनी दाढ़ी दोनों हाथों से सहलाई। उसकी आँखें चमकने लगीं।

"तुम कप्तान हो," उसने कहा, "मेरा घर तुम्हारा घर है। और फिर तुम मेरी मनौती पूरी करने में मदद करने जा रहे हो, समझ लो, यह तुम अपनी खुद की मनौती पूरी कर रहे हो। इसका फल तुम्हें भी मिलेगा।"

द' अरास्त मुस्कराने लगा, "मुझे विश्वास नहीं है।"

"तुम बहुत घमंडी हो कप्तान।"

"मैं घमंडी था, अब मैं अकेला हूँ। लेकिन मुझे सिर्फ यह बताओ, तुम्हारा दयावान् जेसू क्या हमेशा तुम्हारी मदद करता है?"

"हमेशा नहीं, कप्तान!"

"तो फिर?"

खानसामा खिलखिलाकर हँस पड़ा, बच्चों की तरह।

"अरे भई, उसकी भी तो मर्ज़ी होती है कि नहीं?"

क्लब में जहाँ द' अरास्त ने प्रतिष्ठित नागरिकों के साथ खाना खाया, महापौर ने उससे अनुरोध किया कि उसे म्यूनिसिपैलिटी की अतिथि किताब में हस्ताक्षर ज़रूर करने चाहिए जिससे कि कम-से-कम उसके इगुआप आने की महान घटना का प्रमाण तो रहे। जज ने अपनी तरफ से दो या तीन नए फॉर्मूले ढूँढ़ निकाले, अपने अतिथि के गुण और प्रतिभा के अलावा उसकी उस सादगी का गान करने के लिए, जो उन लोगों के लिए, उस मुल्क की प्रतीक थी जिसका निवासी होने का सम्मान उसे प्राप्त था। द' अरास्त ने सिर्फ इतना कहा कि यह वास्तव में एक महान सम्मान था और कि उसे विश्वास था कि इतने बड़े निर्माण कार्य के लिए उसकी फर्म की नियुक्ति होना, फर्म के लिए भी बहुत महत्त्वपूर्ण बात थी। इस विनम्रता की जज ने बड़े जोरदार शब्दों में तारीफ की। "और," उसने कहा, "क्या आपने सोच लिया है कि हमें अपने पुलिस चीफ के साथ क्या करना है?" द' अरास्त ने मुस्कराते हुए उसकी तरफ देखा। "मैंने सोच लिया है।" वह इसे अपने ऊपर एक एहसान और विशेष कृपा समझेगा अगर उस बेवकूफ आदमी को उसके नाम पर रिहा कर दिया जाए, जिससे कि इस खूबसूरत शहर और उसके सज्जन निवासियों के साथ जो उसे बहुत अच्छे लगे हैं, उसके सम्बन्ध शान्ति और मैत्री के वातावरण में शुरू हो सकें। जज ने गम्भीरतापूर्वक सोचते हुए और मुस्कराकर सिर हिला दिया। क्षण-भर के लिए उसने स्वयं उस प्रस्ताव का विशेष अध्ययन किया, फिर वहाँ मौजूद लोगों से महान फ्रांसीसी राष्ट्र की औदार्यात्मक परम्पराओं का ज़ोर-शोर से अनुमोदन करने के लिए कहा और, द' अरास्त की तरफ फिर से देखकर, अपना सन्तोष व्यक्त किया। "चूँकि फैसला ऐसा ही हुआ है," उसने घोषणा

की, "आज शाम हम लोग चीफ के साथ खाना खाएँगे।" लेकिन द' अरास्त ने कहा कि उसके मित्रों ने उसे झोंपड़ियों में नृत्य समारोह के लिए आमंत्रित कर रखा है। "हाँ, हाँ!" जज ने कहा, "मुझे खुशी है कि आप वहाँ जा रहे हैं। आप देखेंगे कि कोई भी अपने लोगों से प्यार किए बिना नहीं रह सकता।"

शाम को, द' अरास्त, खानसामा और उसका भाई उस झोंपड़ी के बीच में, जो इंजीनियर ने सुबह देखी थी, बुझी हुई आग के चारों तरफ बैठे थे। उसके भाई ने द' अरास्त को दुबारा देखकर आश्चर्य नहीं प्रदर्शित किया। वह मुश्किल से थोड़ी-बहुत स्पेनी भाषा बोलता था और ज़्यादातर अपने आपको सिर हिलाने तक सीमित रखता था। जहाँ तक खानसामा का सवाल था, उसकी रुचि गिरजाघरों में थी, और फिर, वह काली बीन्स के सूप पर बहुत विस्तार से बोल चुका था। अब दिन करीब-करीब ढल चुका था और हालाँकि द' अरास्त खानसामा और उसके भाई को अच्छी तरह देख पा रहा था, झोंपड़ी में पीछे की तरफ सिकुड़ी हुई एक वृद्धा और उस युवा लड़की की जिसने दुबारा उसे जलपान दिया था, छायाओं को मुश्किल में ही अलग कर पा रहा था नीचे से नदी की एकलय आवाज़ आ रही थी।

खानसामा उठा और बोला, "अब समय हो गया।" सब उठ गए लेकिन औरतें हिली भी नहीं। आदमी लोग अकेले बाहर चले गए। द' अरास्त कुछ झिझका, फिर बाकी लोगों के साथ जा मिला। अब रात हो चुकी थी, बारिश बन्द हो चुकी थी। हल्का काला आसमान अब भी तरल था। उसके काले और पारदर्शी क्षितिज पर नीचे झुके नीर में अब तारिकाएँ प्रकाशमान होना शुरू हो गई थीं। वे तत्काल

बुझ भी जाती थीं, एक-एक करके नदी में गिरती हुई, जैसे कि आसमान अपना आखिरी प्रकाश बूँद-बूँद करके रिसा रहा हो। वहाँ की भारी हवा पानी और धुएँ से भरी थी। हालाँकि शान्त, विशाल, जंगल का गुंजन भी बहुत निकट सुनाई दे रहा था। अचानक नगाड़ों और गानों की आवाज़ दूर से आने लगी, पहले मन्दी, फिर साफ, जो धीरे-धीरे पास आती गई, और फिर एकदम चुप हो गई। उसके कुछ ही देर बाद काली लड़कियों की लम्बी कतार दिखी, जिन्होंने सफेद, मोटी सिल्क के गहरे गले वाले गाउन पहने हुए थे। बदन से सटी हुई लाल जैकेट पहने हुए, जिसके ऊपर रंग-बिरंगे दाँतों का एक नेकलेस लटक रहा था, एक विशालकाय काला उनके पीछे आ रहा था और, उसके पीछे बिना किसी क्रम के सफेद पाजामे पहने हुए आदमियों, और छोटे-बड़े नगाड़े उठाए हुए गाने-बजानेवाले लोगों की टोली। खानसामा ने कहा कि उन्हें भी बाकी आदमियों के साथ अब चलना चाहिए।

वह झोंपड़ी, जहाँ वे नदी के किनारे-किनारे कुछ मीटर चलकर, बाकी झोंपड़ियों के पीछे पहुँचे, बहुत बड़ी थी, खाली थी, और अन्दर दीवारों पर प्लास्टर होने से अपेक्षाकृत ज़्यादा आरामदायक थी। उसका फर्श ठुकी हुई मिट्‌टी का, बीच में गड़ी बल्ली पर टिकी हुई छत पुआल और सरकंडों की, और दीवारें नंगी थीं। अन्दर बिलकुल पीछे, एक छोटी-सी वेदी थी, जिस पर खजूर के पत्ते बिछे थे और जो मुश्किल से आधे कमरे को प्रकाशमान करती मोमबत्तियों से ढकी थी। उस वेदी पर एक शानदार चित्र दिखाई दे रहा था जिसमें सेंट जॉर्ज अपने लुभावने गौरव में किसी भी बड़ी-बड़ी मूँछोंवाले भयंकर दानव से ज़्यादा शक्तिशाली लग रहे थे। वेदी के ठीक नीचे, भड़कीले कागज़ों से सजाए गए एक

गोखे में एक मोमबत्ती और जल की कटोरी के बीच लाल रंग से पोती गई सींगवाले किसी देवता की मिट्टी की एक छोटी-सी मूर्ति रखी थी। उसका चेहरा बड़ा भयंकर और हाथ में चाँदी के कागज़ का बना हद से ज़्यादा बड़ा छुरा था।

खानसामा द' अरास्त को एक कोने में ले गया जहाँ दरवाज़े के पास दीवार से लगकर वे खड़े रहे। "इस तरह," वह फुसफुसाया, "हम बिना किसी को परेशान किए! निकल सकेंगे।" झोंपड़ी वास्तव में औरतों-आदमियों से खचाखच भरी हुई थी। गर्मी पहले ही बहुत हो गई थी। गाने-बजानेवाले वेदी के आसपास आकर बैठ गए थे। नर्तक और नर्तकियाँ दो अलग-अलग समकेन्द्रित गोलों में, पुरुष अन्दर की तरफ खड़े थे। बीच में, लाल जैकेट पहने हुए, काला प्रधान आकर जम गया। द' अरास्त अपने हाथ बाँधकर, दीवार के सहारे खड़ा हो गया।

तभी नर्तकों का घेरा तोड़कर प्रधान उनकी तरफ आया और उसने बड़ी गम्भीरता से खानसामा से कुछ कहा। "अपने हाथ खोल दो, कप्तान," खानसामा ने कहा। "तुम अपने आपसे चिपक रहे हो और सेंट की आत्मा के नीचे आने में विघ्न डाल रहे हो। द' अरास्त ने चुपचाप हाथ खोल दिए। पीठ अब भी दीवार से चिपकी हुई, लम्बा-चौड़ा बदन, बड़ा-सा चेहरा जो पसीने में चमक रहा था—अब वह खुद एक विश्वासदायक दानव-जैसा लग रहा था। कालों के प्रधान ने उसकी तरफ देखा और शान्ति से वापस अपनी जगह लौट गया। तत्काल उसने गूँजती हुई आवाज़ में एक गाने की शुरू की कुछ लाइनें गाईं, जिसमें नगाड़ों के नाद के साथ-साथ सभी लोग हृदय से सम्मिलित हो गए। वे घेरे अब उलटी तरफ खुलने शुरू हो

गए, एक प्रकार के भारी और बलपूर्ण नृत्य में, जो ज़मीन पर पैर पटकने-जैसा ज़्यादा लग रहा था, झूमते नितम्बों की दोहरी लाइन से कुछ और अभिव्यक्त।

गर्मी बढ़ गई थी। फिर भी बीच-बीच में खाली छोड़ा समय कम होता गया आर नृत्य ने गति पकड़ ली। बिना औरों की ताल कम किए हुए और बिना खुद अपना नृत्य बन्द किए हुए, वह विशाल काला फिर से दोनों घेरे काटकर वेदी की तरफ गया। वह एक गिलास पानी और एक जलती हुई मोमबत्ती लेकर वापस आया। मोमबत्ती को उसने झोंपड़ी के बीच में ज़मीन में चिपका दिया, और उसके चारों तरफ दो समकेन्द्रक घेरे बनाए, फिर दुबारा खड़े होकर, छत की तरफ अपनी विक्षिप्त आँखें उठाईं। उसका पूरा बदन तना हुआ था और वह इन्तज़ार करता रहा। "सेंट जॉर्ज आ रहे हैं। देखो, देखो," खानसामा जिसकी आँख निकली पड़ रही थीं, धीरे-से बोला।

वास्तव में कुछ नर्तक अब ट्रान्स[1] में चले जाने के लक्षण दे रहे थे, किन्तु एक बेहद सर्द ट्रान्स, हाथ कमर पर, पैर अकड़े हुए, दृष्टि स्थिर और शून्य। बाकी लोगों ने अपनी लय तेज़ कर दी, अपने ही पैरों पर झूमने लगे और अस्पष्ट आहें निकालने लगे। वे आहें जब धीरे-धीरे बढ़ती गईं और सामूहिक चीख बन गईं, तो खुद प्रधान ने, आँखें अभी तक ऊपर ही उठाए हुए एक लम्बी चीत्कार अपनी आवाज़ की उच्चतम चोटी से निकाली, जिसमें एक ही शब्द बार-बार व्यक्त किए जा रहे थे लेकिन जो साफ-साफ समझ में नहीं आ रहे थे। "देखा तुमने," खानसामा फुसफुसाया, "वह कह रहा है

1. वह अचेतावस्था या उपसमाधि जिसमें आत्मा के शरीर से अलग हो जाने के आनन्द का आभास होता है।

कि वह खुद भगवान के युद्धकर्म का क्षेत्र है।" उसकी आवाज़ के परिवर्तन से स्तम्भित, उसने खानसामा की तरफ देखा, जो आगे को झुका हुआ, मुट्ठी कसकर बन्द किए, स्थिर आँखों से, एक ही जगह खड़ा होकर, औरों की ही तरह पैरों से ताल दे रहा था। तब उसका ध्यान गया कि वह खुद उस समय हालाँकि बिना पैर उठाए, अपने पूरे शरीर से नाच रहा था।

लेकिन अचानक नगाड़े ज़ोर-ज़ोर से पीटे जाने लगे और वह लाल रंग में रँगा दैत्य अकस्मात बाहर निकल पड़ा। जलती हुई लाल आँखें, उसके हाथ बदन के चारों तरफ घूमते हुए, वह ज़मीन पर घुटनों के बल बारी-बारी से एक-एक घुटना बढ़ाकर इतनी तेज़ी से सरका कि ऐसा लगता था जैसे अन्त में उसके ये हाथ-पैर टूटकर गिर जाएँगे। लेकिन उसी तेज़ गति के बीच, अपने चारों तरफ खड़े लोगों पर आँखों में अभिमान और आतंक भरे हुर एक नज़र डालने के लिए वह एकदम रुका। नगाड़ों की बुलन्द कड़क के बीच तत्काल एक अँधेरे कोने से एक नर्तक लपका, घुटनों पर बैठ गया और भूत चढ़े आदमी की तरफ एक छोटी कटार बढ़ाई। उस विशाल काले ने बिना चारों तरफ देखना रोकते हुए उसे पकड़ा, फिर अपने सिर पर ज़ोर से घुमाया। उसी समय द' अरास्त की नज़र खानसामा पर पड़ी जो बाकी नर्तकों के साथ नाच रहा था। इंजीनियर ने उसे वहाँ जाते हुए नहीं देखा था।

लाल-सी अनिश्चित रोशनी में ज़मीन से दम घोंटनेवाली धूल उठ रही थी और बदन से चिपकती हवा को, और भारी कर रही थी। अब द' अरास्त को धीरे-धीरे थकान महसूस होने लगी; उसे साँस लेने में भी ज़्यादा कठिनाई होने लगी। वह यह नहीं देख पाया कि वे बड़े-बड़े

सिगार जो इस वक्त सब नर्तक लगातार नाचते हुए पी रहे थे, कहाँ से आए थे। सिगारों की गन्ध से झोंपड़ी भर गई थी जिससे उसका सिर कुछ घूमने लगा। वह सिर्फ खानसामा को ही देख पा रहा था जो—उसके पास से गुज़रा, लगातार नाचता हुआ, और सिगार के कश लगाता हुआ। "सिगार मत पियो," उसने कहा। खानसामा ने गले से कुछ आवाज़ निकाली, बिना ज़रा भी—अपने पैरों की ताल रोके हुए, बीच में गड़ी बल्ली पर दम हारते बॉक्सर की तरह आँखें गड़ाए हुए, उसकी गर्दन के पीछे ऊपरवाला हिस्सा लगातार थिरकने से खिंचा हुआ था। उसके बराबर, भारी, काली औरत पीड़ित कुत्ते की तरह लगातार चिल्लाते हुए अपना जानवरों-जैसा चेहरा, दाएँ में बाएँ घुमाए जा रही थी। लेकिन काली युवा लड़कियाँ खासतौर पर, जो बहुत ही भयंकर ट्रान्स में पड़ी थीं, उनके पैर ज़मीन पर कमकर जमे हुए थे और सारा बदन बुरी तरह काँप रहा था, जो कन्धे तक पहुँचते-पहुँचते अत्यधिक वेग में आ जाता था। उनका सिर आगे में पीछे, पीछे से आगे इस तरह गिरने लगा जैसे धड़ से अलग हो। उसी समय, सब एक साथ बिना रुके हुए, सामूहिक और बेसुरी चीख लगाने लगे, बिना बीच में मांस लिये हुए, बिना किसी स्वर के उतार-चढ़ाव के, जैसे कि उनका समूचा शरीर अन्दर से मांसपेशियों और नाड़ियों सहित एक अकेले निःशक्त कर देने वाले निःसारण में जकड़ गया हो, अन्त में उनमें से प्रत्येक के अन्दर उस जीव को आवाज़ देते हुए जो अब तक एकदम चुप था। और बिना उस चीख के रुके हुए, औरतें एक के ऊपर एक गिरने लगीं। काला प्रधान हरेक के पास घुटनों पर बैठकर अपनी काली नाड़ियाँ उभरे बड़े हाथों से ज़ोर-ज़ोर से और तेज़ी से उनकी कनपटी दबाता था। वे डगमगाती-सी उठ पड़ती थीं और वापस नृत्य

में घुस जाती थीं और फिर उनका चिल्लाना शुरू हो जाता था, शुरू में जीर्णता से, फिर कुछ ज़ोर से और तेज़ी में, दुबारा गिरने के लिए, वापस उठकर फिर शुरू हो जाने के लिए, और फिर बहुत देर तक, जब तक कि वे सार्वजनिक चीखें कमज़ोर होकर एक तरह की सूखी, कर्कश कराह में न बदल गईं जो उन्हें हिचकियों में हिला रही थीं। द' अरास्त क्लान्त, पेशियाँ अकड़ी हुईं, देर तक एक जगह खड़े होकर नृत्य करने और अपनी खुद की चुप्पी से घुटे हुए होने से उसे चक्कर आने लगे। गर्मी, गर्द, सिगारों के धुएँ और आदमियों की बू ने हवा साँस लेने के काबिल नहीं छोड़ी। उसकी नज़रें खानसामा को ढूँढ़ने लगीं। वह गायब हो गया था। द' अरास्त ने अपने-आपको दीवार के सहारे फिसल जाने दिया, फिर वह एक जगह बैठ गया, अपने मिचलाते जी को रोकते हुए।

जब उसने आँखें खोलीं, आसपास की हवा में घुटन थी, लेकिन चीखना-चिल्लाना बन्द हो चुका था। सिर्फ नगाड़े एक धीमी गति में बजे जा रहे थे, जिस पर झोंपड़ी के अन्दर हर कोने में खड़े समूह, एक सफेद कपड़े से ढके-से हुए धीरे-धीरे पैर पटक रहे थे। लेकिन हॉल के बीच में, जहाँ से कि अब गिलास और मोमबत्ती हटा ली गई थी, काली, युवा लड़कियों का एक समूह अर्द्ध-सम्मोहक अवस्था में, धीरे-धीरे नृत्य किए जा रहा था, लगातार ताल से पीछे रह जाते हुए। उनकी आँखें मुँदी हुई थीं, पर सीधी खड़ी हुई वे अपने पैरों के पंजों पर, एक ही जगह खड़ी रहकर, आहिस्ते-आहिस्ते हिलकर नृत्य कर रही थीं। उनमें से दो मोटी लड़कियों ने अपना मुँह राफिया के पर्दे से ढक लिया था। इन्होंने एक और युवा, लम्बी, पतली, विचित्र कपड़े पहने हुई लड़की को घेर लिया था, जिसे द' अरास्त ने तत्काल पहचान

लिया। वह उसके मेजबान की लड़की थी। हरे रंग के कपड़े पहने हुई, उसने एक नीले गॉज़ का, आगे से ऊपर को मुड़ा हुआ छोटे-छोटे पंखों से सज़ा शिकारी हैट पहन रखा था, हाथ में एक हरा और पीला धनुष ले रखा था, उसके तीर के साथ, जिसकी नोक पर एक बहुरंगी चिड़िया जड़ी हुई थी। उसके नाजुक बदन पर उसका खूबसरत सिर ज़रा-सा पीछे को लटका हुआ, धीरे-धीरे इधर-उधर हिल रहा था और उसके उनींदे चेहरे पर शान्त और भोली उदासी झलक रही थी। संगीत के बीच में रुक जाने पर वह अध-सोई-सी डगमगाने लगती थी। सिर्फ नगाड़ों की तेज़ आवाज़ उसके लिए एक तरह के अप्रत्यक्ष अवलम्ब का काम कर रही थी, जिसके चारों तरफ वह अपना कोमल बनाव-सिंगार लपेटे जा रही थी। तभी संगीत के दुबारा रुकने के साथ-साथ रुककर, डगमगाने से अपने आपको सँभालकर उसने चिड़िया-जैसी एक विचित्र आह भरी, तीखी, फिर भी मृदु।

द' अरास्त धीमे नृत्य पर मुग्ध इस काली शिकारिन के खयाल में डूबा था कि वह खानसामा कहीं से उसके सामने आ खड़ा हुआ। उसका शान्त चेहरा इस समय विकृत था। उसकी आँखों में से करुणा लुप्त हो गई थी जिनमें अब सिर्फ एक प्रकार की अनजानी व्यग्रता दिख रही थी। बिना किसी सहृदयता के, जैसे कि वह किसी अपरिचित से बात कर रहा हो, उसने कहा, "अब देर हो गई है, कप्तान! वे तो सारी रात नाचेंगे, लेकिन वे नहीं चाहते कि तुम यहाँ और ठहरो।" भारी सिर से द' अरास्त उठा और खानसामा के पीछे-पीछे चल पड़ा, जो दीवार के सहारे-सहारे चलकर दरवाज़े तक पहुँच गया था। दहलीज़ पर खानसामा बाँस का दरवाज़ा खोलकर एक तरफ खड़ा हो गया और द' अरास्त बाहर चला गया। उसने मुड़कर खानसामा को देखा

जो वहाँ से हिला भी नहीं था। "चलो! थोड़ी ही देर में तुम्हें पत्थर ले जाना है।"

"मैं तो अभी ठहर रहा हूँ," खानसामा ने दृढ़ता से कहा।

"और तुम्हारी मन्नत?"

खानसामा ने बिना जवाब दिए उस दरवाज़े को जो द' अरास्त ने एक हाथ से पकड़ रखा था, धीरे-धीरे धकेला। वे दोनों इसी तरह एक सेकंड खड़े रहे और द' अरास्त ने स्वीकार कर लिया, कन्धे हिलाए। वह दूर निकल गया।

रात ताज़ा और सुगन्धित खुशबुओं से भरी थी। जंगल के ऊपर दक्षिण आसमान के चन्द सितारे, एक अप्रत्यक्ष धुंध में छिपकर बहुत हल्केपन से चमक रहे थे। नम हवा भारी थी। फिर भी झोंपड़ी से बाहर आकर, वहाँ की ताज़गी बहुत अच्छी लगी। द' अरास्त ने वह फिसलना रास्ता चढ़ा और शराबी आदमी की तरह गड्ढों में गिरते-पड़ते, पहली झोंपड़ियों तक पहुँचा। जंगल में से साँय-साँय की आवाज़ बहुत पास आ रही थी। नदी की आवाज़ बढ़ गई थी, समूचा महाद्वीप तमस में से उद्भूत हो रहा था और द' अरास्त में नफरत भरती जा रही थी। उसे लगा कि वह इस पूरे मुल्क को कै करके थूक देना चाहता है, इसकी अपार विस्तृति की पीड़ा को, जंगल की नील-हरित रोशनी को, और इसकी परिव्यक्त विशाल नदियों की रात्रि-कालीन छपछपाहट को। यह जगह बहुत बड़ी थी, यहाँ काल और लहू एक हो रहे थे, समय में कोई शक्ति नहीं बची थी। जीवन यहाँ ज़मीन के स्तर पर जीवित था और उसमें समाहित होने के लिए, बरसों उसी मिट्टी में सोना ज़रूरी था, गीली या सूखी। दूर यूरोप में ये ही शर्म थी और क्रोध। यहाँ, इन निष्क्रिय झूमते हुए पागलों के बीच, जो मरने के

लिए नाच रहे थे, यह विविक्ति थी या अकेलापन। फिर भी हरियाली की गन्ध से भरी हुई, रात की उमस में से होकर, उस सोई हुई सुन्दर लड़की के द्वारा निकाली गई आहत पक्षी की व्यग्र चीख उसे अब तक सुनाई दे रही थी।

द' अरास्त जब आधा-सीसी के दर्द में बुरी तरह जकड़े हुए सिर से, बड़ी बेचैन नींद के बाद सोकर उठा, तो शहर और अविचल जंगल को भारी उमस ने दबा रखा था। इस वक्त वह अस्पताल के पोर्च के नीचे खड़ा होकर इन्तज़ार कर रहा था, अपनी रुकी हुई घड़ी देखकर, समय के बारे में अनिश्चित, इतना खुला हुआ दिन और शहर से उठता हुआ सन्नाटा देखकर आश्चर्य में पड़ गया। आसमान, एकदम स्वच्छ नीला, पहली धुंधली छतों को छू रहा था। पीले-से रंग के उरूबू इतने ताप से जड़वत अस्पताल के सामनेवाले घर पर सो रहे थे। उनमें से एक अचानक फड़फड़ाया, अपनी चोंच खोली, जाहिरा तौर पर उड़ने के लिए तैयार हुआ, दो बार अपने धूल-भरे पंख अपने बदन पर थपथपाए, छत से कुछ सेंटीमीटर ऊँचा उड़ा, फिर गिर पड़ा—तत्काल दुबारा सो जाने के लिए।

इंजीनियर नीचे शहर की तरफ उतरा। सबसे बड़ा चौक एकदम खाली था, उसी तरह जैसे कि वे गलियाँ जिन्हें उसने अभी-अभी पार किया था। दूर तक और नदी के दोनों किनारों पर एक नीचा कुहरा जंगल पर छाया हुआ था। ताप सीधा नीचे उतर रहा था और द' अरास्त खड़ा होने के लिए एक छायादार कोना ढूँढ़ने लगा। तभी उसने एक घर के बरामदे के नीचे एक छोटा-सा आदमी देखा जो उसकी तरफ कुछ इशारा कर रहा था। कुछ पास जाकर, उसने सुकरात को पहचान लिया।

"तो द' अरास्त साहब, तुम्हें अच्छा लगा वह समारोह?"

द' अरास्त ने कहा कि झोंपड़ी के अन्दर बहुत गर्मी थी और कि उसे रात का अँधेरा और आसमान ज़्यादा पसन्द थे!

"हाँ," सुकरात बोला, "तुम्हारे यहाँ तो सिर्फ मास[1] होता है। कोई नाचता तो है नहीं।"

उसने अपने हाथ मले, एक पैर पर उछला, अपने ही ऊपर घूम गया और खूब ज़ोर से हँसता रहा।

"ऐसा कैसे होता है, कैसे हो सकता है।"

फिर उसने द' अरास्त की तरफ जिज्ञासा से देखा : "और तुम, तुम मास के लिए जा रहे हो?"

"नहीं।"

"तो फिर कहाँ जा रहे हो?"

"कहीं नहीं। मैं नहीं जानता।"

सुकरात अब और हँसने लगा। "कैसे हो सकता है! एक नवाब, बिना गिरजा, बिना किसी चीज़ के!"

द' अरास्त भी हँसने लगा, "हाँ, देख रहे हो तुम, मुझे कोई अपनी जगह ही नहीं मिली। तभी मैं वहाँ से चला आया।"

"हमारे साथ रुक जाओ द' अरास्त साहब, तुम मुझे अच्छे लगते हो।"

"मुझे बहुत अच्छा लगेगा, सुकरात, लेकिन मुझे नाचना नहीं आता।" उनकी हँसी उस खाली शहर के सन्नाटे में गूँजने लगी।

"ओह," सुकरात बोला, "मैं भूल गया। महापौर तुमसे मिलना चाहते हैं। वे क्लब में खाना खा रहे हैं।" और बिना कुछ बोले वह

1. ईसाई धर्म में बाइबिल का पठन-पाठन।

सीधा अस्पताल की तरफ चल पड़ा। "तुम कहाँ जा रहे हो?" पीछे से द' अरास्त चिल्लाया। सुकरात ने खर्राटे की नकल की : "सोने। उसके बाद, जुलूस।" और भागते-भागते वह खुर्राटों की नकल करता रहा।

महापौर द' अरास्त को जुलूस देखने के लिए एक अच्छी सीट देना चाहते थे। उसने यह बात इंजीनियर के साथ गोश्त और बढ़िया चावल से तैयार किया हुआ एक व्यंजन, जो एक लकवा मारे हुए आदमी पर भी चमत्कार कर सकता था, खाते हुए उसे बतलाई। पहले हम जुलूस शुरू होता हुआ देखने के लिए गिरजे के सामने जज के मकान पर ऊपर छज्जे में बैठेंगे। उसके बाद हम लोग नगर भवन चले जाएँगे, जो उस चौड़े रास्ते पर है जो गिरजे के चौक की तरफ जाता है, और जहाँ से कि पश्चात्तापी[1] लौटती बार गुज़रेंगे। महापौर का समारोह में शामिल होना अनिवार्य देखते हुए, द' अरास्त के साथ जज और पुलिस के चीफ होंगे। पुलिस चीफ क्लब में मौजूद था, और होंठों पर कभी खत्म न होनेवाली मुस्कान बिछाकर द' अरास्त के आसपास चक्कर लगाए जा रहा था, उस पर अगम्य लेकिन सच्चे दिल से कही हुई तारीफ के पुल बाँधे जा रहा था। जब द' अरास्त वहाँ से जाने लगा तो पुलिस चीफ ने तेज़ी से रास्ता बनाया और उसके लिए सारे दरवाज़े खोलकर खड़ा हो गया।

तेज़ धूप के नीचे, अभी तक सुनसान शहर में, दो आदमी जज के घर की तरफ जा रहे थे। अकेले उनके कदम वहाँ की स्तब्धता में गूँज रहे थे। लेकिन तभी अचानक पास की एक गली में ज़ोर से एक पटाखा छूटा और सभी मकानों की छतों पर, भारी

1. लेखक का संकेत जुलूस में भाग लेनेवाले गाँव के लोगों की तरफ है।

और बँधे हुए से गंजी गरदनवाले उरूबूओं के झुंड उड़कर आ गए। तत्काल बाद कोई दस पटाखे वहाँ सभी दिशाओं में और छूटे, दरवाज़े खुले और लोग अपने मकानों से बाहर आने लगे, सँकरी गलियाँ भरने के लिए।

जज द' अरास्त से कह रहा था कि अपने गरीबखाने में उसका स्वागत करके वह कितना गौरव अनुभव कर रहा है। उसे खूबसूरत बैरोक[1] शैली में बनी, चॉक नीले रंग की सीढ़ियों से ऊपर ले गया। ऊपर पहुँचते ही द' अरास्त के आसपास दरवाज़े खुले, जिनमें से बच्चों के काले सिर बाहर निकले और तभी, दबी हुई हँसी के साथ अन्दर हो गए। बड़ी खूबसूरती से शिल्प हुए बड़े कमरे में सिर्फ रत्तान[2] केन का फर्नीचर और चीं-चीं करती हुई चिड़ियों के बड़े-बड़े पिंजरे थे। उस छज्जे से जहाँ ये लोग बैठे थे, गिरजे के सामनेवाला छोटा चौक साफ दिखता था। अब उसमें भीड़ होनी शुरू हो गई थी, असाधारण रूप से चुप और निश्चल, उस गर्मी में जो आसमान से प्रकट लहरों के रूप में उतर रही थी। सिर्फ बच्चे चौक में भाग रहे थे, अचानक पटाखों को आग लगाने के लिए जो उसके बाद फट पड़ते थे। बालकनी से देखने में गिरजा, प्लास्टर की हुई दीवारों, चॉक नीले रंग से पेंट की हुई कोई दस सीढ़ियों और, दो नीली मीनारों के साथ कुछ छोटा लग रहा था।

एकाएक गिरजे के अन्दर से ऑर्गन बाजा बजने की आवाज़ आने लगी। भीड़ पोर्च की तरफ उमड़ी और चौक के किनारों में इकट्ठी हो गई। आदमियों ने हैट उतारे और औरतें घुटनों के बल

1. 18वीं शताब्दी की एक बहुप्रचलित कला-शैली।
2. मलाया का प्रसिद्ध बेंत का फर्नीचर।

झुकीं। ऑर्गन दूर से, देर तक एक तरह के मार्च[1] की धुन बजाते रहे। तभी पंखों के खुलने की एक अजीब-सी आवाज़ जंगल से आई। एक छोटा-सा हवाई जहाज़, पारदर्शी पंखों और कमज़ोर ढाँचे के साथ, कभी पुरानी न होनेवाली इस दुनिया में बड़ा अजीब-सा, पेड़ों के ऊपर झुका, चौक की तरफ कुछ उतरा, और फिर ज़ोर से खड़खड़ाते हुए, उसकी तरफ उठे हुए सिरों के ऊपर से निकल गया। उसके बाद हवाई जहाज़ नदी-मुख की तरफ मुड़ा और दूर जाकर ओझल हो गया।

लेकिन गिरजे की छाया में एक अस्पष्ट दौड़-धूप ने फिर से सबका ध्यान आकर्षित किया। ऑर्गन अब चुप हो गए थे, उनकी जगह अब पोर्च में छिपे हुए ड्रमों और झाँझों ने ले ली थी। पश्चात्तापी काला जामा पहने हुए एक-एक करके गिरजे से बाहर निकले, खुली जगह में इकट्ठा हो गए, फिर सीढ़ियों से नीचे उतरने लगे उनके पीछे आए गोरे पश्चात्तापी, लाल और नीली पट्टियाँ हाथ में पहने हुए, उसके बाद एक छोटा समूह फरिश्तों के कपड़े पहने हुए छोटे लड़कों का, नगरपालिका की धर्म-मंडली के बच्चे, छोटी-छोटी शक्लें, काली और गम्भीर मुद्रा में, और आखिर में अपने काले सूटों में पसीने से तर प्रतिष्ठित लोगों द्वारा उठाए गए बहुरंगी रथ में ख़ुद दयालु ईसा की प्रतिमा, हाथ में सरकंडा, सिर पर काँटों का मुकुट, बहता हुआ खून। प्रतिमा उस भीड़ के ऊपर से गुज़र रही थी जो चौक में उतरती सीढ़ियों पर सज्जित थी।

जब रथ सीढ़ियों के पेंदे में पहुँचा तो कुछ समय फालतू मिल गया जिसमें कि पश्चात्तापी एक क्रम से खड़े होने की कोशिश करने

1. अभियान गीत।

लगे। इस समय वहाँ द' अरास्त ने खानसामा को देखा। कमर से ऊपर नंगा, वह पोर्च में से अभी-अभी बाहर आया था और अपने बालों से भरे सिर पर एक बढ़ा-सा आयताकार पत्थर, काग की एक परत पर रखकर उठाए हुए था। मज़बूत कदमों से वह गिरजे की सीढ़ियों से उतरा, पत्थर को बड़ी पुख़्तगी से उस चाप में जमाए हुए जो उसके छोटे और गठीले हाथों से बन गया था। जैसे ही वह रथ के पीछे पहुँचा, जुलूस चल पड़ा। पोर्च में से सब अब गानेवाले निकले, शोख रंगों के कोट पहने हुए, रिबनों से सजी हुई पीतल की तुरही पूरे दम में बजाते हुए। तेज़ गति से बजती हुई लय में कदम मिलाते हुए पश्चात्तापी चौक से आगेवाली गली में पहुँचे। जब रथ भी उनके पीछे जाकर ओझल हो गया तो सिर्फ खानसामा और कुछ पीछे रह गए गाने-बजानेवाले ही दिख रहे थे। उनके पीछे पटाखों के धमाकों के बीच भीड़ बिखर गई थी, तभी खड़खड़ाता हुआ हवाई जहाज़ फिर से उनके ऊपर मँडराया द' अरास्त की आँखें खानसामा पर जमी हुई थीं जोकि अब गली में लुप्त होता जा रहा था और जिसके कन्धे द' अरास्त को गिरते-से दिख रहे थे। लेकिन इतनी दूरी से वह साफ देख नहीं पा रहा था।

खाली रास्तों से होकर बन्द दुकानों और कुंडी लगे दरवाज़ों के बीच जज, पुलिस चीफ और द' अरास्त अब नगर-भवन पहुँचे। जैसे ही वे इस शोरगुल और धमाकों से दूर हुए, नगर पर फिर से खामोशी छा गई और, कुछ उरूबू उन छतों पर वापस लौट आए जहाँ वे हमेशा से रहते प्रतीत होते थे। नगर-भवन एक सँकरी लेकिन काफी लम्बी गली में था जो गिरजे के पासवाले एक मकान तक जाती थी। इस वक्त यह एकदम खाली थी। नगर-भवन की बालकनी से जितनी

दूर दृष्टि जाती थी सिर्फ एक लम्बी सड़क नज़र आती थी, गड्ढों से भरी हुई, जिनमें से कुछ हाल ही में हुई बारिश से पोखर बन गए थे। सूरज कुछ नीचे उतरा हुआ, अब भी मकानों के सामने के कोनों को कुतर रहा था।

उन्होंने बहुत देर तक इन्तज़ार किया, इतनी देर तक कि द' अरास्त को सामनेवाली दीवार पर धूप के प्रतिबिम्ब लगातार देखने से बहुत थकान लगने लगी और फिर से चक्कर आने लगे। खाली रास्ते में निर्जन घर उसको आकर्षित भी कर रहे थे और नफरत से भी भर रहे थे। एक बार फिर उसका यहाँ से भाग जाने का मन करने लगा, लेकिन तभी उसने उस विशाल पत्थर के बारे में भी सोचा, वह चाहता था कि यह परीक्षा पूरी हो जाती। वह कहने ही वाला था कि नीचे जाकर देखें क्या हो रहा है कि गिरजे की घंटी पूरे ज़ोर से बज उठी। उसी समय, उनके बाएँ को, रास्ते के दूसरे कोने में झगड़ा हो गया और एकदम घनी भीड़ जमा हो गई। दूर से लोग रथ के आसपास चिपकते दिख रहे थे, पश्चात्तापी और यात्री सब मिले हुए और पटाखों और खुशी की चिल्लाहटों के बीच वे उस सँकरे रास्ते में आगे बढ़ते जा रहे थे। कुछ ही क्षणों में वे वहाँ हद तक भर गए नगर-भवन की तरफ एक अनिर्वाच्य हुड़दंग में बढ़ते हुए, और उम्र, जाति, कपड़े सब मिलकर एक बहुरूपी समुदाय बन गया, आँखों और चिल्लाते हुए मुखों से भरा हुआ और वहाँ से बरछियों की तरह मशालों की एक सेना निकली जिसकी लौ दिन की तेज़ रोशनी में मिल गई। लेकिन जब वे पास आए और भीड़ इतनी घनी होने की वजह से, बालकनी के नीचे दीवार पर चढ़ती हुई दिखने लगी, तो द' अरास्त ने देखा कि खानसामा उनमें नहीं था।

एकदम, बिना कुछ कहे, वह बालकनी से उठा, कमरे से बाहर आया, सीढ़ियाँ फलाँगीं और रास्ते में पहुँच गया, गिरजे की घंटी और पटाखों की आवाज़ के नीचे। यहाँ उसे सुलझना पड़ा खुशी से पागल भीड़ से, मशाल उठानेवाले से, चौंधियाए हुए पश्चात्तापियों से। लेकिन दुर्निवारता से अपना पूरा दम लगाकर इस मानव-ज्वार से ऊपर उठकर उसने अपने लिए एक रास्ता बनाया, इतनी तेज़ी से कि वह डगमगाने लगा और गिरता-गिरता बचा। अन्तत: उसने रास्ते के आखिर में, भीड़ के पीछे अपने आपको एकदम मुक्त पाया। जलती हुई दीवार के सहारे चिपककर वह रुक गया जिससे उसे साँस ठीक से आने लगे। फिर वह दुबारा चल पड़ा। तभी आदमियों का एक समूह भी उस रास्ते में घुसा। आगेवाले आदमी उलटे चल रहे थे, और द' अरास्त ने देखा कि वे खानसामा को घेरे हुए थे।

खानसामा बेहद थका हुआ दिख रहा था। वह रुक जाता था, फिर उस विशाल पत्थर के नीचे झुककर थोड़ा-सा भागता था, वज़न उतारनेवालों और कुलियों के जैसे भारी कदमों से, पीड़ा की छोटी-सी दुलकी, तेज़ी से, पैर ज़मीन पर सीधे पटकते हुए। उसे घेरे हुए पश्चात्तापी, पिघले हुए मोम और धूल से गन्दे हुए जामे पहने हुए, जब भी वह रुकता था, उसे ढाढ़स बँधाते थे। उसकी बाईं तरफ उसका भाई चुपचाप चल रहा था, या दौड़ लेता था। द' अरास्त को ऐसा लगा कि जैसे उन्होंने अपने और उसके बीच की दूरी तय करने में अनन्त समय लिया हो। करीब-करीब उसके बराबर पहुँचकर खानासामा फिर से रुक गया और उसने अपने चारों तरफ मलिन दृष्टि फेंकी। जब उसने द' अरास्त को देखा, बिना उसे पहचानने का कोई लक्षण प्रकट करते हुए वह एकदम रुक गया। उसकी तरफ मुड़ा उसका सफेद

पड़ा हुआ मुँह अब गन्दे और चिकने पसीने से ढक गया था, उसकी दाढ़ी लार की घाटियों से भरी हुई थी, एक भूरे और सूखे झाग ने उसके होंठों को सील कर रखा था। उसने मुस्कराने की कोशिश की। लेकिन पकड़े हुए भार के नीचे एकदम बेजान उसका पूरा बदन काँपने लगा सिर्फ कन्धे से ऊपर का हिस्सा छोड़कर जहाँ की मांसपेशियाँ एक तरह की ऐंठन में जकड़ी हुई दिख रही थीं। उसके भाई ने, जो उसे पहचान गया था, सिर्फ उससे यह कहा, "यह तो अब खत्म हो चुका है।" और सुकरात ने न जाने कहाँ में वहाँ पहुँचकर उसके कान में फुसफुसाया : "यह बहुत नाचा, द' अरास्त साहब पूरी रात। अब यह थक गया है।"

खानसामा फिर से शुरू हो गया, एक गिरती-पड़ती चाल में, उस आदमी की तरह नहीं जो आगे बढ़ना चाहता हो बल्कि उसकी तरह जो वह भार उठाने से बचना चाह रहा हो जो उसे दबाए जा रहा था, जैसे कि चलने से बोझ कुछ हल्का होने की उम्मीद हो। द' अरास्त ने, न जाने कैसे अपने आपको उसकी दाईं तरफ पाया। उसने हल्के से खानसामा की पीठ पर हाथ रखा और उसके साथ-साथ चलता रहा, छोटे-छोटे, तेज़, भारी कदमों से। रास्ते के दूसरे छोर पर रथ ओझल हो चुका था और भीड़, जो निस्सन्देह अब चौक में भर गई थी ज़रा भी आगे को बढ़ती हुई नज़र नहीं आ रही थी। कुछ क्षणों के लिए अपने भाई और द' अरास्त के बीच सुरक्षित, खानसामा ने कुछ और फासला तय किया। शीघ्र ही, सिर्फ बीस मीटर के करीब बचे थे उसके और उन लोगों की भीड़ के बीच में जो नगर-भवन के सामने उसे वहाँ से गुज़रते देखने के लिए जमा हुए थे। एक बार फिर वह रुक गया। द' अरास्त का हाथ और मज़बूत हो गया। "चलो, चलो,

खानसामा," उसने कहा, "थोड़ा और चलो।" लेकिन खानसामा काँप रहा था, उसके मुँह से पानी फिर गिरने लगा, और पसीना उसके सारे बदन से फूट रहा था। उसने एक गहरी साँस लेनी चाही, और बीच में ही रुक गया। उसने फिर चलने की कोशिश की, तीन कदम चला और लड़खड़ा गया। अचानक पत्थर उसके कन्धे पर फिसला, उसे काटता हुआ आगे ज़मीन पर निकल गया, और खानसामा, सन्तुलन खोकर पार्श्व में गिर पड़ा। वह लोग जो उसकी हिम्मत बँधाते हुए आगे चल रहे थे, ज़ोर से चिल्लाकर एकदम पीछे को कूद पड़े। उनमें से एक ने काग की परत पकड़ी, दूसरे ने पत्थर को वापस खानसामा के सिर पर जमाने के लिए सँभाला।

द' अरास्त ने उस पर झुककर अपने हाथ से उसका खून और मिट्टी से मैला कन्धा पोंछा। वह बेचारा ज़मीन पर उलटा पड़ा हाँफ रहा था। उसे कुछ सुनाई नहीं दे रहा था, न वह ज़रा भी हिल रहा था। उसका मुँह हर बार साँस लेने के लिए इतनी व्यग्रता से खुलता था जैसे कि बस वह आखिरी साँस हो। द' अरास्त ने उसकी कमर के नीचे हाथ लगाकर उसे ऐसे ऊपर उठा लिया जैसे वह कोई बच्चा हो। उसने उसे अपने सहारे सीधा खड़ा किया और कसकर पकड़े रखा। बिलकुल अपने से चिपकाए हुए उसने उसके मुँह के इतनी पास मुँह रखकर कुछ कहा जैसे कि उसमें जान डाल रहा हो। कुछ देर बाद खानसामा, खून और मिट्टी से ढका हुआ, उससे अलग हो गया, चेहरा एकदम क्षीण। लड़खड़ाता हुआ वह फिर पत्थर की तरफ बढ़ा जो कि औरों ने कुछ ऊपर उठा रखा था। लेकिन वह रुक गया; उसने पत्थर को एक शून्य दृष्टि से देखा और अपना सिर हिलाया। फिर उसने अपने दोनों हाथ बदन के सहारे गिरा दिए और द' अरास्त की

तरफ मुँह किया। उसके तबाह चेहरे पर बड़े-बड़े आँसू चुपचाप बह रहे थे। वह कुछ कहना चाहता था, कह रहा था, लेकिन उसके मुँह से अक्षर मुश्किल से निकल रहे थे। "मैंने वचन दिया था," वह कहे जा रहा था और फिर "ओह! कप्तान! ओह! कप्तान!" और आँसुओं में उसकी आवाज़ डूब गई। उसका भाई झपटकर उसके पास आया और उसे अपनी बाँहों में जकड़ लिया, खानसामा हारा हुआ, सिर पीछे को लटकाए, रोता-रोता उस पर गिर पड़ा।

द 'अरास्त देखता रहा, बिना यह समझे कि क्या कहे। अचानक वह दूर भीड़ की तरफ मुड़ा, जो अब फिर से चिल्लाने लगी थी। एकाएक उसने वह काग की परत उन हाथों में से छीन ली जो उसे थामे खड़े थे और पत्थर की तरफ बढ़ा। उसने औरों की तरफ इशारा किया उसे उठवाने का और बिना परेशानी के अपने सिर पर रख लिया। पत्थर के वज़न से कुछ दबकर उसके कन्धे हल्के-से गिर गए, साँस कुछ फूल गई, खानसामा की सिसकियाँ सुनते हुए वह अपने पैरों की तरफ देखने लगा। फिर अपनी तरफ से शक्तिशाली कदमों से, बिना दम तोड़े उसने वह फासला तय किया जो उसके और भीड़ के बीच था, गली के अन्त तक गया और दृढ़ता से अपना रास्ता बनाने के लिए पहली पंक्ति में घुसा, जिसके लोग उसे रास्ता देने के लिए, अपने आप ही बीच में से अलग हो गए। वह चौक में पहुँचा, घंटियों और पटाखों के कोलाहल के बीच, लेकिन साथ में दो घनी कतारें दर्शकों की, जो उसे एकदम चुप होकर आश्चर्य से देख रहे थे। वह उसकी अधीरता से आगे बढ़ता गया और भीड़ ने उसके लिए गिरजे तक रास्ता छोड़ दिया। उस वज़न के बावजूद जिसके कारण अब उसका सिर और गर्दन बहुत तकलीफ दे रहे

थे, उसने गिरजे और रथ की तरफ देखा जो खुले स्थान में, उसका इन्तज़ार करते लग रहे थे। वह रथ की तरफ जा रहा था, और आधा चौक पार कर चुका था कि सहसा, बिना जाने कि क्यों, उसने बाईं तरफ दिशा बदल दी और गिरजे के रास्ते से दूसरी ओर मुड़ गया, यात्रियों को उसकी तरफ मुँह करने पर मजबूर करते हुए। उसने अपने पीछे तेज़ कदमों की आवाज़ सुनी। उसके सामने चारों तरफ मुँह खुल पड़े। वे उसकी तरफ क्यों चिल्ला रहे थे, वह नहीं समझ पा रहा था, हालाँकि एक पुर्तगाली शब्द उसे जाना-पहचाना लग रहा था, जिसे वे लगातार उस पर मार रहे थे। अचानक सुकरात उसके सामने आया, भयभीत आँखें घुमाते हुए, लगातार कुछ बुदबुदाते हुए, और अपने पीछे गिरजे के रास्ते की तरफ हाथ करते हुए। "गिरजे में, गिरजे में," ये ही वे शब्द थे जो सुकरात और बाकी लोग चिल्ला-चिल्लाकर उससे कह रहे थे। लेकिन द' अरास्त उसी रास्ते में चलता रहा जो वह ले चुका था। और सुकरात एक तरफ हट गया, अपने हाथ अजीब तरीके से आसमान में उठाए हुए। भीड़ धीरे-धीरे चुप हो गई। जब द' अरास्त उस पहली गली में घुसा, जो वह खानसामा के साथ पहले पार कर चुका था, और जो, उसे मालूम था नदी की तरफ जाती है, वह पूरा चौक, उसके पीछे एक घबड़ाई हुई, उलझी हुई भनभन बन गया।

अब उस पत्थर का वज़न बहुत पीड़ा के साथ उसके सिर पर लगने लगा और उसे हल्का करने के लिए उसे अपनी विशाल बाँहों की तमाम शक्ति की आवश्यकता हुई। उसके कन्धे तभी अकड़ गए थे जब वह शुरू-शुरू की गलियों में आया जिनका ढलान फिसलना था। वह रुक गया, कान लगाए। वह एकदम अकेला था। उसने

पत्थर को अच्छी तरह कसकर पकड़ा और बड़ी होशियारी से, और भी मज़बूती से नीचे उतरा, झोंपड़ियों की बस्ती तक। जब वह वहाँ पहुँचा, उसकी साँस बीच-बीच में रुकने लगी थी, पत्थर को पकड़े हुए हाथ काँपने लगे थे। उसने चाल तेज़ कर दी, आखिरकार वह उस छोटे चौक में पहुँचा जहाँ खानसामा का घर था, उसकी तरफ भागकर गया, पैर की एक ठोकर से दरवाज़ा खोला, और एक ही झटके में पत्थर को कमरे के ठीक बीच में डाल दिया, उस आग पर जो अब भी हल्की-सी लाल थी। और यहाँ अपने आपको पूरा खींचते हुए, अचानक विशाल, हताश घूँटों में दुख और राख की वह गन्ध पीते हुए जिसे वह अच्छी तरह जानता था, उसने अपने अन्दर एक अस्पष्ट और धड़कते आनन्द की लहर उठती हुई सुनी जिसे वह कोई नाम नहीं दे पा रहा था।

जब उस घर में रहनेवाले लौटे, उन्होंने द' अरास्त को पीछे की दीवार से लगकर आँख बन्द किए हुए खड़ा पाया। कमरे के बीच में, अँगीठी की जगह, वह पत्थर आधा गड़ा हुआ था, राख और मिट्टी से ढका हुआ। वे दहलीज़ पर ही रुक गए और बिना आगे बढ़े हुए, द' अरास्त की तरफ चुपचाप ऐसे देखने लगे जैसे उससे कुछ पूछ रहे हों। लेकिन वह चुप रहा। उसके भाई ने खानसामा को पत्थर के पास लाकर ज़मीन पर डाल दिया। वह खुद वहाँ बैठ गया और उसने बाकी सब की तरफ भी आगे आने का इशारा किया। वह बुड्ढी औरत भी उनके पास आ गई, उसके बाद वह रातवाली युवा लड़की भी, लेकिन कोई भी द' अरास्त की तरफ नहीं देख रहा था। वे सब चुपचाप पत्थर के चारों तरफ गोला बनाकर बैठे थे। सिर्फ नदी का कलरव, भारी हवा में होकर उन तक पहुँच रहा था। द' अरास्त अँधेरे

में खड़ा हुआ, बिना कुछ देखे आवाज़ सुन रहा था, और पानी के कल्लोल ने उसे एक आकुल आनन्द से भर दिया। आँखें मूँदे हुए, उसने अपनी स्वयं की शक्ति का अभिनन्दन किया; एक बार फिर उस जीवन का अभिनन्दन किया जो दुबारा शुरू होने जा रहा था। उसी समय एक पटाखा कहीं पास में छूटा। उसका भाई, खानसामा से कुछ दूर हट गया, और थोड़ा-सा द 'अरास्त की तरफ मुड़ता हुआ, बिना उसकी तरफ देखे, खाली जगह उसे दिखाते हुए बोला : "यहाँ, हमारे साथ बैठ जाओ।"